哈达铺的
红色故事

HADAPU DE

HONGSE GUSHI

中共宕昌县委党史办公室 编

敦煌文艺出版社

图书在版编目（CIP）数据

哈达铺的红色故事 / 中共宕昌县委党史办公室编
. — 兰州：敦煌文艺出版社，2021.8
ISBN 978-7-5468-2026-2

Ⅰ.①哈… Ⅱ.①中… Ⅲ.①革命故事－作品集－中国 Ⅳ.①I247.81

中国版本图书馆CIP数据核字（2021）第057925号

哈达铺的红色故事
中共宕昌县委党史办公室 编

责任编辑：张家骝
编 辑：马吉庆
封面设计：吉 庆

敦煌文艺出版社出版、发行
地址：（730030）兰州市城关区曹家巷1号
邮箱：dunhuangwenyi1958@163.com
0931-8152351（编辑部）
0931-8773112 0931-8773235（发行部）

天津旭丰源印刷有限公司印刷
开本 787毫米×1092毫米 1/16 印张 16.75 插页2 字数 210千
2022年6月第1版 2022年6月第1次印刷
印数 1~8 000册

ISBN 978-7-5468-2026-2
定价：58.00元
————————————————————
如发现印装质量问题，影响阅读，请与印刷厂联系调换。
本书所有内容经作者同意授权，并许可使用。
未经同意，不得以任何形式复制转载。

《哈达铺的红色故事》编委会

名誉主任：王　强　张建强　朱建西　石如意
主　　任：侯建平
副 主 任：苏　浩　贾爱会　唐春梅　路晨霞
成　　员：任彦清　冉永辉　张　帆　高彦清
　　　　　邬　雄　高　敦　杨文军　王林春
　　　　　包常胜　陈　昌　段雪峰　刘　辉
　　　　　赵新平　赵王林　马奋云

主　　编：高　敦
副 主 编：杨文军　王林春　包常胜
编　　校：李　珑　陈永宏

前　言

　　为了响应习近平总书记"要把红色资源利用好，把红色传统发扬好，把红色基因传承好"的号召，缅怀革命先辈的丰功伟绩，更好地传承和弘扬红军长征精神，深入挖掘哈达铺丰厚的红色人文资源，以生动的故事讴歌宕昌人民为长征胜利所作出的牺牲和贡献，展现哈达铺红军长征"加油站"和"北上决策地"的重要作用和意义，向广大党员干部群众，特别是青少年进行革命传统教育、爱国主义教育、党史教育和社会主义核心价值观教育，提升宕昌红色旅游影响力，在庆祝中国共产党百年华诞之际，我们编辑出版了《哈达铺的红色故事》一书。

　　伟大的长征是一部浑然天成的交响乐，是人类战争史上的奇迹，它不仅以其独特的战争魅力，让中国人民心中产生无穷的精神力量，还突破时代和国界，在世界上广为传颂。长征精神留给我们的宝贵精神财富历久弥新，永远放射着新的时代光芒，成为实现中华民族伟大复兴的强大精神动力。

　　哈达铺是中国革命史上的红色圣地。1935年9月18日红一军团直属侦察连占领哈达铺，19日林彪、聂荣臻率红二师主力抵达哈达铺，20

哈达铺的红色故事

日毛泽东、张闻天、周恩来等同志率领部队进入哈达铺，23日陕甘支队陆续撤离哈达铺。在这里，红军将士得到了休整补充，召开了著名的哈达铺会议，毛泽东同志在团以上干部会议上做了《关于目前形势和红军整编的报告》，做出了把长征落脚点放在陕北的重大决策，并将红一方面军正式改编为陕甘支队，毛泽东同志还酝酿创作了千古绝唱《七律·长征》一诗。1936年8月9日，红三十军与骑兵师一部顺利突破腊子口，八十九师击溃大草滩、麻子川、哈达铺一线守敌，进驻哈达铺，贺龙、任弼时等同志率领的红二、四方面军陆续进驻哈达铺，至10月9日，红军全部撤离岷县、宕昌地区，红二、四方面军在哈达铺及宕昌活动二个月时间。在这期间，二、四方面军大力发展地方武装、扩红建政、打土豪、惩恶霸，开展了轰轰烈烈的革命活动。在哈达铺、宕昌地区建立了3个区级、8个乡级和35个村级苏维埃政权，组建了3000多人的地方游击队，动员了2000多名青壮年参加红军，发动了"岷洮西(固)"战役和"成徽两康"战役，开辟了以哈达铺为中心的陇南革命根据地，取得了辉煌的革命成果。哈达铺因此成为决定中国工农红军长征命运的重要决策地和长征途中名副其实的"加油站"。

哈达铺是一块神奇的土地，是党史重大事件的发生地。它给我们留下了无穷的精神力量和丰富的思想启示。

习近平总书记说："讲故事就是讲事实、讲形象、讲情感、讲道理，讲事实才能说服人，讲形象才能打动人，讲情感才能感染人，讲道理才能影响人。"《哈达铺的红色故事》一书的出版发行，既是弘扬

前 言

优良传统、传递红色基因的生动实践，也是以讲故事的有效传播形式引导大家铭记历史，传承和发扬革命前辈不畏艰难、艰苦奋斗的伟大精神，从而倍加珍惜今天来之不易的幸福生活的一种探索。相信读者会从这些含血带泪的人物形象和感人细节中产生共鸣，进而认同其蕴含的理念。相信它在新时代能够发挥出面向社会、面向群众的教育作用，发挥出为经济社会发展服务的作用，成为诵读红色故事的有益读物和实用教材。

编 者

2021年5月

目录 CONTENTS

上篇

突破腊子口　哈达铺大整编 …………………………………… 杨成武／003

哈达铺难忘的三件事 …………………………………………… 杨得志／027

哈达铺筹粮 ……………………………………………………… 徐国珍／033

大家要吃得好 …………………………………………………… 杨定华／036

从腊子口到哈达铺 ……………………………………………… 戴镜元／044

进入哈达铺 ……………………………………………………… 成仿吾／047

张闻天在哈达铺写《发展着的陕甘苏维埃革命运动》………… 刘　英／051

打开腊子口　进驻哈达铺 ……………………………………… 聂荣臻／054

红军干部团在哈达铺完成改编 ………………………………… 蒋耀德／057

毛主席叫我们找"精神食粮" …………………………………… 曹德连／060

哈达铺的红色故事

红二方面军进驻哈达铺在陇南创建根据地 …………… 左　齐 / 063

忆长征在陇南的艰苦岁月 …………………………… 陈振国 / 067

在哈达铺和宕昌一带开展游击活动 …………………… 董　邦 / 071

西北局在哈达铺与张国焘的斗争 ……………………… 傅　钟 / 073

忆长征在"成徽两康"的休整 ………………………… 严汉万 / 077

红二方面军总指挥部在哈达铺指挥我们战斗 ………… 杨秀山 / 085

红军来到哈达铺 ………………………………………… 周　龙 / 093

参加长征的片段回忆 …………………………………… 张明远 / 097

岷洮西战役 ……………………………………………… 杜义德 / 101

我参加红军过程的回忆 ………………………………… 刘德胜 / 111

我走过的革命道路 ……………………………………… 全生祥 / 114

参加红军情况的回忆 …………………………………… 陈金龙 / 119

我参加红军的情况 ……………………………………… 赵福有 / 121

两万里征途寻圣地　哈达铺报纸定方向 ……………… 陈　宇 / 124

罗荣桓长征在哈达铺 …………………………………… 黄　瑶 / 130

贺龙在哈达铺派骑兵侦察连到草地接战友 …………… 刘雁声 / 135

哈达铺的重大决策 ……………………………………… 李安葆 / 138

家 ……………………………………… [美]哈里森·索尔兹伯里 / 143

下 篇

红军奇袭哈达铺 …………………………………… 罗卫东 / 149

毛泽东长征在哈达铺 ………………………………… 罗卫东 / 151

传奇哈达铺 …………………………………………… 袁兴荣 / 159

毛主席在哈达铺写《七律·长征》诗 ……………… 张国元 / 164

祖母当"神医" ……………………………………… 马　超 / 173

陈昌奉重访哈达铺 …………………………… 张哲龙　杨材美 / 177

哈达铺苏维埃政府副主席牛炳山的回忆 …………… 杨材美 / 179

高维嵩先生 …………………………………… 高　敦　李　珑 / 181

贺龙赠送盒子枪 ……………………………… 高　敦　李　珑 / 184

中央红军在哈达铺颁布《回民地区守则》 …… 杨文军　包常胜 / 187

听周尚仁讲红军的故事 ……………………………… 赵新平 / 190

贺龙埋川买马 ………………………………………… 胡玉成 / 196

听父亲讲他当红军的故事 …………………………… 杨明义 / 199

当归情 ………………………………………………… 王　平 / 206

在宕昌建立苏维埃政权 ……………………………… 王　普 / 210

一方砚台 ……………………………………………… 柳春才 / 213

一杆火枪 ……………………………………………… 朱居生 / 215

003

哈达铺的红色故事

一块银元……………………………………………杨金环／216

到陕北去……………………………………………高诗扬／219

一把铜勺寄深情……………………………………赵王林／222

邓部长请客……………………………………陈永宏　李　珑／225

唱支花儿送红军……………………………………赵王林／227

彭加伦和歌曲《到陕北去》………………………赵王林／230

红军馍………………………………………………赵新平／232

景二爷为红军办粮草………………………………赵新平／236

听爷爷说红军的故事………………………………赵长忠／243

一件羊皮袄…………………………………………汤礼春／245

一步妙棋……………………………………………高诗扬／248

无颜回江东的红军老战士…………………………汪　志／250

后　记………………………………………………………255

上 篇

突破腊子口　哈达铺大整编[1]

杨成武[2]

突破腊子口

王团长与我策马急驰。待我们到达腊子口时，一营正和敌人打得不可开交。由于是白天，加上周围都是石山，我们无法隐蔽，被敌人的机枪火力和下冰雹似的手榴弹挡了回来。

王开湘团长和我回来后又立即领着全团的营、连干部，到前面察看地形。

红军长征时期的杨成武

---

[1] 原文《回忆长征》，此文是其中的节选，题目为编者所拟。

[2] 杨成武（1914—2004），福建长汀人。1930年加入中国共产党。历任红军连政治委员、教导大队政治委员、团政治委员、师政治委员、师长等职，参加了中央苏区历次反"围剿"和长征。抗战爆发后，任八路军独立第一师师长，晋察冀军区第一分区司令员。1939年冬，指挥所部在河北涞源县黄土岭击毙日军"蒙疆驻屯军"最高司令兼独立混成第二旅团旅团长阿部规秀中将。所在部队涌现出英雄群体"狼牙山五壮士"。中华人民共和国成立后，曾任京津卫戍区副司令员、华北军区副司令员、解放军副总参谋长兼北京军区司令员、代理总参谋长、中共中央军委副秘书长、政协第六届全国委员会副主席等职。1955年被授予上将军衔。2004年2月14日在北京逝世。作者到达哈达铺时任红一军团第二师第四团政治委员。

哈达铺的红色故事

　　我们来到前沿,用望远镜一看,果然这里地形险峻极了。沿沟两边的山头仿佛是一座大山被一把巨型的大刀劈开了似的,既高又陡。周围全是崇山峻岭,无路可通。从下往上斜视山口只有三十多米宽,又像是一道用厚厚的石壁构成的长廊。两边绝壁峭立,腊子河从沟底流出,水流湍急,浪花激荡,汇成飞速转动的漩涡,水深虽不没顶,但不能徒涉。在腊子口前沿,两山之间横架一座东西走向的木桥,把两边绝壁连接起来,要经过腊子口,除了通过这座小桥别无他路。桥东头顶端丈把高悬崖上筑着好几个碉堡,据俘虏称,这座工事里有一个机枪排防守,四挺重机枪对着我们,进攻必须经过的三四十米宽、百十米长的一小片开阔地,因为视距很近,可以清楚地看到射口里的枪管。这个重兵把守的碉堡,成了我们前进的拦路虎。石堡下面还筑有工事,与石堡互为依托。透过两山之间三十米的空间,可以看到口子后面是一片三角形的谷地,山坡上筑有不少的工事。就在这两处方圆不过几百米的复杂地形上,敌人有两营之众,此外还有白天被我们

腊子口战役纪念碑

击溃逃到这里的敌人。

口子后面的腊子山，横空出世，山顶积着一层白雪，山脉纵横。据确切的情报，鲁大昌以一个旅部率三个团的重兵，扼守着口子至后面高山之间的峡谷，组成交叉火力网，严密封锁着我们的去路。

经过反复缜密的侦察，和我一营攻击时敌人暴露的火力，我们发现敌人有两个弱点：一是敌人的炮楼没有顶盖；二是口子上敌人的兵力集中在正面，凭借沟口天险进行防御，两侧因为都是耸入云霄的高山，敌人设防薄弱，山顶上没有发现敌人。

我们又把望远镜对向敌人石堡旁边的悬崖峭壁。

这一面石壁，从山脚到顶端，约有七八十公尺高，几乎成仰角八九十度，山顶端倒是圆的，而石壁既直又陡，连猴子也难以爬上去，石缝里零零星星地歪出几株歪歪扭扭的古松。敌人似乎没有设防，可能是因为它太陡太险。团长和我边观察边研究，觉得倘若能组织一支迂回部队从这里翻越上去，就能居高临下地用手榴弹轰击敌人的碉堡，配合正面进攻，还可以向东出击，压向口子那边的三角地带。可这面绝壁看着叫人眼晕，如何上得去？

现地观察回来，我们就在离口子二百多米远的小路旁的那个小树林里召开干部会议，研究战斗方案。突然，敌人从石堡里射出一梭子弹，正和我们一起研究情况的师政治部的组织科长刘发任同志负了重伤。我们派人把他抬下去之后，又继续开会了。会上研究的重点是能否攀登陡壁。可是讨论来讨论去，点子不少，把握不大。

在这关键时刻，我们又召集连队的士兵开了大会，讨论的中心议题是如何打下腊子口，要大家献计献策。哪知有个贵州入伍的苗族小战士来个"毛遂自荐"，说他能爬上去，大家都惊奇地望着他。当然，

哈达铺的红色故事

只要有一个人能上去，就可以上去一个连、一个营。可是，他怎么能爬得上去呢？

事关大局，我专门和这个小战士谈了话。原来，他是从贵州苗区入伍的，从小受民族压迫、阶级压迫很深，反抗性很强，入伍后，经过教育，作战非常勇敢，战士们给他取了个外号叫"云贵川"。他只有十六七岁，但看上去却俨然是个大孩子了，中等身材，眉棱、额骨很高，显得有些瘦，但身体结实，脸上稍带赭黑色，眼睛大而有神。他的汉话说得还不太好，但能听得懂。其实，像他这样的同志，在我们团队里也有不少，瑶、彝、羌、藏族的干部战士都有。

究竟他有什么好办法呢？他说，他在家采药、打柴，经常爬大山，攀陡壁，眼下这个悬崖绝壁，只要用一根长竿子，竿头绑上结实的钩子，用它钩住悬崖上的树根、崖缝、石嘴，一段一段往上爬，就能爬到山顶去。

于是，我们把希望寄托在这个苗族小战士的身上，决心做一次大胆的试验。

腊子沟水流太急，难以徒涉，我们就用一匹高头大马把苗族战士送过去。绝壁紧贴着腊子沟，我们站在这边的小树林里看他用竹竿攀援陡壁。这里离敌人虽然只有二百来米，但向外突出的山形成了死角，敌人看不到我们。

那小战士赤着脚，腰上缠着一条用战士们的绑腿接成的长绳，拿着长竿，用竿头的铁钩搭住一根胳膊粗细的歪脖子树根，拉了拉，一看很牢固，便抠住石缝石板，噌噌噌，到了竿头的顶点。他像猴子似的伏在那里，稍喘了口气，又向上寻找可以搭钩的石嘴……

我和王开湘同志、李英华同志，还有营、连干部，都屏住了气仰

视山顶，生怕惊动了"云贵川"，好像是谁要咳嗽一声，他就会掉下来似的。夕照里，只见他比猿猴还要灵活、轻盈的身体，忽而攀登，忽而停下。

越往上，这个瘦小的身影越小了。我们真担心，万一他失手，从那高崖上摔下来，可就糟了！这位苗族战士的一举一动都牵动着我们的心，真是千钧一发呀，因为他一个人的成败关系着整个战斗的胜负啊！

他终于上去了！我们这才感到脖子已经仰得有些发僵了，不由得长长地舒了口气。是啊，攀登成功了！多叫人高兴啊！

他在上面待了一会儿，又沿着原来的路线返回来了！我们握了握他的手，向他表示祝贺。他咧着嘴笑了笑，仿佛在说："我说了，能上去嘛！"

天将黄昏，我们又抓紧时间，做两面出击——翻山迂回和正面强攻的准备工作。

团长和我研究决定，迂回部队由侦察队和通信主任潘锋带领的信号组以及一连、二连组成。正面强攻的任务由二连担任，六连是主攻连。在这个艰巨的任务面前，为人笃厚的王开湘同志对我说："政委呀，过泸定桥时你在前面，这回我带翻山部队迂回敌人，你在正面统一指挥！"

团长摆出一副无可争辩的姿态，我笑了笑。由团长带领迂回部队，当然是把握十足的，我们全团指战员一定会很高兴的。我说："我在下面指挥强攻！"

我们当即把情况和决定向师、军团首长报告。

军团政委聂荣臻和师长陈光等来到了前沿指挥所。首长询问了情

哈达铺的红色故事

况，又观察了一下地形、敌情，然后对我们说："你们的决心是对的。正面冲锋道路狭窄，敌人已经组成严密的火力网，我们的兵力展不开，英雄无用武之地，必须坚决从侧面爬上去，迂回到敌人侧背，来他个突袭，这样定可奏效。这是攻占腊子口决定性的一着，要打得狠，奏效快，迂回部队要大一些。同意王团长亲自率领迂回部队，无论如何要插到敌人侧背去。正面由杨政委负责指挥。为了加强正面攻击的火力，军团的迫击炮配属给你们。炮弹不多，必须集中轰击隘口的炮楼和敌人兵力的集结点。"最后，军团首长望着陡峻的山峰，鼓动说："你们只要坚决这样做，天险腊子口就一定可以突破。"

军团长林彪也到了现场。

于是，团长与我立即分头行动。我们预计迂回部队要在凌晨三时才能到达预定地点，便规定好，到达目的地后，发出一红一绿的信号弹，然后正面发起总攻，同时规定了总攻的信号为三颗红色信号弹。

指战员们看到连首长都来察看地形，十分重视攻打腊子口的战斗，便充满必胜的信念，纷纷表示："保证拿下天险腊子口！"

黄昏前，迂回部队已动员完毕，不用说同志们该有多高兴了。他们和侦察连的同志们组成一个整体，并且集中了全团所有的绑腿，拧成了几条长绳，作爬崖之用。勇士们一个个精神饱满，背挂冲锋枪，腰缠十多颗手榴弹，在王团长的率领下，开始渡腊子河。

开头，战士们试图徒涉，但下去两个人，还没到河心，便被水冲走，喝了几口水才被救了回来。于是，我们只好用几头骡子来回骑渡。

人多时间紧，他们又想了个办法，砍倒沿河的两棵大树，叫它倒向对岸，一下子就添了两根独木桥。

几百人通过，太阳已经落山了。

还是苗族小战士"云贵川"捷足先登,将随身带着的长绳,从上面放下来,后面的同志一个一个顺着长绳爬上去。

天已经渐黑了,他们往上爬呀爬呀,不停地爬着。渐渐的看不到人影了,只是偶尔传来小石子滚落下来的响声。

正当团长率领迂回部队渡河、攀登时,我又跑到担任突击队的六连进行了紧急动员。

二营六连原属四方面军二九四团,是由一个营缩编而成,过去开辟过四川"通、南、巴"根据地。进军川西北时,打过许多胜仗,有着光荣的历史。编入四团以后,他们表现一直很好,特别是与原四团的同志们团结得非常好。二营营长张仁初、副营长魏大全同志做出了表率,三个连队都很突出。他们与一、三营亲密无间,互相帮助。眼下,六连能够,也应该在巍巍的腊子山麓、汹涌的腊子河畔,树下他们的历史丰碑!选择突击连的时候,我和团长意见一致。

这时,六连战士在连长杨信义、政治指导员胡炳云同志的率领下,集结在茂密的树林里。

我开门见山地说:"同志们,我们左边有杨土司的骑兵,右边有胡宗南的主力部队,北上抗日的道路,只有腊子口一条。这里过不去,我们就不能尽快地到达抗日前线。"然后,我又提高嗓门:"乌江、金沙江、大渡河都没能挡住我们红军前进,雪山、草地我们也走过来了,难道我们能让腊子口挡住吗?"

"坚决拿下腊子口!"几乎在同一个时间里,六连的指战员喊出了同一个声音。

"刀山火海也挡不住我们!"刹那间,我的面前站出几个虎彪彪的战士,他们齐声喊道:"首长,我们是共产党员,请考验我们!"

哈达铺的红色故事

"主攻腊子口的光荣任务就交给你们!"六连的同志欢呼雀跃。

接着,我又问:"你们有没有把握?"

"有!"六连的同志齐声回答,声音像雷鸣一样。

"好,团里再抽出一部分轻重机枪,由你们指挥使用。"我说。

六连的动员会上,像过去抢夺泸定桥一样,大家争当突击队员,我们选择了二十人,由连长杨信义和指导员胡炳云指挥,组成突击队。最后,我说了四句话:"腊子奇无险,勇士猛攻关。打开北上路,不惜一恶战。"

动员会一结束,天已近黄昏。高原山区的天气,已有一些寒意,但是战士们的心中热乎乎的。他们接受了主攻腊子口的任务,都像小孩子过年一样高兴,蹦的、跳的都有,但全都在抓紧战斗前的最后时刻做准备。他们把手榴弹三个一捆、两个一束,挂满了全身;有的把刺刀、大刀擦了又擦,擦得闪闪发光。战士们那股劲,真是气吞山河。

我检查了几个战士的准备情况,又把几个干部叫到一边,交代说:"你们六连从正面进行连续袭击,伺机夺取峡谷的独木桥,如果偷袭不成,也要达到疲劳敌人,消耗敌人的弹药、牵制敌人、迷惑敌人的目的,以配合迂回部队的突然袭击。"

六连突击队,乘着朦胧夜色,开始向敌人的桥头阵地接近了。

我部署完毕,又去看了看右边的陡壁,参谋长李英华同志正在指挥迂回部队有条不紊地攀登山峰。哗哗的水声、急骤的枪声掩护着他们的行动。

王开湘同志短促的声音,从河对面传过来。

侦察连上去了,一连长毛振华带着一连上去了,二连上去了……

我仰视山顶,黑乎乎的什么也看不见。

现在那个立下特殊功勋的苗族小战士正在顶峰帮助后面的同志攀登。遗憾的是他的名字我竟没有记住，只记得他的绰号叫"云贵川"。

迂回部队上去了。于是，按照计划，为了麻痹敌人，六连从正面向敌人展开了猛烈的进攻。

那二十个突击队员在连长杨信义、政治指导员胡炳云的指挥下，以密集的火力作掩护，手持大刀和手榴弹，悄悄向隘口独木桥运动。狡猾的敌人，凭借险要的地形和坚固的炮楼，有恃无恐地躲在工事里一枪不发，等到我们接近桥边时，就投下一大堆手榴弹，向我们反击，一团团的火光在隘口翻腾飞舞。

突击队员们见此情景，急得直冒火，待敌人的手榴弹一停，又冲了上去。但几次冲锋都没有成功，先后伤亡了几个同志。

"打，不让兔崽子们抬头！"年轻的一排长见冲不上去，便命令机枪手狠狠射击。机枪喷出的火舌映红了半边天，激烈的枪声在山口震荡着，子弹打得敌人阵地上的岩石直冒火星。但是，仍压不住敌人。就在我们突击队前进的道路上，敌人投下的手榴弹一个接一个地爆炸着。

我们又组织人员向敌人开展政治攻势，喊道：

"我们是北上抗日的红军，从你们这里借路经过。你们别受长官的欺骗，让路给我们过去吧！"

"赶快交枪，缴枪不杀，还发大洋回家！"

顽固的敌人，不管我们怎么宣传，还是骂我们，并吹牛说："你们就是打到明年今天，也别想通过我们鲁司令的防区腊子口！"

敌人的谩骂与手榴弹的还击激怒了我们的勇士，他们纷纷要求再次冲锋，而且立誓："天明前一定拿下腊子口！"

哈达铺的红色故事

　　毛主席和军团首长这时又一次派人来前沿了解情况，问突击部队现在在什么位置，有什么困难，要不要增援。

　　上级首长的关怀，激励了我们的斗志。我和营的干部一起分析敌情：已经打了大半夜了，再有三四个钟头天将破晓，鲁大昌拥兵五六个团在岷县县城，只隔一座大山，总兵力比我们的要多得多，如若延迟下去，鲁部真的倾巢增援，他们几个钟头就能赶到，那局面将更严重。可是我们上山的那支迂回部队，仍不见信息，到底发生了什么情况，也不清楚。不过，可以肯定，王开湘同志他们一定也遇到了困难。但是眼下时间紧迫，任务逼人，不能再拖下去了。

　　大家统一了思想，便重新组织火力与突击力量，再次向敌人发起了猛烈的进攻。

　　可是，接连攻了几次，还是接近不了桥头。敌人扔过来的手榴弹，一个个在地上乱滚，炸裂的弹片在桥头三十米内的崖路上铺了厚厚的一层，有的地方，没有爆炸的手榴弹已经堆起一层了。我命令六连不要再继续猛攻，只进行牵制的战斗，等待迂回部队到达预定位置发出信号后，再一齐给敌人来一个总攻击。

　　炊事员用缴获敌人的面粉、猪肉做好饭菜送来了。饭菜虽香，可是战士们心里沉甸甸的，谁也吃不下。我命令六连连长、指导员带头吃，他们才勉强吃了一点。

　　战士们撤到离前沿稍远的地方，靠着石崖一个个坐着，四周黑乎乎的，不见一点光亮，只有河水翻起的浪花偶尔闪耀着白光。在黑暗里，我忽然听到几个战士在低声谈论：

　　"敌人对崖路封锁太严了啦！"说话的声音很清脆，听得出是个青年战士。

"我看……"另一个接着说,"单凭正面猛冲怕是不行。"

战士的话忽然提醒了我,可不,整个六连从正面扑上去,也很难达到疲劳和消耗敌人的目的,倒不如抽出少数部分同志组成突击队,以小分队的形式接二连三地向敌人轮番进攻,疲劳和消耗敌人,再伺机夺桥。

于是,我交代党总支书记罗华生同志,要他与六连的领导一起从党团员中抽出十几个人组织突击队,其他同志仍旧原地休息。于是,不用多久,前沿又响起枪声和喊杀声。

趁这间隙,我到后面树林里转了一圈。

在树林里休息待命的总攻部队,听着前沿六连那惊天动地的喊杀声,哪能入睡。他们一见我去,都争着上来要任务,打听桥头攻击部队的进展情况。我叫他们抓紧开饭,做好向纵深追击的准备。

三点前,全团饭后进入总攻位置。我遥望河对岸那边,急切地盼望着王团长发来的信号。为了万无一失,让参谋长李英华同志指定三个通信员专门瞭望右岸悬崖上空。

怀表上的指针指向三点。我睁大眼睛注视着天空,但是不见一丝信号的踪影。我看着表上的指针在不停地运转,三点三十分过去了,四点过去了,还是不见动静。正在焦急,六连的通信员跑来向我报告,说:"六连的突击队冲到桥下去了!"我立即赶到桥的附近,果真,六连的战士偷偷地涉水过河到了桥那头。原来,在一个多小时以前,当我们把队伍拉到后边休息时,敌人真以为我们"无能为力"进攻了,于是都缩进碉堡里打起盹来。六连又组织了十五名突击队员,他们一个个背插大刀,身挂手榴弹,有的还配有一支短枪,趁着天黑,分作两路,一路顺河岸崖壁前进,摸到桥肚底下,攀着桥桩运动

哈达铺的红色故事

到对岸；另一路先运动到桥头，待前一路打响就一起开火，给敌人来个左右开弓，两面夹击。霎时，另一路也扑了过去。

这时，我看到指导员胡炳云同志正带着一个排也压了过去。

我一边看着突击队勇敢冲杀，一边还想着对岸山顶上的信号弹。是啊，天快亮了，要是天明前，王团长他们完不成迂回任务，我们和他们不能在桥头上下联合起来给敌人作最后一击，那么我们的整个战斗部署就会暴露，六连突击队偷袭桥头的战斗也将前功尽弃。迂回部队究竟遇到了什么困难？我们的部队能征惯战，猛冲善追，勇于克服困难这一点，在长期的征战中是证明了的，我们是完全信赖的，但是，黑夜攀登如此陡峭的悬崖，毕竟还是第一次，重重困难是预料不到的，他们会不会被断崖绝壁挡住？会不会因为走错了路而耽误时间？党中央北上抗日的正确路线必须实现，腊子口非拿下不可。能不能通过腊子口，关系十分重大。

正当我万分焦虑与盼望之际，右岸高峰上面突然升起一颗红色信号弹。

"信号弹！红色信号弹！"我差点喊出声来。

紧接着又升起一颗绿色信号弹。

一红一绿是我们规定的进攻信号。啊，红色、绿色的光芒，透过拂晓的薄雾，照亮了桥这边每个红军战士的心。

"王团长的信号！""迂回部队胜利到达预定地点！"

战士们顿时欢腾起来了。

"发信号弹！"我命令通信员。

"通！通！通！"接连三发红色信号弹射向天空。

三颗信号弹仿佛三颗红星在拂晓前的茫茫晨雾中闪耀着光辉，与

那一红一绿的信号弹交相辉映。

"总攻开始了！"战士们欢呼。

"最后的一击盼到了！"我松了一口气。

这时山上山下响起了嘹亮的冲锋号声。

只见六连的同志，抡起大刀，端起步枪，在敌人中间飞舞、猛击。右面悬崖上的部队在王团长的指挥下，看准下面没有顶盖的炮楼和敌人的阵地，扔下一个接一个的手榴弹。所有的轻机枪和冲锋枪一齐开火，直打得敌人喊爹叫娘，没死的抢着爬出炮楼。我们哪里肯让他们逃掉，回答他们的是更狠更准的射击。

晨曦中，总攻部队开始过河了，全团的轻、重机枪也一齐向隘口炮楼逃出的敌人扫射。六连的同志更是威风，现在连步枪也不用射击了，一个个身背马枪，抡起雪亮的大刀，冲向独木桥，向敌人左砍右杀，只看到峡谷里刀光闪闪，鲜血四溅。没有多久，我们就抢占了独木桥，控制了隘口上的两个炮楼。我见初战获胜，便命令总攻部队分兵两路，沿着河的两岸向峡谷纵深扩大战果。

我与部队一起跨过小桥，正贴着崖脚的小路往里冲，突然有人喊道："政委！"我一看路边，与小路平行地躺着通信主任潘锋同志。他的腿被血染红了。我感到奇怪，负责发出信号的潘锋怎么躺在这里？右边是悬崖，迂回部队已穿过山梁向北压去，没有也不可能从这里下来呀？我来不及多问，只听他说，冲锋时从山顶上掉下来了。他伤势不轻，我叫卫生员马上急救，并指示担架队一定要把他抬上。

见到潘锋同志，我不由得想到，为什么他们不能早一点给我们发信号弹？经了解，才知道，原来，毛振华同志率领一连先爬到山顶，只觉到处都是悬崖陡壁，找不到往前和往左的去路。为了寻找道路，

哈达铺的红色故事

可又不能照明，只好摸着黑找。他，一个突破乌江的英雄，便冒着粉身碎骨的危险，在前探路，哪知，一步踩空，摔进一个深坑，头部碰伤，但他不顾伤痛，毅然奋斗不懈，最后终于找到了一条出击的道路。然而，这却整整花去了大半宿的时间。

经过两个多小时的冲杀，我们突破了敌人设在口子后面三角地带的防御体系，夺下了一群炮楼，占领了几个敌人的预设阵地和几个堆满弹药、物资的仓库。全团一边作战一边就地补充弹药，随后向敌人发起了更加猛烈的攻击。

敌人退至峡谷后段的第二道险要阵地后，又集结兵力，扎下阵脚，顽固抵抗，企图等待援兵到来之后一齐向我反扑。被我迂回部队截断的一营敌人，这时也疯狂地向我侧射击。我立即命令第五连配合我崖上的第一、二连消灭这股敌人。经过连续冲锋，我们把他们压到悬崖绝壁上，随后就缴了他们的枪。与此同时，我们还集中其余所有的兵力向敌人的第二道阵地冲击。在我炮火、机枪的猛烈射击下，经过我二营近一小时的连续冲锋，敌人终于全部溃败了。我们便全部占领了天险腊子口。

这时，溃败的敌人在长长的峡谷里点起了火，由于沟的两侧荒草遍地，古木参天，火乘风势，烈焰腾空，致使噼噼啪啪之声遍山崩响。我们的勇士仍在追击，他们从忽闪忽闪的火舌之间跳过去，不给敌人一点喘息的机会。残敌向岷州方向败退了，我们立即命令第二营、第三营跟踪猛追。一营和侦察连虽爬了一夜悬崖峭壁，又连续打了好几仗，连口饭都没吃，也不肯歇一会儿，仍继续参加追击……

当大队通过峡谷时，只见道路两旁到处是敌人的死尸和敌人丢下的枪支、弹药、被服等各种军用物资。宣传队的小同志站在峡谷出口

处可活跃了，他们一会儿在道路的两旁贴上红红绿绿的鼓动标语："追到岷州去，活捉鲁大昌！""不怕肚子饿，就怕敌人跑！"一会儿又爬到峡谷的山崖上高呼口号。他们满怀着胜利的喜悦，还唱起了响亮的战歌：

    炮火连天响，

    战号频吹，

    决战在今朝，

    ……

    开展胜利的进攻，

    消灭万恶的敌人！

  战士们在这歌声中迈着大步，信心十足地向前面奔去。

  我们追出峡谷不远，敌人又以大拉山那十里高的山峰为依托继续顽抗，并用密集的炮火轰击我们，企图掩护其主力逃跑。我们便兵分两路，从大拉山的两侧插过去，怎知敌人一见我们向他侧后迂回运动，立即恐慌起来，掉头就跑。

  我们加快步伐，追到大拉山下，敌人像老鼠见了猫似的已逃得无影无踪。这时，我们碰见了几个汉族乡亲。这是我们进入雪山草地后，三个月来第一次见到能互通语言的老乡，真是乡音倍亲，喜出望外。他们听说我们是红军，是穷人的部队，看到我们的态度很好，非常高兴。我们向他们询问逃敌的去向，他们有声有色地说："鲁大昌的兵好像一群丧家狗，向大草滩跑去了！"并告诉我们去大草滩的路线。我们向他们感谢，送给他们一些刚缴来的衣服、白面后，又向大草滩追去。

  逃敌后卫的一个营到了大草滩后，满以为天黑了，离腊子口已有

哈达铺的红色故事

几十里，红军经过一场激战，再也不可能追来了。哪知他们刚要驻下，我先头营便赶到，发起了冲锋，直打得敌人乱跑乱叫，死伤满地，东逃西窜，惨败不堪。我侦察连又连夜插向岷州，占领了岷州城东关。甘肃之敌，大为震动，以为我们一定要马上打岷州城了。但这次我们却接到军委的命令，要我们挥兵东去，乘胜占领哈达铺，至此，腊子口一战结束。

腊子口一战，是长征途中少见的硬仗之一，也是出奇制胜的一仗。这一仗打出了红军的威风，显示了红军战士智勇双全，一不怕苦、二不怕死的硬骨头精神，彻底粉碎了蒋介石企图把红军困死、饿死在雪山草地的计划。从而，它也就永远地留在了我的记忆里。

哈达铺大整编

我们四团打下腊子口，追歼残敌的侦察部队又赶到岷州东关，确实给国民党反动派震动不小，听说当时在甘肃首府兰州的官商显要，都收拾金银细软，带着姨太太准备往西安溜了。就在敌人惊慌失措的当儿，我先头团又神不知鬼不觉地挥师东进，到了哈达铺。

哈达铺是甘肃的一个小镇子，盛产药材当归，回民占了一半以上，据说越往北走，回民越多。中央军委考虑我们进入了回民聚居地区，为了认真贯彻党的民族政策，给我们临时颁发了《回民地区守则》。这个守则条目很多也很细，除了不得擅入清真寺，不得任意借用回民器皿、用具外，还规定了不得在回民住家杀猪和吃猪肉。

我们到达哈达铺时，正是一个晴天的上午。天蓝莹莹的，太阳和煦地照在身上，眼前一片片的庄稼地长着黄澄澄的谷穗，成群的绵羊在山坡上啃着杂草，农民们三五成群地在田里劳动，偶尔还能见到骑在牛背上悠闲的牧童，就差一支短笛了。哦，这时我才想到，节令该是秋分了。可不，自从去年十月离开江西瑞金，也是一个秋天，快一年了。连日的征战，复杂的地形，差异巨大的西北气候，把我们向来习惯的节令概念搞糊涂了，莫说远的，就在岷山那边，我们还能见到冰雹、雪花，可仅仅两天的路程，仿佛换了一个世界。现在，看到这金黄的谷穗，绿茵茵的草地，看到这一排排整齐的树木，和煦的秋日的阳光，个个喜形于色，心情豁然开朗。

当我们来到哈达铺镇子边一条河坝上集合时，群众主动聚拢来看我们。他们中有男的、女的、老的、少的，其中有汉人，也有戴着白色圆帽的回民，还有几个戴着盖头只露出一张脸的妇女，看来也是回民。他们毫无敌意，笑嘻嘻地看着我们。我们一边向他们打招呼，一边集中传达《守则》，各连政治干部又一次宣讲了三大纪律八项注意。

趁部队休息的时间，我随先头营进镇联系。当镇上的老百姓听了我们的来意和主张后，都欢迎我们进去，而且主动让出房子给我们住。我们相互问长问短，像久别重逢的亲人一样。

接着，军团首长来了，毛主席、周副主席也率领中央军委直属机关进驻镇里。毛主席就住在小镇上的一家中药铺子里，中药铺离司令部不远，跨过一条横街，拐弯便到。周副主席和司令部住在一起，那是一座低矮的木结构的两层楼房，记得走出门，还有个小院子，周围是用土垒的围墙。

红军到达哈达铺，国民党反动派一时未敢匆忙行动，一是可能鲁大昌惊魂未定，近处又无重兵，其次是国民党反动派一时还摸不透我们的底细。趁此片刻，我们又得以休整。

为了迅速恢复红军体力，红军来了个别致的命令，全军上下，上

哈达铺的红色故事

到司令员，下到炊事员、挑夫，发大洋一块。别看这一块大洋，在当时确实十分可贵的呢。

哈达铺是甘肃省的边缘，由于交通不便，物产运不到内地，东西十分便宜。一只百来斤重的肥猪，五块大洋就够了；一只肥羊，才要两块大洋；一块大洋可买五只鸡；一毛钱能买十个鸡蛋；蔬菜也只几毛钱一担。加上鲁大昌部队逃跑时丢下的大米、白面数百担，食盐数千斤，足够我们大大改善生活了。尤其我们这些福建、江西、湖南籍的干部战士，很久没闻到饭香了，一见大米、白面，顿时胃口大开。领导上根据当地物质条件和全体同志的体力消耗情况，提出了"大家要吃得好"的口号。这一下，哈达铺的商人可走运了，生意兴隆，有什么都卖光，而且利市三倍。

我们团部的几个干部，加上通信员、警卫员、马夫，也来了个小会餐。我们找了一户汉族老乡家，借了他们的锅灶，来了个八仙过海，各显神通，做了不少的菜，真比过年还热闹，我们还请来了房东。

房东大爷是一个谦和的老头。他蓄有短须，讲究礼仪，看来读过一点古书，说话慢条斯理，喜欢引经据典。吃饭时，他坐在我的旁边，动筷举杯，都连称"红军先生，请"，搞得我们很尴尬。酒过三巡，他有了一点酒兴，才随和多了。当王团长再次敬他一杯，他潸然泪下，解开紧扣的领子，慷慨激昂地站起来说："红军乃仁义之师，如此尊敬百姓，自古至今实为不多。红军乃天降神兵，一夜攻克天险，自古至今亦属少见。老汉今年六十有七，愿代乡里向诸位一拜！"说完拂袖离席，右膝下跪。

我与团长赶快扶起他，连说："红军是人民的队伍，与乡亲是鱼水之情！"

"鱼水之情，好，佳句！好，鱼水之情！此话甚好！"他坐回席前，然后摇头喟叹道："诸位，哈达铺自古是重镇，驻有大兵，远的不说，就说那鲁大昌的兵，一住多年，敲诈勒索，鱼肉百姓。你们初来，就如此赤诚相待，尊敬老人，实令人终生难忘！"

这时他的老伴也凑上来说："红军先生，你们不走了吧？"

我说："我们是暂时借住，路过这里，还要北上抗日，打倒日本帝国主义和国民党反动派！"

房东大爷连连说好，同时跷起大拇指说："有志气，中国有这样的军队，老百姓就有希望了！"

少顷，他又激动地站起来，提高嗓门呼唤老伴道："去将那坛寿酒取来，七十岁我提前过了！"

"七十岁提前过了？"他的老伴睁大眼睛。

老人见老伴不动，大声吵吵道："啊呀，妇道人家，你怎么不懂，我今天看到红军先生，不，他们称红军同志，见到红军同志高兴，要和他们同喝寿酒三杯。把那坛子酒取来，今天借喜席，提前过七十岁！"

"是这样！"老太太这下懂了，高高兴兴地应了声，"好，就来。"随即"噔噔噔"地往屋里跑去。

原来，房东大爷六十五岁那年用糯米自做了一坛米酒，泡上当地盛产的当归，埋在地下陈藏，准备七十岁时开坛，与远在外地的儿孙开怀同饮。今天谈得投机，居然提前献出这坛珍贵的酒了。显然，此时此刻，我们无法推却。

在老人家的盛情招待下，我们又一同饮了几杯。我们有的同志站起来，为老人敬酒。老人家激动得抖动着花白胡子，眼里闪着晶莹的

哈达铺的红色故事

泪花，连连说："祝红军北上抗日，旗开得胜！"在相互祝愿中我们散席。

这顿饭吃得时间很长，它留给我的印象也特别深，主要是由于有房东老大爷的参加使我们的会餐增添了新的意义，尤其是那坛珍藏了几年的酒的突然出现，它不仅温暖了我们的心，而且使我们深深感到人民子弟兵和老百姓真是一家人、一条心啊！我们有这样的靠山、这样的后盾，北上抗日又有谁阻挡得住呢！

第二天，在关帝庙前的院子里，党中央召开全军团以上干部会议。由于大家到达哈达铺的第一天都好好睡了一觉，改善了一下生活，擦了擦澡，许多同志还理了个发，所以这天我们碰到一起互相一瞅，也感到对方比过去精神多了，也年轻多了。人陆陆续续快要到齐了，三三两两凑到一起，叽叽咕咕，笑声不断。会议开始了，毛泽东同志与其他中央领导同志走进会场，顿时响起热烈的掌声。我们仔细一瞅，他们也显得格外的精神。

毛主席挥挥手要大家坐下，然后笑笑说："同志们，今天是9月22日，再过几天是阳历十月，自从去年我们离开瑞金，过了于都河，至今快一年了。一年来，我们走了两万多里路，打破了敌人无数次的追、堵、围、剿。尽管天上还有飞机，蒋介石连做梦也想消灭我们，但是我们过来了，过了江西、湖南、广西、贵州、云南、四川，过了金沙江、大渡河、雪山、草地，过了腊子口，现在坐在哈达铺的关帝庙里，安安逸逸地开会了。这本身是个伟大的胜利！"毛主席激动人心的讲话，使会场上又一次响起热烈的掌声。

稍稍停顿了一下，毛主席又说："但是，在胜利面前，我们必须冷静地分析形势，估计形势。"接着，他介绍说："我们战胜了自然界的种种险阻，粉碎了敌人数不清的堵截、追击，也顶住了天上敌人飞机的轰炸，但现在在甘肃等待我们和准备截击我们的国民党'中央军'和东北军、西北军还有三十多万人，朱绍良、毛炳文、王均等部在甘肃；张学良的东北军，杨虎城的西北军在陕甘；在宁夏、青海、甘肃边境还有'四马'的骑兵和步兵。至于蒋介石，态度仍很顽固，他不顾民族危机，一直不肯接受我党1933年1月17日提出的中国工农红军愿在三个条件下与国民党军队共同抗日的主张，仍醉心于打内战，妄想再次用他的优势兵力，消灭他们认为'经过长途跋涉疲惫不堪'的红军。"

毛主席说："国民党反动派把三四十万兵力部署陕西、甘肃一带追堵我们，对红军北上抗日，不能不说是严重威胁。所以，北上抗日的任务，还是十分艰巨的。"

毛主席在形势分析中还谈到四方面军与张国焘。

毛主席说："张国焘看不起我们。他对抗中央，还倒打一耙，反骂我们是机会主义。我们要北上，他要南下；我们要抗日，他要躲开矛盾。究竟哪个是退却？哪个是机会主义？我们不怕骂，我们要抗日，首先要到陕北去，那里有刘志丹的红军。"

讲到张国焘分裂对抗中央时，毛主席还特别提到，在关键时刻，叶剑英同志是立了大功的！

毛主席说到这里，略略停顿了一下，然后诙谐地说："感谢国民党的报纸，为我们提供了陕北红军的比较详细的消息——那里不但有刘志丹的红军，还有徐海东的红军，还有根据地！"听到这里，同志们按捺不住内心的激动，热烈地鼓起掌来。

毛主席又挥挥手，要大家安静，并且说："我们和同志们都惦念着

哈达铺的红色故事

还在四方面军的朱总司令、刘伯承参谋长。我们也都惦念着四方面军的同志们和五、九军团的同志们，相信他们是赞成北上抗日这一正确方针的，总有一天他们会沿着我们北上的道路，穿过草地，北上陕甘，出腊子口与我们会合，站在抗日的最前线的，也许在明年这个时候。"

此时掌声雷动，大家的心里热乎乎的。毛主席又笑笑说："同志们，我代表中央，宣布一个重要的决定。"

顿时，同志们都静下来。

毛主席接着又说："为了适应新的形势，中央决定部队改编，组成中国工农红军陕甘支队，由彭德怀同志当司令员，我兼政委，下属三个纵队。"

于是在掌声中，毛主席宣布陕甘支队编成三个纵队，即第一纵队由红一军团改编，第二纵队由红三军团改编，军委直属部队改编为第三纵队。

毛主席接着又说："同志们，我们目前只有八千多人，人是少了点，但小有小的好处，目标小点，作战灵活性大。人少，更不用悲观，我们现在比1929年初红四军下井冈山时的人数还多哩！胜利是一定属于我们的！"

毛主席说完，举起一个指头，笑着说："现在要提醒大家一点，就是在松潘地区，我们是没收反动土司的粮食、牛羊和购买藏民的粮食，现在我们应该坚持以打土豪、筹粮筹款为主，不能侵占工农的利益。这是人民军队的一条重要纪律。"

毛主席最后用洪亮的声音号召大家，经过二万多里的长征，久经战斗，不畏艰苦的红军指战员是一定能够以自己的英勇、顽强、灵活的战略战术、战斗经验，来战胜抗日途中的一切困难！你不要看我们现在人少，我们是经过锻炼的，不论在政治上、体力上、经验上，个个都是经过了考验的，是很强的，我们一个可以当十个，十个可以当百个。特别是有中央直接领导我们，这是我们胜利的保证。

"同志们，胜利前进吧，到陕北只有七八百里了，那里就是我们的目的地，就是我们的抗日前进阵地！"毛主席挥舞拳头结束了鼓舞人心的讲话。

"拥护中央北上抗日的正确路线！"

"到陕北根据地去！"

"前进！前进！"

"和二十五军、二十七军会师！"

一时间口号阵阵，此起彼伏。

毛主席的指示，坚定了我们胜利的信心，增添了我们斗争的勇气。当夜，我们几个团干部到各连分头传达，召开战士座谈会，回顾一年来长征的胜利和体会，有的同志在座谈会上激动地说："长征好比是大海，我们从不会游泳到学会游泳，虽然喝过几口水，但毕竟学会了！"有的同志说："雪山、草地都过来了，眼前到陕北七八百里就都是草滩、雪崖，我们也要走过去。"有的同志看到连里只剩下七八十人，说："刚出江西时有一百多人，许多同志没有到哈达铺，在长征路上倒下了，'北上抗日'的壮志未酬。我们活着的同志责任更重。我们缅怀、悼念牺牲的烈士，继承他们的遗志，在以后的北上征途中使出更大的力气。"更多的同志表示，今后不管天南地北，党中央、毛主席指到哪里，就跟到哪里；不管出现什么艰难险阻，党中央、毛主席下令，我们就冲、就上！什么路途坎坷、生活艰苦，这些都是小事，北

哈达铺的红色故事

上抗日，能打出个新局面，拯救中华民族，这才是真正的大事！我们共产党员要的是共产主义！

"共产党员要的是共产主义！"这铿锵有力的语言，震撼着我们每个红军战士的心，可爱、朴素，心田透红透红的战士啊，你们的话，道出了千千万万共产党员的心；你们的话，说出了我们的崇高理想！

在哈达铺休息了两天。在这期间，按照毛主席指示，部队进行整编，我们四团编为一纵的四大队。第三天，9月23日，我们精神抖擞地踏上了奔赴抗日征程的最后一段路程。

哈达铺整编在整个一年多的征途中，只是那么短暂的几天，可它给我们的印象却非常强烈。确实，毛主席在关帝庙前那鼓舞人心的讲话，给我们增添了战斗的活力，哈达铺也就成了我们长征中名副其实的加油站了。

哈达铺难忘的三件事[①]

杨得志[②]

二师红四团突破了号称天险的腊子口后,我们很快就到达了哈达铺。

哈达铺这个小镇,只有一条小街。三面有不高的土山,叫"哈拉木顶山""哈主山"。人口比较密集,绝大部分是回族和汉族。他们讲的汉话虽不太好懂,但三个多月来我们一直在人烟稀少、语言不通的少数民族地区行进,能听到汉语,即使难懂也感到十分亲切了。这条一里多长

[①] 原文《信念的力量》,此文是其中的节选,题目为编者所拟。

[②] 杨得志(1911—1994),湖南醴陵人。1928年2月参加工农革命军。同年10月加入中国共产党。1930年起任中国工农红军排长、连长、团长、副师长、师长。参加中央苏区历次反"围剿"和长征。长征途中曾组织"十七勇士"强渡大渡河。抗战爆发后,任八路军第十五师团长、八路军第二纵队司令员、冀鲁豫军区司令员。解放战争时期,历任晋冀鲁豫军区第一纵队司令员,晋察冀军区第一、二纵队司令员,晋察冀野战军司令员,华北军区第二兵团司令员。中华人民共和国成立后,曾任济南军区、武汉军区、昆明军区司令员,国防部副部长,人民解放军总参谋长,中共中央军委副秘书长,中华人民共和国中央军委委员等职。1955年被授予上将军衔。1994年10月25日在北京逝世。作者到达哈达铺时任红一军团第一师第一团团长。

哈达铺的红色故事

的小街，两侧大都是青瓦房，街心有一座古老的戏楼，街上还有一座小关帝庙，这些都引起了战士们极大的兴趣。不少同志说："这样的庙，我们家乡每个村庄都有哩！"街两旁小店铺几乎一家挨着一家。因为有陕西、河南等地来的"客户"，货物比较齐全。它使我想起了1929年下井冈山后，第一次占领的城市——闽西长汀。好久见不到的白纸、麻纸、生芪牌蜡烛、毛蓝布、青洋布，甚至绸缎、锣鼓家什都有。

黎林同志从街上买回了白纸，还从一个"跑邮政的"人那里搞来了几张不知哪年哪月的破报纸，高兴得如获至宝。谢象晃同志不仅买了蜡烛，还买了好些各种颜色的布。问他买布做什么用，他只是笑，却答不上来。那神情好像是说，能买到东西就够高兴的了，还没考虑干什么用呢！吸烟的同志买到了烟，更是高兴，因为进入雪山、草地后他们就"断粮"了。在毛儿盖，我曾看到一些"烟鬼"把树叶子、干草搓碎，用从地上拣来的纸卷着吸。他们一边吸还一边说："吸吧，吸吧。这毛儿盖牌的香烟，过了这个地方再想吸可就没有了。"如今哈达铺的香烟品种比较多，什么"单刀""双刀""白飞机"等等，最受欢迎的是"哈德门"。因为这种烟不仅好吸，而且每个盒子里都装有一张关公，或者张飞，或者刘备，或者周仓等历史人物的画片。由于有这个玩意儿，连一些不吸烟的战士也纷纷将它买回来。他们将烟送人，抽出画片互相传看。真没想到，他们对画片那么感兴趣，瞅过来瞅过去，高兴得像小孩子一样。这时，我高兴地对胡发坚同志说："参谋长，让各连把伙食尾子拿出来，买些布擦枪吧，另外给每个号兵买一块红绸子，最好长一些！"胡发坚同志乐得眼睛眯成一条线，说："这一次，你团长的指示落后了，人家早搞起来了。"

更令人高兴的是，为适应北上抗日的新形势和战争需要，中央决定将右路军整编为中国工农红军陕甘支队,下设三个纵队。彭德怀同志任支队司令员,毛泽东同志任支队政治委员。红一师编入一纵队。我们红一团和红三团的一部分(记得是一个营和一个团的卫生队)编为一纵队第一大队,肖华同志为政治委员,陈正湘同志为副大队长,耿飚同志为参谋长,冯文彬同志为政治部主任,周冠南同志为总支书记,我为大队长。

红一方面军司令部,周恩来同志住室

在哈达铺有三件事(或者说有三个人)是我难忘的。

一是当时只有二十来岁的周冠南同志。他较长时间做青年工作,虽然年轻,但深为战士们所敬爱。他是位从思想意识到工作能力、作风都很好的同志。我们一起到陕北。他在甘泉战斗中负过伤,后来在医院中被国民党反动派的飞机夺去了生命,过早地离开了我们。这是

哈达铺的红色故事

非常令人难过的。

二是胡发坚同志由参谋长改任作战参谋。按现在的说法是"降职使用"了。在当时的红军中这样的情况虽然常有，但并不是每一个同志都能正确对待。胡发坚是位老同志。1931年第三次反"围剿"时，我们在一个战场上作过战，那时他就是团政治委员。记得他到红一团任参谋长时，我曾和他开玩笑，说："你这个老胡，文武双全呐！"他笑着说："什么文武双全哟！我当红军前在家是学裁缝的。要是找不到红军，不参加党，顶破天我不过是个蹩脚的裁缝。"这次工作变动是在艰苦的长征即将结束的时候，作为老战友，我应该好好和他谈谈。我把组织上的决定告诉他后，他沉默了。我说："有什么问题你讲嘛！"他凝视着我，深藏若虚地说："部队扩大，任务更重了。作战参谋这个工作对我比较合适。"他毫无勉强，高高兴兴地接受了新的职务。胡发坚就是这样一位好同志。到延安后，我们一起在"抗大"学习了一段时间。后来，我去八路军一一五师六八五团，他到新四军一个支队任参谋长。我们是在延安分别的。由于不在一个战场作战，一直没能再见面。1945年4月，我去延安参加党的第七次全国代表大会时才打听到，胡发坚同志在与日寇作战中，已经光荣牺牲……耳闻目睹流血牺牲，对我虽是惯常的事，但听到胡发坚同志牺牲的消息，我还是抑制不住难过的心情。

三是在哈达铺，黎林同志和我分别了。

我们两个人从第五次反"围剿"后期在一起工作算起，只有一年多一点，时间不算长。但这一年多，可以说是红军历史上一段最复杂、最艰难的时日。不论是"左"倾错误领导占统治地位的时候，还是初离江西开始长征的那些令人激愤的日子，以及后来艰难的战斗岁月，我们两个人都是形影不离的。作为一位政治委员，黎林同志为共产主义事业忘我奋斗的精神，坚定不移的党性原则，尊重同级、团结同志、爱护战士的优良作风，红一团的同志都是有目共睹的。他给过我不少启迪和帮助。特别是在学习方面，因为他文化程度比我高。这次，我们要分开了。我知道，这是组织上的决定，可感情上确实不好受呀！

我是个不善于表达感情的人。黎林同志离开红一团的头天晚上，我俩躺在各自的床上谈了很久、很久。最后我说："你要走，部队很舍不得呀！"

"你呢？"黎林同志反问。

我坐起来，背依着墙，复杂的心情无从表达，就说了句反话："舍得。我巴不得你早些走哩。"

他忽然披上上衣来到我的床上。

我俩打着"通腿"，对面而坐。我说："点上支蜡烛吧。""不要，看得见。"他说。其实那天晚上外边并没有月亮。

我说："要分手了，应该送你点纪念品才好。"

他笑了："你有什么？送我一支枪吗？我也有。我倒是想送你一点……"

"什么好东西？"我打断他的话，"写几个字？还是给我一本书？"

他摇摇头："我那字不值得送你。说到书，可惜连本破的也没有。"说到这里，他突然放声大笑了。那时候我们都是二十多岁的青年人。我猜，黎林同志可能要开玩笑了。果然，他笑呵呵地说："我比你大一点，算是老大哥了。等将来条件许可，我给你找个老婆吧！"

我踹了他一脚，笑着说："要找老婆也要先给你找。你比我大，身

哈达铺的红色故事

体却不如我，需要人照顾。"

　　他爽朗地笑着说："你还记得过雪山的事呀。其实我知道，那几天你也疲劳得很。现在好了，将来会更好。"

　　我们从部队干部、战士的情况，谈到个人生活，又从个人生活谈到部队的工作，东方发白了，话还没有谈完……我们就这样分手了！

　　部队在哈达铺停留了几天之后，一路北上，不久就到达了通渭城。

哈达铺筹粮[1]

徐国珍[2]

1935年8月，艰苦转战的中央红军终于走出了雪山草地，到达甘川边界的班佑、巴西一带。红军在那里休整了几天，筹集粮食，准备北进。九月初，党中央率红一、三军团北上，进入甘肃境内。我原在红五军团第十三师三十九团任营长。长征进入甘肃前，我已调离作战部队，到一军团群工部工作，群工部部长由政治部副主任罗荣桓兼任。行军时，我随先头部队行动，为部队

徐国珍

---

[1] 原文《长征路上筹粮》，此文是其中的节选，题目为编者所拟。

[2] 徐国珍（1912—1993），甘肃天水人。1931年参加中国工农红军，同年加入中国共产主义青年团，1932年加入中国共产党。历任红五军团第十五军连长，第十三师第三十七团连长兼政治指导员，第三十九团营长。参加了中央苏区第四、第五次反"围剿"和长征。到达陕北后，任中共宜川县委军事部部长，红二十九军司令部作战科科长、第二五五、二五六团团长。抗日战争和解放战争时期，任八路军第一二九师第三八五旅第二团副团长兼参谋长、第五团团长、陕甘宁边区陇东军分区副司令员、司令员，兰州警备区司令员，甘肃军区第一副司令员。中华人民共和国成立后，任兰州军区副司令员兼甘肃省军区司令员，兰州军区副司令员、顾问，解放军工程兵顾问。1955年被授予少将军衔。1993年5月在兰州逝世，享年81岁。作者到达哈达铺时任红一方面军一军团政治部群工部干事。

哈达铺的红色故事

筹粮筹款，做群众工作，宣传我党我军的政策和北上抗日的主张。因为我是甘肃人，熟悉情况，开展群众工作有很多便利的条件。

9月17日，先头部队红二师打下了腊子口，部队翻过岷山，进入岷县大草滩。我们在大草滩休息一天，第二天到达哈达铺。红军到哈达铺后，就在那里休息、筹粮，进行整编，将一、三军团、军委纵队改编为中国工农红军北上抗日陕甘支队，一军团编为第一纵队，三军团编为第二纵队，中央和军委直属队编为第三纵队。同时，给张国焘发了电报，等待左路军北上，并派人修路架桥，迎接他们北进。如果左路军北上，红军就围岷县进行夏洮战役，建立川陕甘革命根据地。等了两三天，张国焘回电，决定左路军南下。于是，陕甘支队即继续北进，到陕北去，会合红二十五、二十六军，巩固和发展陕北革命根据地。

哈达铺是个比较富足的小镇，是回族和汉族群众聚居的地方，约有几百户人家，有几家店铺，也有些从外地来做生意的。我在那里认了一个秦安老乡，是个做生意的，我就住在他那里，他为我做干粮，煮鸡蛋，待我很热情，还给我做了棉裤和衬衣，但是我那时没有发展他入党或参加红军。我在哈达铺只发展了一个人，这个人后来被鲁大昌杀掉了。我们在哈达铺筹集了大批粮食，主要是用银元买的，同时，还从商人和群众那里买到了盐巴、药品和部队需要的东西。在哈达铺东面二十多里的地方有个理川镇，鲁大昌部队的一个运输队驻在那里。我和先头部队赶到那里，把敌运输队截获了，缴了大批的布匹和棉花。左权参谋长和后勤部赵尔陆部长决定把这些布和棉花分给大家，为干部战士做棉衣。部队一边走一边做，有些做得大衣不像大衣，棉衣不像棉衣，但总算解决了御寒问题。

9月26日早上，红军迅速渡过渭河，突破了敌人的渭河防线。当天下午，我们就到了榜罗镇。那时大约三四点钟的样子，镇子里集还没有散。红军到那里的时候，镇子上有些乱，部分群众对红军不够了解，跑散了。我们立即喊话，做宣传工作，安定镇里的秩序，把跑散的群众动员回来。第二天，党中央及主力部队进驻榜罗镇，我就随先头部队向通渭进发了。

　　……

　　红军长征已过去五十年了，那段历史是令人难忘的。长征是伟大的战略转移，艰苦转战两万五千里，在党中央和毛泽东正确路线的指引下，走出了一条胜利的道路。长征是震惊中外的伟大壮举，在中国革命史上谱写了光辉的篇章。长征是崎岖坎坷的艰难历程，有多少优秀的指挥员、红军战士牺牲在长征路上，长眠在雪山草地，他们的英名是应该永垂青史的。长征是艰苦卓绝的，但长征中也有欢乐和喜悦，这就是战斗的胜利，就是同志间的阶级友爱，就是军队和人民的深情厚谊，就是红军指战员坚定的革命信念和大无畏的斗争精神。我们要继续发扬红军长征的革命精神，把我国社会主义现代化建设搞好，把军队建设搞好，我们的事业是必胜的。

哈达铺的红色故事

大家要吃得好[1]

杨定华[2]

　　北上抗日的人民红军在荆棘丛中，在耸入云际连年积雪的高山，在一片泽国的草地原野，经历了三个多月的艰苦奋斗生活，经历了寒冷风霜，吃过了草根树皮，有不少经过万里长征之英雄牺牲于这一地区。正因为这万里长征北上抗日的壮举，和这些英雄的牺牲，将来在民族解放史上，这些英雄固然是不朽的人物，过雪山草地当然也要占着光荣的历史篇幅，成为历史必要的题材。

　　战士们下了岷山山脉进入甘肃之后，一方面感于别却过去所尝的辛酸生活的地区而快活，同时又以他们到过这样的地方而自豪！大队人马虽然与岷山山脉背道而驰，可是，战士们一面说说笑笑地向前走着，一面又时常不约而同地转头回顾岷山的真容。这一回顾当然不是"临别依依"，而是向它宣告辞别。

　　我们对于辞别了的岷山，当然渐渐与它越离越远了。我们的宿营地虽然还未看见，然而我们目光所接触的一切景物，都是很快接近乡村的象征。如在远远的山坡上，西斜的夕阳照射下，看得清楚的有一

---

　　[1] 原文《从甘肃到陕西》，此文是其中的节选，题目为编者所拟。

　　[2] 杨定华，原文注：到达哈达铺时任红军陕甘支队司令部电台人员。据《中国工农红军哈达铺纪实》记载，初步考证"杨定华"就是长征中任中共中央政治局候补委员、中央军委第二纵队副司令员兼副政治委员的邓发同志。

群一群的绵羊，牧童坐在牛背上向附近山下赶，显然相距我们不远有乡村了。行行复行行，转了几个弯，就看见了三五成群的农夫、农妇。我们自然异口同声地问他们这里叫作什么地方。他们也一致回答，前面是岷州的南区大草滩。再行了不远，即看见我们的设营队派回之通讯员站在大路旁边，不断地叫着："司令部命令所有后续纵队都到前面五里之大草滩宿营，先头纵队驻哈达铺。"战士们在疲乏之余，闻得不再赶到哈达铺，可以少走二十里宿营，当然有说不出的高兴。

当我们到达大草滩村外一个河坝上集中的时候，来看热闹的老百姓，男的、女的、老的、少的，越聚越多了，其中有汉人，有回民，大家都笑嘻嘻地看着我们。各部队的战士们坐于河坝上，各部政治指导员则重新又一次说明红军的三大纪律、八项注意，及进入回民地区的政治训令；同时派出代表入村里办交涉，询问群众可否允许我们进入村里宿营。当地老百姓听了红军说明来意及主张之后，都表示异常亲热地欢迎我们进去，每家自动让出一两间房子给我们宿营。因人多房少，结果我们大部分人仍是露营。

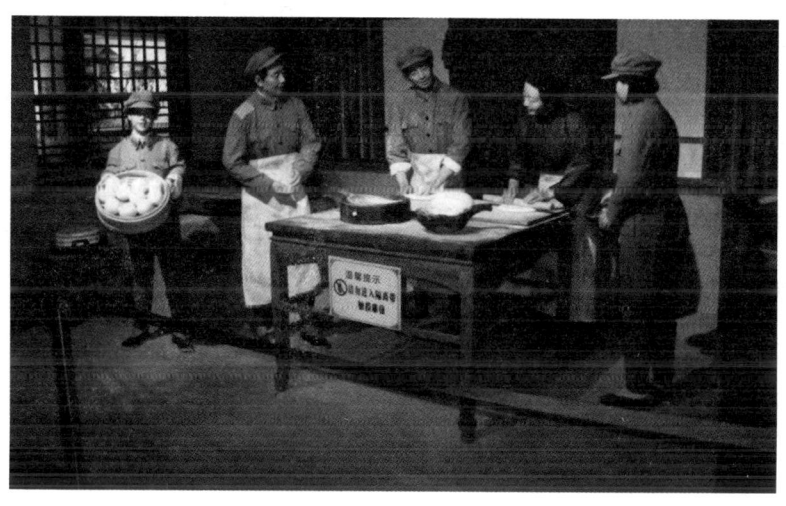

军民鱼水情（塑像）　　宕昌县委党史办提供

哈达铺的红色故事

部队进入宿营地之后，一切小贩买卖在我们周围都陈列起来了。为避免买卖拥挤起见，各部战士都指派出采买员去购买东西，而且买卖都用现洋。群众觉得红军说话和气，买卖又公平，这样多的人马一点不感到嘈杂麻烦，都感到有点惊奇。

在这里更有意思的是几位汉、回农妇对于红军中做政治工作的女战士，她们觉得这些女战士言语行动明明是女子，但细看她们穿着戎装、麻鞋，又缠上绑腿，佩带手枪，雄赳赳的又引起她们怀疑。于是几个农妇格外亲热地牵着一个女同志向她们家里跑，一会儿所有女同志都被当地回、汉农妇牵到她们家里了。因为他们对女同志是男是女还抱一点怀疑态度，所以向女同志实行"检查"。她们向女同志胸前一摸，触着两个乳峰，自然立刻可以肯定是男是女。红军同志当时弄得莫明其妙，大家哗然一笑，然而那些"执行检查"的农妇们则更进一步亲热，请那些红色女战士上炕（北方睡土炕，凡有客人来了都请上炕，但女人的炕只请女客）。女同志不仅被请上炕，而且被农妇请吃了很好的晚饭呢！我想这不仅是因为女性与女性之间有更亲切关系，而且是因为她们对万里长征的女战士确抱着无限羡慕和敬仰。

一般的战士们虽然没有农妇请吃晚饭，但各个伙食单位都买到了羊肉和白面、盐、油，与雪山草地吃野菜、青草，数月不见盐油之味的情形比较起来，你想精神上是如何的快乐啊！如果形容起来，真有点像困于囚笼之鸟儿，一旦逃脱而翱翔空中一样。

在大草滩过了一宿以后，我们又向哈达铺前进。本来司令部命令要我们于昨晚黄昏赶到哈达铺的，因沿途被飞机的麻烦，致未赶到，还有二十五里的"路债"留下今天再还。为避免飞机的麻烦，清晨即从驻地出发。当我们队伍在河坝上集合的时候，大草滩的老百姓男女老少都出来看我们。大概当地人民对红军有了实际的认识，对红军的军纪及红军对人民亲热的关系，都有莫大的好感，所以对于红军的离别，仿佛有点难舍难分的样子。据我们家乡的一般习惯，有军队来乡里驻扎，老百姓都有点皱眉头，觉得老不舒服，如果闻得军队要开走了，那真是谢天谢地！然而红军所到的任何城市、乡村，老百姓的态度则恰恰相反。我们每次离开宿营地时，老百姓总是舍不得我们开走。当我们离开大草滩时沿途老百姓都说："红军先生为什么不多住一两天呢？""咱们这里地方穷，红军先生你们住不惯吧？"我想，如果他们正是清楚知道我们吃过雪山草地的苦况的话，那真有点开玩笑了。我们大队人马越离越远了，然而老百姓仍然站立于村外河滩上远远望着我们，有些还向我们招着手。红军能获得老百姓如此同情，我想不仅靠他们抗日救国主张的正确，而且靠他们的实际行动。比方我举一个这样的例子，在别的军队中是绝对不会有的：我们队伍集合完毕之后，立刻由各部队自行派出纪律检查员和政治部纪律检查队，到各部驻过之房舍检查。检查完毕便立即向集合之部队宣布检查的结果。我还记得当时有两个连队宿营地未打扫，有一个连队借了锅头用了未洗干净，有一个民工买了鸡子少给一毛钱予老百姓。纵队司令员听了之后立即命令犯纪律的连队首长派人回去打扫，少给的钱，一时虽查不出是哪一个民工少给的，也由政治部垫补出来。红军这样去注意纪律问题，由此可知老百姓同红军关系好的原因所在。

　　因为精神的兴奋和愉快，同时昨晚不仅安静地睡了一晚，而且都买了白面、羊肉吃得饱饱的，大家走起路来特别起劲。那么飞机捣乱的时间也未到，大家又少了一层顾虑。行程也只有二十五里那么长，路上并未休息，只花去两个半钟头时间，队伍就先后到达了哈达铺。

哈达铺的红色故事

因为先头已过了不少队伍，同时司令部直属队及一军团尚有队伍留驻该地，当地老百姓对红军大概看惯了，所以看热闹的人就没有大草滩那样拥挤了。

当红军离开了雪山草地的藏民地区，而进入甘肃南部的大草滩、哈达铺地域时，国民党的川军及中央军虽然由于红军转移得迅速而追赶不及，然而，在甘肃堵截红军的国民党中央军已有十余师之众，加上东北军、西北军，总计不下二三十万人马。照理推想，军队数量和武器弹药均占优势的国民党军队，当然可以对付当时疲劳到极点、弹药俱缺的红军而有余，红军当时对甘肃的情况也做了异常慎重的估计。我还记得，在哈达铺的干部会议上，毛泽东曾做过这样的演说："同志们！雪山草地的困难我们已胜利地克服了，然而今天摆在我们面前的，尚有更危险更艰巨的任务。现在正如狂风暴雨的情况。民族的危机一天天加深，我们坚决主张国内和平统一，停止内战，使我们可以到达抗日前线，完成我们北上抗日的原定计划。可是国民党至今没有接受我们提议的表示，仍在集中大军来压迫和阻止我们。我们仔细估计国民党军队的力量，是超过我们数倍。假使我们在战略战术上不小心不慎重的话，那么，我军就有受到严重打击的危险。如果国民党各军不拦阻堵截我们，不向我军攻击，我军决不进攻他们；但遭受攻击和拦阻时，我军是必须打开北上道路和自卫的。我相信，经过万里长征的久经战斗的、不畏一切艰难困苦的指挥员、战斗员，你们一定能够以你们的英勇，谨慎灵活的战略，和以往的战斗经验来战胜危险而达到北上抗日目的。"在上面的一段话的中间，就可以看出当时红军所处的严重情况。但红军自从突破了腊子口之后，担任沿途堵截之鲁大昌师，一直被红军追到哈达铺，沿途堡垒相继失守，鲁部几乎全军覆没，除被击散及被红军缴械者外，其余亦不得不仓皇退入岷州城里。这时，不仅蒋介石围困红军于雪山草地，用自然界的力量消灭红军的计划尽成泡影，而且由于腊子口的被突破和鲁大昌的失败，红军便获得向北行动和发展、进入西北抗日阵地的优越条件。

红军到达了哈达铺之后，当时大概因双方情况都不明，国民党军并未来进攻，红军也不轻易移动，因此，红军获得了两天的休息。红军为了迅速恢复体力，不论官兵、民工一律发了一元大洋，所以当地小贩商人利市百倍。此地猪、羊、鸡、鸭价格甚廉，一百斤的大猪才卖五元大洋，二元大洋可买肥羊一只，一元大洋可买五只鸡，一毛大洋买十几个鸡蛋，五毛大洋可买一担蔬菜。鲁大昌部遗留下来的大米、白面数百担，食盐也有数千斤。在草地雪山几月未食到盐及大米、白面的红军战士，当然喜形于色，尤其江西、福建出来的红军战士，看到大米特别开胃。因为估计到物质条件的可能，红军总政治部特别提出"大家要吃得好"口号。这个新奇的口号，是我到红军几年来第一次听到的，这大概是因为红军体力急待恢复的缘故吧。这也就是红军政治工作的特点和无微不至的地方。

一时"大家要吃得好"的口号传遍了整个部队。各个连队伙食单位，都割鸡杀鸭，屠猪宰羊，每天三顿，每顿三荤两素，战士们食得满嘴是油，光溜溜的。大家眉飞色舞，喜气洋洋，互相见面时，哈哈大笑，不约而同地说："同志哎唷！过新年！"这样的话不提犹可，一提就要引起议论纷纷。有的说："唔！在家里过新年也吃不到这样好。"我们电台上有一个来自贵州的民工说："我十八岁了，除了我姐姐出嫁那年吃过鸡。到了红军才常有鸡吃。"另一个又说："我们江西也只有革命成功以后（指土地革命以后）过年才家家有鸡吃。"不管在

哈达铺的红色故事

河边上集中洗菜的地方,或在屠猪宰羊的人群中,都可以闻得战士们你一句来我一句往的议论。我听了红军战士们这种议论之后,细想起来,他们那样议论,都近于实际和真理。因为在中国一个普通农民家庭,过新年屠猪宰羊,杀鸡杀鸭的,确实是绝少的事,除地主豪绅之外,谁有如此豪阔!贵州农民因受军阀、地主、豪绅的敲诈剥削,一年到尾,不仅许多儿童连裤子都没有得穿,甚至十五六岁的姑娘仍然赤身露体。说到杀牲口来过新年,简直等于做梦。我觉得他们的这种议论确是反映了中国农民痛苦的一幅图画,异常明显和深刻。

红军为联络地方人民感情起见,总政治部通令各个伙食单位,请驻地周围人民会餐。因此,各伙食单位都有一桌至两桌客菜,以备请当地老百姓来吃。每个伙食单位都请来一二十个老百姓,其中有男的,有女的,有小孩子和老头儿、老太婆。会餐之际,他们你劝我让,吃得嘻哈大笑,怪热闹的。

我们电台的伙食单位,请来了四家老百姓,我们把他们分成两桌。其中有一家是回民,回民不吃猪肉,所以单独一桌。给我印象最深刻的是一对六十多岁的老夫妇,他俩态度的有趣,说话的深刻,使我至今尚不能忘。老太婆对我们总是笑嘻嘻的,老头子在我们驻扎的房子出入举手学我们行军礼,一面举手一面鞠躬,那种神情态度,真会使你肚子笑痛。他和我们谈话时说:"咱们几十年未看过红军先生这样好的军队。鲁大昌在这里驻了几年,咱们不但吃不到他的东西,反要咱给他们吃。"他尚未说完,老太婆又抢着说:"唔!交不出粮来还要吊打呢。红军先生,你们不走就好了。"还有几位小孩子,简直依依不舍,总不愿离开我们的房子,并且再三地要求,要随我们队伍走,因他们年龄太小,电台之政治指导员未答允他们的请求,小孩子竟然大哭起来。人民对红军如此信赖，固然由于他们纪律严明，善于政治宣传，同时实际给予人民切身利益，恐怕是主要原因。

　　红军战略的神妙，常出敌军意外。红军在哈达铺休息两天待机，扬言继续向东行动，即以迷惑敌军。敌军信以为真，将主力集结于天水，以待迎击，同时占领渭河北岸之武山、漳县，以防红军北上，但红军侦探灵活迅速，战略神妙，竟以迅雷不及掩耳的手段，立刻发挥其特长，以一天工夫走了九十里，进入一个不大的村庄宿营（可惜地名忘记了）。该村庄（注：应为岷县闾井）虽然不大，但别有风味。村内没有一个独立房子，都是一二十家一个集团。房子周围建筑着一两丈高的大土墙，墙外且挖了壕沟，深约丈余。进口处只有一桥，如果抽出桥板，民团再加以抗拒，那就不易进去。老百姓耗费了许多人力，造此"金城汤池"，据说是为了防备土匪。当我们接近该城堡时，人民都站在城墙上远望。红军怕引起民团误会，故先派代表接洽交涉。人民知道不是土匪，立刻开门迎接红军。待我们进入宿营地之后，政治工作人员立即分头活动，向人民说明北上抗日的主张，于是人民都乐意帮助红军。

哈达铺的红色故事

从腊子口到哈达铺[1]

戴镜元[2]

我们胜利地通过了雪山、草地,突破了川甘"天险门户"腊子口,越过岷山以后,在9月21日到达了甘肃岷县哈达铺。我们距离陕北革命根据地越来越近了。快要到"家"了,怎么不使人兴高采烈、欢喜若狂呢!

在哈达铺,群众热烈地欢迎我们,大家像久别重逢的亲人一样。老乡们笑嘻嘻地围拢着我们,互相问长问短,格外亲切。我们在庄稼地

---

[1] 原文《从甘肃岷县到陕北革命根据地》,此文是其中的节选,题目为编者所拟。

[2] 戴镜元(1919—2008),福建永定人。1928年加入中国共产主义青年团,次年加入中国共产党。1933年参加中国工农红军。曾任共青团永定县委书记、中央军委二局研究员。参加了中央苏区反"围剿"和长征。后任中央军委二局股长、处长、副局长。1948年任中央军委二局局长兼政委。在辽沈、淮海、平津等战役中,所部受中央军委传令嘉奖。中华人民共和国成立后,历任中央军委技术部部长、中共中央机要局副局长、中共北京市东城区委书记兼区长、总参谋部三部部长。是中共七大、十一大、十二大代表,中国人民政治协商会议第一届全体会议代表。2008年4月3日在北京逝世,享年89岁。作者到达哈达铺时任中革军委第二科支部书记。

里、在老乡们的院子里，看到一草一木、一条牛、一只羊，都要仔细询问，好像有无数的话儿要借着这些事物倾谈出来。

整个部队在这里休息了两天，大家都洗了澡，理了发。这是过草地以来第一次洗热水澡和理发，全身顿觉减轻了重负，感到特别轻松愉快。为了迅速恢复体力，根据当地的物质条件，陕甘支队政治部特别提出了"要注意改善部队生活"的口号。

在哈达铺，党中央召开了全军干部会议。主席在会上讲了话，分析了当前的形势，指示了我们今后的任务。党中央和毛主席对当前的形势做了周密的分析。当时我们虽然战胜了自然界的种种险阻，粉碎了阶级敌人无数次的堵截追击，可是那时候在甘肃堵截红军的国民党"中央军"和东北军、西北军还有三十多万人，朱绍良、毛炳文、王均等部在甘肃，张学良的东北军、杨虎城的西北军在陕、甘，此外在宁夏、青海、甘肃边境还有"四马"（马鸿逵、马鸿宾、马步芳、马步青）的骑兵和步兵。蒋介石不顾民族危机，一直不肯接受我们的抗日主张（1933年1月，我们党就提出了中国工农红军愿在三个条件下与国民党军队共同抗日），再一次顽固地妄想利用他们的优势兵力，消灭他们认为"经过长途跋涉疲惫不堪"的红军。敌人这三四十万兵力在陕、甘一带追堵，对红军北上抗日不能不是个严重的威胁，所以我们北上抗日的任务，还是十分艰巨的。可是我们坚决主张国内和平，停止内战，一致抗日。如果国民党各军不拦阻堵截我们北上抗日，不向我军攻击，我军决不进攻他们；但是如果我军受到了攻击和拦阻时，为了自卫和北上抗日就一定要坚决反击，一定要以我们正义的革命的战争去反对国民党反动派非正义的反革命的战争。

全军指战员，遵循着毛主席和党中央的指示，信心百倍地向着我

哈达铺的红色故事

们的陕北革命根据地奋勇前进。

我们到哈达铺后，敌人摸不着我们的底，没有马上来进攻。我们在哈达铺休整了两天，扬言向东挺进，作出佯攻天水的姿态，迷惑敌人，把敌人的主力吸引到天水一带，然后来个急行军，突破渭水北岸武山、漳县一带。

中央军委纵队9月23日从哈达铺出发，连续急行军，当天到了闾井，次日到达新寺。自从我们一出岷山以后，敌机就发现了我们，天天来侦察、轰炸、扫射。在从闾井到新寺途中，敌机又不断来骚扰，这样就影响了我们行军的速度。急于北上抗日的红军战士们，心里充满了愤怒，一致决心不因敌机的骚扰而延误时间，所以在晚上仍然继续急行军。

从闾井出发的晚上，天色漆黑，没有半点星光，也没有一支火把，只在黑暗里摸索前进。在那崎岖的羊肠小道上，一路踩着坚硬的卵石，许多同志的脚都磨起了血泡。到了深夜，才走进一个村子。这个村子旁边有一条小河，沿着河边有许多水车磨坊，同志们一进磨坊，倒在地上就呼呼地睡着了。我们第四分队在夜里三四点钟才到达这个村子，找到了一个小磨坊。大家走了一天多，没有吃到东西，又累又饿，很想躺下歇歇，弄点什么吃吃，可是我们的工作不能耽误一分一秒。虽然极端疲劳和饥饿，但大家都抖擞起精神，立即架线，坚持工作，直到天亮。这时，一部分同志留下继续工作，一部分同志迅速前进。早晨八点钟赶到新寺。在新寺，弄弄脚泡，整理整理草鞋，又准备第二天出发。

进入哈达铺①

成仿吾②

我们胜利地突破了天险腊子口，从而脱离了藏民地区，进入了甘肃南部汉族较多的汉、回族地区。大草滩、哈达铺一带的群众，亲眼看见我们把平日压迫他们的军阀队伍，像赶鸡鸭一般赶着，把那些"丘八"像抓小鸡一样抓起来，心里说不出的高兴，都笑嘻嘻地欢迎我们。当我们在村外等着，问可否进入村内宿营，他们都异常亲热地欢迎我们进去，并且很快让出房子来给我们休息。他们中间有人听说过东边的陕西有红军，专门给穷人办好事，却没有人曾料到从腊子口的隘口里会涌出一支强大的红军来。他们开始是十分惊奇，经过我们

成仿吾

---

① 原文《进入甘南》，此文是其中的节选，题目为编者所拟。

② 成仿吾（1897—1984），原名成灏，笔名石厚生、芳坞、澄实。出生在湖南省新化县知方团（今琅塘乡）澧溪村一个知识分子家庭。1928年在巴黎参加中国共产党，1934年10月随中央红军参加长征。历任华北联合大学党委书记、东北师范大学校长兼党委书记、山东大学校长兼党委书记、中国人民大学校长。1984年5月17日在北京逝世，享年87岁。作者到达哈达铺时任红一方面军干部团教员。

哈达铺的红色故事

讲解，看了我们的行动，很快就变得非常亲热了。群众从各方面把我们包围起来，问长问短，问个没完，好像久别重逢的亲人一样。另一方面，我们的指战员很久不见群众了，也有很多的话要问，还有我们的各项主张也需要群众知道。这样，就在场地上，或者房间里，大家围在一块谈开了。做小买卖的商人很快在我们周围摆开了摊子，我们为避免拥挤，派出专人去采买，只用现钱。小商贩见我们态度和气，凡事讲道理，要价也就比较公平。

我们的女战士成了回、汉族妇女追踪的目标。她们见了穿着军装、精神抖擞的女同志，十分惊奇，开始时带着怀疑的眼光，注视军帽下边的头发，看见胸前突起。经过这样严格的"审查"，才放心地把我们的女同志请到家里去做客，一个个显出又惊异、又羡慕的心情。

每个伙食单位都买了羊肉和白面，几个月不吃油盐的指战员，都痛快地吃了几顿饱饭。总政治部还通令各个伙食单位，请驻地周围的老百姓会餐，因此各伙食单位都有一两桌客饭，请来一、二十个客人，男女老少都有，你劝我让，热闹非常。老年人都说："活了几十岁，没见过这样好的军队，鲁大昌的军队在这里驻了几年，总是向我们穷人要这要那。"

"支不出粮来还要吊打呢！"

当时蒋介石的中央军和川军，由于我们行动迅速，都没有赶上来，但是在甘肃方面已有蒋军十多个师，加上东北军与西北军，总共仍有二十多万人。大概因为我军突然从腊子口进入甘南，敌人摸不清情况，没敢来进攻，所以我们在这里休息了两天。

中央在哈达铺召开了干部会议，毛主席在会上指出，雪山草地的困难胜利地克服过来了，然而今天摆在我们面前的，还有更艰巨、更

困难的任务。民族的危机在一天天加深，正处在狂风暴雨中，我们坚决主张停止内战，实现国内和平统一，使我们得以进到抗日前线，完成我们北上抗日的原定计划。但是，国民党至今没有接受我们的提议的表示，仍在集中大军来压迫和阻止我们。估计国民党军队的力量，超过了我们数倍。假如我们在战略战术上不小心、不慎重的话，我们就有受到严重打击的危险。毛主席接着指出，如果国民党各军不拦阻堵截我们，不向我们攻击，我们决不进攻他们，但是我们遭受攻击和阻拦时，我们是必须自卫，打开北上道路的。毛主席最后指示我们：经过两万多里长征的、久经战斗的、不畏一切艰难困苦的指战员们，你们一定能够以你们的英勇、谨慎、灵活的战略战术，和以往的战斗经验来战胜困难，而达到北上抗日的目的。

毛主席的指示，给我们指出了明确的方向，大家感到有了无穷的力量，信心百倍地准备继续北上。为了迅速恢复体力，总政特别提出了"大家要吃得好"的口号，各伙食单位莫不杀猪宰羊，烹鸡煮鸭，有的单位甚至一顿三荤两素。战士喜气洋洋，见面便说："同志！过新年啊！"刚好这一带物价便宜，一百斤的大猪不过

红一方面军司令部"同善社"

哈达铺的红色故事

五元钱，一元钱可买五只鸡，一角钱买十多个鸡蛋，五角钱买一担蔬菜。鲁大昌部又丢下了很多的大米、白面以及食盐等食品。当地农民与小商贩都喜形于色。

我军在哈达铺休息时，扬言要向东出天水，敌人非常害怕我军进攻天水这个重要城市，威胁西安，故集中主力于天水，并占领渭河附近的武山与漳县两城，防我东进。我军于休息两天后，立即出动，向武山与漳县前进，约行九十里到达闾井，这是一个不大的村庄，筑成一个土围子，周围有一两丈高的土墙，墙外并挖了一丈多深的沟，只有通过一座桥，才能进村子。据说这土围子是为了防御土匪的。我们接近村子时，先派人接洽好，他们欢迎我们进驻。经过我军宣传后，他们很热情地帮助我们。

第二天清晨向新寺前进，行程一百三十里。因敌机骚扰防空耽误了时间，到黄昏还只走了一半路。司令部命令各部队星夜赶到新寺。由于天黑，一直走到拂晓，才到达新寺附近。这时命令又到，要再赶四十里，到靠近渭河的鸳鸯嘴宿营。这一昼一夜又一个半天，共走了一百七十里路，中间只吃了一顿饭。到鸳鸯嘴后，除派出少数警戒外，部队都休息了。

张闻天在哈达铺写
《发展着的陕甘苏维埃革命运动》[①]

刘 英[②]

俄界会议决定，陕甘支队继续北上。这时罗迈把大家召集起来，宣布中央三队分散，各人分别到哪些单位，我又回到中央队，当警卫队指导员。这时，大约是1935年9月21日的上午，我们到了哈达铺。这是甘肃南部的一个小城镇。在两天之前，先头部队攻占哈达铺的时候，在当地的邮局得到了不少报纸，主要是七八月间的天津《大公报》，毛泽东、张闻天、周恩来、博古他们翻读着这些报纸，谈得眉飞色舞。原来，从这些报纸登载的消息，他们确切地知道：陕北有苏区根据地，有红军，有

---

① 原文《长征琐忆》，此文是其中的节选，题目为编者所拟。

② 刘英（1905—2002），女，原名郑洁，张闻天同志夫人，湖南长沙人。1925年加入中国共产主义青年团，同年转入中国共产党。1934年参加长征，历任第三梯队政治部主任、中央队秘书长、共青团中央局宣传部部长、中共中央秘书处处长。中华人民共和国成立后，曾任驻苏联大使馆参赞、外交部党委委员、部长助理兼人事司长、部监委书记等职务。1978年先后当选中央纪委委员、第五届全国政协常委。2002年8月26日在北京逝世，享年97岁。作者到达哈达铺时任中央队秘书长。

哈达铺的红色故事

游击队。这真是喜从天降。

自从夜渡于都河以来，中央一直想找到一个落脚点，创立新的根据地。究竟上哪儿，前有堵截，后有追兵，确实谁也很难明确，开头想到湖南西部，没有成功。后来想跟二、六军团会合，又遭重大挫折。黎平会议曾决定以黔北为中心建立根据地，遵义会议根据当时情况又予改变，有在川西发展的设想。在懋功与四方面军会合，跟张国焘争论，就是反对他的南下西进在川康落脚而坚持北上向东建立根据地。原想在川陕甘创建根据地，现在得知陕甘有一块红军的地盘，很自然的，就决定到陕北落脚了。

哈达铺读报后，中央领导同志忙开了。

闻天在9月22日就写了一篇读报笔记，题目是《发展着的陕甘苏维埃革命运动》，将天津《大公报》上所披露的陕北苏区根据地和红军的情况扼要摘引并做了分析。在这篇文章里，他告诉大家：一、陕北二十三县，无一县没有红军或游击队的活动，其中延安、延长、保安、安塞、安靖及靖边等五六个县是刘志丹领导的苏区根据地，刘志丹的红二十六军主力部队有三个师一万多支枪，下面还有十四个游击支队。二、徐海东的红二十五军有精兵于七月中旬从甘南胜利突围，转移到了陕甘之交界活动。三、甘南之东部也有红军游击队的活动。文章得出结论："红军与赤色游击队在陕甘两省内正在普遍地发展着"。并据此提出前进的方向和任务："同二十五、二十六军及通南巴游击区取得配合，协同动作及汇合，并给在这个地区开展着的游击运动以帮助、组织、领导"，完成8月20日毛儿盖会议提出的"联系存在于陕甘边之苏维埃游击区域，成为一片的苏区"的任务。文章署名洛甫，在9月28日出版的《前进报》（中央前敌委员会与陕甘支队政治部

出版）第三期上，这一期《前进报》上同时还登载了博古的文章《陕甘苏维埃运动的发展与我们支队的任务》，同样提出了建立苏区根据地的任务。

9月28日在通渭的榜罗镇召开了中央政治局常委会议，正式决定将陕北作为落脚点，到陕北去保卫与扩大苏区根据地。

至此，战略转移的任务就要胜利完成，从万般艰难中走出来的中央红军面前出现了光明，辗转征战，流离颠沛近一年，眼看就要有"家"了，怎能不高兴。第二天到通渭城，开干部会，毛主席诗兴大发，讲话时即席吟诵了后来十分出名的《七律·长征》的诗篇。

过不多久，我们就同陕北红军取得了联系。

哈达铺的红色故事

打开腊子口　进驻哈达铺[1]

聂荣臻[2]

腊子口一战，北上的通道打开了。如果腊子口打不开，我军往南不好回，往北又出不去，无论军事上政治上，都会处于进退失据的境地。现在好了，腊子口一打开，全盘棋走活了。

腊子口一打开，我前锋侦察警戒部队一直前伸到甘南重镇——岷县。我们过腊子口，当夜又翻了一座山，山虽不太高，但正下着雨，天黑路滑，真是难走，一不小心，就掉到山涧里去了。过这座山牺牲了好几位同志。为了赶路，我骑在先念同志送给我的那匹骡子上，任它走吧，还好，顺利地到了山下。一过山就是大草滩，我们在这里住了一夜。这个地方回民烙的大烧饼有脸盆那么大，北方人叫锅盔。我

---

[1] 原文《攻占腊子口，在青石咀打敌骑兵》，此文是其中的节选，题目为编者所拟。

[2] 聂荣臻（1899—1992），四川江津（今重庆江津）人。1922年8月参加旅欧中国少年共产党，次年春加入中国共产党。1931年12月进入中央苏区。1932年冬以后，参加了第四、第五次反"围剿"。1935年过金沙江后，任中央红军先遣队政治委员。抗日战争爆发后，任八路军第一一五师副师长、政治委员，1937年11月任晋察冀军区司令员兼政治委员。解放战争时期，任华北军区司令员。1954年任中央人民政府人民革命军事委员会副主席。1955年被授予元帅军衔。1956年11月任国务院副总理。1983年至1988年任中央军事委员会副主席。1992年5月14日在北京逝世，享年93岁。作者到达哈达铺时任红一军团政治委员。

054

们买了不少，因为饥饿，吃着真香，于是又叫老乡烙了一些。后面毛泽东同志他们来了，吃了也赞不绝口。9月19日，我和林彪随二师部队进驻哈达铺。在这里我们得到了一张国民党的《山西日报》，其中载有一条阎锡山的部队进攻陕北红军刘志丹部的消息。我说："赶紧派骑兵通信员把这张报纸给毛泽东同志送去，陕北还有一个根据地哩！这真是天大的喜讯！"

聂荣臻

9月22日，毛泽东同志召集第一、三军团和中央军委纵队的团以上干部，在哈达铺一座关帝庙开会。他在会上做了政治报告。他说："我们要北上，张国焘要南下，张国焘说我们是机会主义，究竟哪个是机会主义？目前，日本帝国主义侵略中国，我们就是要北上抗日。首先要到陕北去，那里有刘志丹的红军。我们的路线是正确的。现在我们北上先遣队人数是少了点。但是目标也就小一点，不张扬，大家用不着悲观，我们现在比1929年初红四军下井冈山时的人数还多哩！我们现在改称陕甘支队，由彭德怀同志任司令员，我兼政委。"

支队之下，编为三个纵队，林彪任支队副司令员兼第一纵队司令员，我任政委，下属一、二、四、五、十三大队，也就是五个团。二纵队司令员是彭雪枫，政委是李富春。三纵队即中央军委纵队，由叶

哈达铺的红色故事

剑英同志任司令员，邓发同志任政委。全支队由七千多人编成。最后毛泽东同志动员大家振奋精神、继续北上，并告诉大家，从现地到刘志丹同志创建的陕北根据地只不过七八百里了。

部队继续向陇东高原前进。蒋介石急调胡宗南的西北军、东北军主力在西兰公路和平凉至宁夏的公路上布置封锁线。九月底，我四大队先占领陇西，紧接着我一大队急袭通渭城，占领了这万余人口的城市，消灭了鲁大昌一部和保安团三百多人。部队在这里休整恢复体力，然后向陕北前进。

红军干部团在哈达铺完成改编[1]

蒋耀德[2]

所有后续部队出了腊子口十里地方，在一个河坝的树林里布置宿营。此地有敌人驻扎时遗留下的柴火，各连队都烧了开水喝，洗了脚，烤干了在大山上被雨淋湿了的衣服被毯，睡到半夜又下起雨来，刚烤干的衣服又被淋湿。躺在河坝草地上的战士不能再睡了，都站起来，或勉强坐到天亮。红军战士们因为离开雪山草地，突破了腊子口，兴奋异常，热烈希望早些看到甘南地区。天刚蒙蒙亮，每人都打好背包，吃了仅剩下来不多的青稞麦粉，集合出发了。

队伍浩浩荡荡地行进时，忽然先遣部队又传来了捷报，前卫部队又占领岷州南边的哈达铺，鲁大昌的残部已败回岷州城。沿途回族人民夹道欢迎红军。这是回族区，上级要各部队注意民族政策，并提出

---

[1] 原文《长征中的红色干部团》，此文是其中的节选，题目为编者所拟。

[2] 蒋耀德（1910.11—1995.3），1931年12月随国民党第二十六军在江西宁都起义后，被编入红一方面军第五军团。土地革命时期，曾任瑞金红军学校卫生所长，红军公略学校卫生科长。长征中先后任中央红色干部团卫生队长，红一方面军30军卫生科长。抗战时期先后任八路军一二零师卫生部长，抗大总校卫生部长。解放战争中曾任东满军区卫生部长兼兵站站长，东北军区卫生部保健处、防疫处处长。中华人民共和国成立后任大连市卫生局局长。后任青海省卫生厅厅长、人民卫生出版社社长等职。1982年离休。1995年3月在北京逝世，享年85岁。

哈达铺的红色故事

毛泽东在哈达铺关帝庙红军团以上干部会议上讲话（油画）　陡剑岷绘

几条纪律：1、进入回民区，先派代表同阿訇接洽，说明红军北上抗日的意义，征得回民同意后，方能进入回民村庄宿营，否则应露宿；2、保护回民信仰自由，不得擅入清真寺，不得损坏回民经典；3、不准借用回民器皿用具，不得在回民地区吃猪肉、猪油；4、宣传红军民族平等的主张，反对汉官压迫回民。

我们快接近岷山山脚时，各部队曾进行短时的休息，以便一鼓作气登上岷山。各部队宣传队即利用此机会，又进行上山的政治鼓动工作，提出各连队上山比赛。如哪个连队上得快，不掉队落伍，就应发扬阶级友爱，帮助有病与体弱同志背枪、背背包，使有病体弱的同志能一同跟上来。

岷山是青海、甘肃、陕西与四川分界的一大山脉，雄壮的山势及起伏的高峰，上约二十里，下约三十里，山上树木稀疏，道路宽阔，部队分几路纵队并行前进，显得特别热闹。各连队间提出"挑战"口号，这边提出："同志，看谁先坐飞机？"那边就喊："好吧！看谁当乌

龟?"大家都争先恐后地向上爬,上山的娱乐工作活动起来,一时听得"啊呀喇!红军哥哥打胜仗,缴获枪炮千万千"或"炮火连天响,决战在今朝"等江西兴国山歌和红军进行曲等唱个不停。下午大约三时才爬到岷山的山顶,从山顶远望山下的田野,农民在田间辛勤地劳动,牛羊成群,到处奔跑,同志们脸上露出了笑容,马不停蹄地涌下山去。本来可以赶到哈达铺宿营,但因敌机的骚扰,只赶到大草滩附近就宿营了。

　　第二天清晨,红军队伍辞别了大草滩的回汉人民,向着哈达铺胜利进军,工农红军完全走出了岷山山脉。到达哈达铺后,将"红大"的一方面军学员原干部团又组成干部营,陈奇涵为营长,宋任穷为政委,莫文骅为政治处主任。干部营编在三纵队后,经常担任掩护任务。

毛主席叫我们找"精神食粮"[1]

曹德连[2]

1935年9月，我红一军团攻克腊子口后，迅速向东北方向挺进，当时我在红一军团直属侦察连当指导员，梁兴初同志任连长。

我们连刚到岷县附近一个村庄准备宿营，军团部派通信员来叫梁兴初同志和我接受任务。

我们来到指挥部，见到毛主席和军团首长在一起，便向左权参谋长报告，请示任务，参谋长指示：我们连立即出发进到哈达铺，具体任务是侦察敌情、筹集粮食和物资。聂荣臻政

---

[1] 原文《长征途中》，此文是其中的节选，题目为编者所拟。

[2] 曹德连（1907—1995），江西省南康县人，1930年参加中国工农红军，同年加入中国共产党。历任班长、宣传分队长、政治指导员、团政治委员等职。抗日战争时期，历任政治教导员、营长、团政治处副主任、保安纵队副政治委员兼主任等职。解放战争时期，历任旅副政治委员兼政治部主任、军分区副政治委员、师政治委员、兵团政治部组织部副部长等职。抗美援朝中，任兵团政治部组织部长、志愿军政治部组织部副部长等职。中华人民共和国成立后历任东北军区后勤部副政治委员兼政治部主任、沈阳军区后勤部政治委员等职，1955年被授予少将军衔，曾当选第五届全国政协委员。1995年6月16日在沈阳逝世，享年88岁。作者到达哈达铺时任红一军团直属侦察连指导员。

委说:"甘肃是少数民族地区,特别是回族居住,不搞打土豪斗争,你们要很好地执行民族政策,尊重他们的风俗习惯,做好北上抗日的宣传工作。"参谋长接着问毛主席有什么指示,毛主席说:"我补充一点,指导员你注意,给我找点精神食粮来!国民党的报纸、杂志,只要近期和比较近期的,各种都给搞几份来。"

我们接受任务回到连队,立即召开了支部联席会,传达了任务。连长梁兴初同志负责筹集粮食等物资,副连长刘云标负责侦察和警戒,我负责收集国民党的各种报纸、杂志和宣传红军政策,会上大家研究了完成任务的方法,化装成国民党中央军进入指定地区,执行这一任务。

我驻地距哈达铺有三十几里的路程,我们下午四时许出发,掌灯后一小时到达,因为我们穿着国民党中央军的服装,梁兴初带着中校军阶,我戴着少校军阶,堂堂正正地进入了哈达铺,敌人确实把我们当成了国民党中央军。哈达铺的镇长、国民党党部书记和保安队长等都出来迎接,国民党驻岷县鲁大昌师的一个少校副官,刚从甘肃省城回来,带着几个驮子,有书籍、报纸、衣物等好多东西,他也来看我们。这时,梁兴初同志就命令镇长等人赶快派人去催粮草等物资,说明天有一个军到此有急用,刘云标同志布置好警戒就询问鲁部副官有关军情。我带一部分人到邮局去了,邮局是一个大院,旁边有个旅馆,鲁大昌部少校副官带的几匹骆驼驮子和马匹都在那里,我们从驮子里找到了一批近期报纸,其中有一条登载了徐海东率领红军和陕北红军会合的消息,报上还有陕北革命根据地略图(他们叫匪区略图)。我们长征走了二万多里,没有到过苏区,大家一看到陕甘宁有那么大的地方,都十分高兴,就在这条消息上画了红杠杠。

哈达铺的红色故事

　　为了能让毛主席早点看到这一好消息，供军团首长及时了解敌情，我们商量决定，将收集到的报纸和俘虏的鲁部少校副官赶拂晓时送到军团部和毛主席那里。毛主席看了徐、刘两部会合的消息，和军团首长议论开了，并笑容满面地连声说："好了，好了！我们快到苏区了。"

　　从哈达铺起，我们连多是先头部队，以后每到一个城镇，我首先想到的是"找点精神食粮来"，这是毛主席交给我的任务。从哈达铺到陕甘宁根据地我们曾多次给毛主席送过报纸、杂志。

红二方面军进驻哈达铺在陇南创建根据地①

左 齐②

二十三日，六军经过腊子口、大拉山到曹子里宿营。这一段路一年前毛主席率领一方面军打过，我军顺利通过。二十四日，六军向哈达铺前进，经大拉寺、悬（漩）窝达绿沙铺、麻子场宿营；指挥部及二军达蔡里公坝；三十二军在十八盘。二十五日，六军一部到哈达铺。二十六日，六军在哈达铺与四方面军某军直属队开联欢大会。二十七、二十八日在哈达铺休整两天。哈达铺地区人口稠密，大地主、大商人全逃跑了。在此，我军征到了粮

① 原文《记红二方面军长征历程》，此文是其中的节选，题目为编者所拟。
② 左齐（1911.2—1998.8），江西省永新县人，1929年加入中国共产主义青年团，1932年初加入中国共产党，同年7月参加了中国工农红军。在此期间，曾任红六军团十七师四十九团政治部宣传队队长。抗日战争时期，先后担任八路军一二零师三五九旅司令部作战参谋、侦察科长、七一七团参谋长、政治委员等职。解放战争时期，任晋绥军区第五军分区政治委员、司令员，西北野战军第二纵队政治部主任。中华人民共和国成立后，先后任南疆军区副政委兼政治部主任，新疆军区副政委兼政治部主任，济南军区副政委、顾问等职务。1955年被授予少将军衔。1998年8月26日逝世，享年87岁。作者到达哈达铺时任红二方面军十七师四十九团政治部宣传队长。

哈达铺的红色故事

食，征粮的办法是打借条。

甘肃南部地区人烟稠密，物产丰富。红军进入这个地区后，虽有反动藏骑兵袭扰，但只要集中兵力打几个胜仗，创建甘南根据地是完全可能的。

9月1日，六军攻礼县未克，在城北混板铺宿营；二方面军总指挥部和二军先头部队到哈达铺。三日，六军在礼县城东旧城休息。敌机掩护西和县敌军约一个团增援礼县，我部队夜行转移到额园里。五、六日，六军在岩（崖）湾休整；指挥部、二军、三十二军全部到哈达铺。七、八日，六军仍在岩（崖）湾休整；六师到宕昌。

二方面军总指挥部决定乘陕甘之敌分散的弱点，分三个纵队前进，打击成县、徽县、两当、康县、凤县、略阳之敌，袭取以上县城，建立临时根据地。

二军六师为右路纵队，于9月10日由宕昌出发向康县、略阳前进；二军四师和总指挥部及三十二军为中路纵队，于十一日向两当、凤县前进，同时宣布二军五师归三十二军编制，番号为九十六师。十二日，六军达商河镇；中路纵队达洮平（坪）。十三日，六军于横河休整，十四日，六军经海坝到余家海头。十五日，六军经寻家底到平南川；四师十二团袭西和县未克。十六日夜，六军经娘娘坝、李子园时，前卫消灭敌一个连；敌先占娘娘坝，对我进行反击，我十六师师长张辉同志牺牲。十七日，六军经高桥、白杨村、水泉沟、狗家店到徽县之马家庄；四师占成县，击溃敌王均部一个团，缴俘人枪数百。十八日，六军经韩家湾占两当县城，守城地主武装及伪县政府人员全部被我俘虏。十九日，六军攻凤县县城未克，在县城附近桑园宿营；六师占康县后即向略阳前进；总指挥部和四师占徽县，二十日撤凤

之围，退到双石铺。二十一日至二十四日，六军于双石铺分出部分人员，在两当地区开辟地方工作，收集资财，扩大红军，宣传党的抗日民族政策。二十五日，六军经杨家店、两当县城到永宁铺，准备打击由武都向成县进攻之敌；总指挥部和四师在徽县休整；三十二军在成县及其附近；六师在康县。二十六日，六军到徽县，二十七日到永宁铺，二十八日回师两当县城。二十七至二十八日，四师一部和三十二军于成县以西之大船坝与敌王均部第三军十二师激战。

　　由于张国焘向西逃跑，破坏了整个战略部署，使我军不能集中兵力截敌一路以打破敌人的进攻，不能在围城打援中大量歼灭敌人，敌人趁机集中兵力固守城池。再则，我军刚过草地，身体虚弱，武器弹药没得到补充，不宜继续苦战。于是，红二方面军遵照中央10月2日电示，开始向渭水以北转移。10月4日，六军放弃两当县城到高桥；三十二军到高桥以南；六师十七团来不及集中，在康县被敌隔断。六日，六军经舒家坝、大湾里、达山镇到杨家湾，总指挥部、二军和三十二军达娘娘坝。七日，六军行军百里，经天水、罗家堡、余家海头坝达横河镇。沿途敌人不断袭扰，经罗家堡时，敌人在敌机的配合下向我进攻，我十六师抗击不力，盐关镇敌人出扰，军直模范师在敌炮火下冲出，十六师政委晏福生同志负重伤。此次战斗之所以失利，主要是侦察警戒疏忽，部队在通过敌封锁线西兰公路时，十六师、军部夹在敌人中间宿营。敌人发起进攻时，我军有些单位尚未吃饭，仓促应战。我十六师卫生队及所有后勤人员均投入战斗，多数牺牲，敌机轰炸，骡马行李大部丢弃。八日，六军至固城之路华沟。九日经甘谷县、武山县间渡渭河。十日在杨家庄集结。十一日经雪家坪、王家山、杜家井达礼辛镇，沿途遭敌机空袭五、六次；总指挥部、二军、

哈达铺的红色故事

三十二军到榆盘镇及其附近之毛家店集结。十二日，六军经老爷岭到尚河镇。十三日经李家店、马河店到峡口、吴家村（离通渭东南约十里）一线，准备通过敌封锁线西兰公路。为隔断我军与中央红军会合，蒋介石布置胡宗南主力和马步芳反动军队十余万人沿西兰公路、渭水南北堵截我军。我军避实就虚，迂回作战。这时，东北军的几个骑兵前来送信与我军接洽，将敌人部署情况和为我军留下的通道告诉了我们，当晚我六军团急行军通过了敌封锁线。

忆长征在陇南的艰苦岁月[1]

陈振国[2]

经过两个多月的艰难跋涉，我们终于走出了水草地，大约在九月初，到达了哈达铺。当时哈达铺比较繁荣，东西很多，也比较便宜，群众待我们也很热情。两个多月的草地生活，见不到群众，吃不上粮食，现在一下子来到这样好的地方，我们简直高兴坏了。部队一住下来，就买猪买鸡，改善伙食，大家美美地吃了几顿，因吃得人多，身体接受不了，许多人拉肚子，个别同志还因胃被胀坏而死亡。因此，总部马上下令定时定量，不准私自在市场上买东西吃，卫生员和干部们还向大家解释肠胃久饿后，不能猛吃猛喝的道理。我们在哈达铺休整了三四天，总指挥部按照党中央的指示，发布了组织"成徽两康"战役的作战命令。部队分三个纵队向陕甘交界地区前进，我们四师、

---

[1] 原文《忆长征中的艰苦岁月》，此文是其中的节选，题目为编者所拟。

[2] 陈振国，出生于1917年，江西永新县人。1932年9月参加红军，中华人民共和国成立后历任武都专区专员、中共武都地委副书记兼专员、武都地区革命委员会副主任、甘肃省人大常委会副主任等职，已逝。

哈达铺的红色故事

三十二军和总指挥部为中路，经过礼县、西和境内，向成县、徽县前进。当时我在师政治部当组织干事，到成县时，县城已经攻打下来了。攻打成县的部队是十团，一天就占领了县城。但敌人又逃到上城顽抗，红军在城内，敌人在上城，这样相持过了一二天后的晚上，敌人突围出城逃走，把我们的一个团参谋长和政治部主任抓走了，直到"西安事变"后，这两个同志才被放回来。还牺牲了一名团长，名字记不清了，好像是姓贺。我们在成县只住了几天，就到了徽县，住在徽县县城。这一带条件好了，我们都制作了新衣，虽然衣服颜色不一，有的是黑的，有的是蓝的，还有的是花的，反正买到什么穿什么，看上去真是五花八门，但部队总算有了冬衣，比起过雪山、草地时破烂不堪的单衣短裤，要神气得多了。那时我还做了个蓝布夹被，我参加红军后第一次才有了被子，因此十分珍惜，一直使用到了解放。

长征途中，除了打仗，还要向群众做宣传，组织建政，扩大红军。那时群众被官匪残害怕了，认为红军也和国民党匪帮一样，加之国民党的反动宣传，说："红军是红头发，绿眼睛，要杀人放火，共产共妻"，老百姓听了更加害怕，一听到红军要来，就躲了起来。所以，我们每到一个地方，首先就是开会，写标语，向群众宣传红军的宗旨和革命道理，并帮助他们干活，以解除对我们的恐惧心理。再就是组织群众建立苏维埃政府，成县、徽县都成立了县苏维埃政府，还成立了不少区、乡政府，依靠他们为部队筹集粮草、经费，动员青年参加红军。筹集的办法：一是打土豪地主，没收他们的粮食、财物，或对其罚款。没收的粮食、财物，除了用于部队外，一部分还分给了穷苦人家。二是借。向送交了粮食、财物的人家开给证明、借条，讲明以此为据，以后归还。三是动员商户、富裕群众捐献。扩红也是一件重

要的事情，我们沿途都搞，因为部队随时都有减员。在徽县我们就组织了几百人的回民游击队，我们撤离时这些人都跟上部队走了。解放后我在武威工作时，在天祝遇到几个流落红军，他们就是那时参加红军的。

在徽县住了半月左右，我们就撤走了，记得是出西城门，朝西北方向走的，当时情况很紧，卢冬生师长和其他首长一路都督促我们赶

哈达铺红军团以上干部会议旧址（关帝庙）

快走。沿途经过的具体地方已记不清了，我只记得过了渭河，当时河水有齐腰深，我们手拉着手，互相搀扶着趟过去的。渭河两岸的梨很多，我们经过时老乡们拉住我们让我们吃，我们都谢绝了。过渭河后，经过通渭、华家岭，到会宁就与一、四方面军会师了，至此，红军长征就胜利结束了。三军会师后，我们就到了环县，然后到晋西北，开赴抗日第一线。

这就是我参加长征的简单经过。五十年来，当时的艰苦情景，一直铭记在我的脑海里，牺牲战友的音容笑貌时时浮现在我眼前，我常

哈达铺的红色故事

想,在那艰难困苦的年代里,是什么力量激励着我们去战斗,去牺牲?是对党、对祖国人民的忠诚和热爱,是对革命必胜,共产主义一定会实现的坚定信心。有了这种坚定的革命信念,就具有无穷的智慧和力量,困难再大压不倒,流血牺牲吓不倒!今天,我国人民在党中央的带领下,正向四个现代化的宏伟目标奋进,学习和发扬当年红军的革命精神,是很有教益的。

在哈达铺和宕昌一带开展游击活动[1]

董　邦[2]

　　红二、四方面军长征进入甘肃境内,过腊子口时,正是1936年8月。那时我的伤未全好,有时躺在担架上,有时骑马,经过大草滩到达岷县,先头部队包围了岷县城,我们驻扎在东三十里铺,开展群众工作。此时我的伤虽没有全好,但能下地行动了,领导上派我带一部分人在哈达铺和宕昌一带开展游击活动,主要是打击地主武装和扩大红军。我们在当地群众的帮助下,工作开展很顺利,每次打击劣绅土豪,就召开群众大会把粮食、耕畜、衣物分给当地贫苦农民,多余的骡马送回部队。在岷县还建立人民政权——岷县苏维埃政府,我们的侦察科长张明远同志

---

　　[1] 原文《参加红军长征前后的回忆》,此文是其中的节选,题目为编者所拟。
　　[2] 董邦(1914—1995),甘肃天水人。1929年参加西北军,后随军编入国民党第二十六路军,1931年12月参加宁都起义加入红军。1932年加入中国共产党,参加了中央苏区第四、五次反"围剿"和长征。到达陕北后,历任周恩来副主席的随从副官、三原联络站站长。1938年受党组织派遣,回故里甘肃天水开展党的地下工作。中华人民共和国成立后历任甘谷县县长、县委书记、天水地委统战部部长、天水地委副书记等职。1995年逝世,享年81岁。

哈达铺的红色故事

（岷县人，现在军委总后勤部工作）被派为苏维埃政府的县长，在建立红色政权的基础上扩大了红军队伍。

张国焘在阿坝会议上虽然被迫取消了伪中央，但他阳奉阴违，并没有放弃他的错误路线。当二、四方面军到达岷县后，他又提出经青海草地进入新疆，打通国际路线的主张，命令部队开往临潭，在临潭由于敌人坚壁清野，无法前进，仍又折回岷县，经哈达铺、梅川、新寺到达武山鸳鸯镇，北渡渭河到榜罗镇，上华家岭到会宁。

西北局在哈达铺与张国焘的斗争[①]

傅 钟[②]

经过十多天的激烈战斗，部队占领了临潭新旧两城和渭源、漳县，截断了西固、岷县大道，除岷县城有鲁大昌部死守待援外，甘南大部地区已被我军占领。这时，西北局随总司令部驻在哈达铺。这是岷县西南的重镇，有五六百户人家。8月25日，陈伯钧、王震同志率领的二方面军先头部队六军团的十七师和模范师到达哈达铺时，红四方面军的九军一部列队欢迎，军号声、口号声、歌声、掌声响彻云霄，情形十分热烈。第二天中午，十六师、十八师赶到以后，下午四时，两军举行联欢大会，演出了文艺节目，隆重庆祝两大红军北进会合的胜利。到9月6日，继三十二军之后，二军团也全部到达哈达铺、礼县一线。至此，西至洮河两岸，东至礼县一带，北至9月7日三十军占领的通渭，有八十万人口的广大地区在二、四方面军手里，而出动

[①] 原文《西北局的光荣使命》，此文是其中的节选，题目为编者所拟。

[②] 傅钟（1900.6.28—1989.7.28），四川省叙永县人。1920年赴法国勤工俭学，1921年冬加入中国共产党，1925年任中共旅欧总支部书记。曾任红军师政治委员、红四方面军政治部副主任、八路军野战政治部主任。中华人民共和国成立后历任总政治部副主任、中国文联副主席、全国人大常委会委员、中顾委委员等职。1955年被授予上将军衔。1989年7月28日在北京逝世，享年89岁。作者到达哈达铺时任中共中央西北局组织部部长。

哈达铺的红色故事

接应二、四方面军的一方面军的西征军，在司令员兼政治委员彭德怀同志的率领下，自八月末从豫旺出发，正向同心、海原以西，固原以南地区迅猛攻击。三十一军和西征军的侦查人员已经拉上了手，开始沟通来往。三大红军主力即将会师的态势已经形成。这巨大的胜利，鼓舞了全党、全军和广大人民，震惊了国民党政府和日本帝国主义。张国焘妄图分裂党、阻挠红军三大主力会师于抗日前进阵地的阴谋失败了！

然而，张国焘是不甘心、不回头的，并且显得非常急躁。他让周纯全同志找任弼时同志说，两个方面军开个干部会，首先求得意见一致。弼时清楚，张国焘是想利用这个机会拉出一部分同志同情他、支持他，同党中央继续对抗。弼时同志对周纯全明确表示：不要开这个会！把党内分歧在干部中公开出来，会造成上层对立，使工作更加困难，损害团结。张国焘听不进这种劝导，找到弼时同志坚持要召开两军干部会。弼时同志非常冷静、镇定，义正词严地说："我反对开这个会！如果你坚持要开，我敢肯定，会上争取四方面军的干部是没有问题的。如果二、四方面军干部对你态度尖锐起来，我不负责任。"弼时同志的话，力抵千钧。张国焘害怕自己更加孤立，就不再提开这个会了。

1954年傅钟与妻子刘小圃在北京寓所

但是，在西北局内部，张国焘同朱德、弼时同志的争论日益深刻和严重。从8月9日由求吉寺出发以来，党中央对抗日统一战线的发展形势，对红军总的战略任务和冬季作战计划，频频已来指示。而张国焘口头上赞成统一战线策略，实际上是另一回事。他不相信在日寇加速全面进攻和全民抗日运动继续高涨的条件下，国民党及其军队大部或全部有参加抗日的可能。见到《中国共产党致中国国民党书》，他说这像是韩愈的《祭鳄鱼文》，是不着实际的幻想；他还指责党中央提出成立国防政府，是重复法国镇压巴黎公社的资产阶级反革命口号。弼时同志针锋相对地驳斥他的谬论，批评他根本不相信统一战线，不晓得如何估计阶级力量的变动；向他指出，不能看到红军力量比过去少了就以为整个形势不好，只有向西撤退，这是机械唯物论的错误观点。张国焘本来没有一点理论，更不接受马列主义理论，立刻抢白说："机械唯物论总比唯心论好一些。"他不可救药到这种地步。

本来，朱总司令是主张四方面军不要在甘南停留而径直跨过西兰公路去会合一方面军的。后来陈昌浩也提出，四方面军向陇东北前进。张国焘则相反，总想西去，甚至不知羞耻地说："打日本不是简单的。我们现在的力量就是再增加十倍，也不见得一定能打赢它。我们只能将西方变为苏维埃的后方，作前方抗日红军的后备军。"朱总司令嘲笑他胆子太小啰，说："四川军阀打仗是溜边的，碰上敌人绕弯弯，见到便宜往前抢。国焘同志你莫要溜边边呀！我们长征是抗日的前沿阵地，红军要成为抗日先锋军、模范军。日本帝国主义加紧向绥远、宁夏进攻，敌情在北面吃，你老想向西去，当然打它不赢，只是跑得赢了！"

接着，张国焘提出两个行动方案报告党中央。一是往西去，到新

哈达铺的红色故事

疆接通苏联，获得武器装备再回来；一是出东南，向川陕豫鄂发展。9月8日党中央电复：往西行动须求苏联协助，要等国际回答，已派邓发去国际申请并报告情况。对于出东南，中央指出是向南京进攻的姿态，只能在与南京谈判决裂后才是可行的必须的。这样，张国焘才不得不同意按党中央8月30日电令，发展甘南作为战略根据地之一，使之与陕北、甘北相呼应。于是，西北局原已通过的在甘南建立临时革命政权——人民抗日革命委员会的决定，才得以实施。

在这中间，张国焘主张向西、反对向北的症结在于：害怕同党中央会合。好多同志劝他解除这个顾虑。在任弼时同志非常诚恳地劝张国焘不要怕和党中央见面，错了认错、做自我批评，回到列宁主义路线上，不再搞派别活动就不会抹杀自己的功绩和光荣呀。语重心长的话大家说了好多。我也就反对并克服不愿和党中央会合的思想问题做了发言。在多数同志的赞同下，写进了西北局会议决定，下达部队。

任弼时同志出发时，刘伯承同志也到二方面军去。由于王树声同志生病，留下一方面军的萧克同志接替他的职务，任三十一军军长。大家分手时，依依惜别之情难用语言表达。尤其是和任弼时同志一起度过的两个月是永远难忘的。

忆长征在"成徽两康"的休整[1]

严汉万[2]

长征的路上，前有敌军堵截，后有敌人追击，枪炮轰鸣，雪雨交加，部队往往白天打仗，夜晚赶路，饥餐野果，渴饮溃水，艰苦之状，可想而知。

"困难再大咱不怕，只把困难踩脚下"。我红军宣传员用这样的快板书鼓舞部队。

1936年中秋时节，我们二方面军终于克服了重重困难，越过雪山，跨出草地，进入甘肃的徽、成、两当、康县地区。到达这里后，部队奉命进行休整。

我们驻下后的第一件重大任务，就是联系和发动群众。但是，当地的群众因长期受国民党反动派和地方军阀鲁大昌的糟害，见了荷枪扛炮的人，就吓得魂飞魄散。而且，我们刚出了草地，头发、胡子都长得老长，穿的衣服更是各色各样：有的穿着长袍，有的穿着短裤，有的穿着兽皮背心，很多同志穿的衣服上，还东一块西一块地打着补

---

[1] 原文《陇上江南喜逢春》，此文是其中的节选，题目为编者所拟。
[2] 严汉万，出生于1909年，江西宜春人。1934年12月9日，任新成立的第一届中共龙山县（湘西北边陲）委员会书记。中华人民共和国成立后曾任甘肃省粮食局局长等职。作者到达哈达铺时任红二方面军六军十八师政治部民运科长。

哈达铺的红色故事

丁。敌人趁机宣传说：这就是"共产共妻""杀人放火"的"共匪"。群众听了更加恐惧，一个个逃得无影无踪。

在长征的路上，只要碰见一个村庄或几户人家，不由人心上热热乎乎的，没有群众就觉着寸步难行，一切都很渺茫。我们多么需要群众啊！但群众还不了解我们，怎么办？

面对这种情况，贺龙总指挥召开团以上干部紧急会议，和大家共同商量解决的办法。这次会议十分活跃，是长征路上少有的一次情绪高昂的会议。大家你一言，我一语，提出了很多好的意见。最后贺总指挥总结，他慈祥而幽默地说："几个月来，我们很少见到群众，今天见到了，而且很多，但就是不和我们在一起。"说着他哈哈大笑起来，又吸了一口烟继续说："这是什么缘故？是因为群众还不认识我们。我们要叫群众认识我们，熟悉我们，热爱我们，我们要在这方面拿出本领来！"接着，贺总指挥便提出了解决的办法。他说："咱们还唱咱们的拿手好戏吧，这出戏的名字就叫'三大纪律，八项注意'。但是，根据当时实际情况，只有这点还不够，还要有新的约法三章：第一，群众不回来，部队不能进他们的家；第二，有些人跑的时候，把家里的门窗没关好，要替他们看着门，不要让小偷进去偷东西；第三，庄子内外要打扫得干干净净；第四，不能赶鸡打狗，要让它们安安宁宁；第五，要到山间和林畔向看不见的对象讲话，宣传抗日，宣传革命的道理。"贺总最后说："我们有能力通过自己的先进思想、组织性和纪律性把农民群众争取回来，提高他们的觉悟水平。"贺老总的讲话使到会的同志豁然开朗，觉着有了主心骨，思想也安定下来了。

正当部队按贺老总的指示展开活动的时候，甘肃地下党指示陇南党组织派专人协助部队工作。那时地下党不能公开，活动很困难，但

他们还是通过各种途径和办法，向部队介绍了当地的风俗民情，帮助部队把逃到外边的人一个一个找回来，并组织群众慰问部队。

徽、成、两当、康县地区，山清水秀，鸟语花香，气爽宜人，足可和江南的自然条件相媲美。我们初到时，对这样的环境既喜欢又迷惑：喜欢的是好像回到了家乡，迷惑的是北方还有这样好的地方？感到有些费解了。刚好群众送来了慰问的大米，一个同志看到大米不禁吃惊地问道："啊！这里是北方还是南方？"好像不相信自己走的方向了。

"北方哟，哪个子南方哩。"一个四川同志接着话茬儿说，"将来革命胜利了，北方、南方都会有大米吃的哟！"

有了群众，我们就像久旱逢甘霖的禾苗一样，一定能把根深深扎进抚养我们的泥土里。

初期，部队每天除保证必要的警戒任务外，年老体弱的同志给老乡担水、垫圈、喂牲口、打扫卫生和照顾伤员，其余同志全部参加田间劳动。劳动对经过长征的红军来说，当然是不成问题的，当时正是秋收大忙季节，为了很快把秋收搞完以便进行其他工作，政治部还给各个单位规定了劳动任务，组织田间劳动竞赛。我们政治部有一个叫刘德斌的政治干事，在执行这次劳动任务中表现得最突出。他每天砍一亩多谷子，还能背着送到打谷场上，从而被评为政治部的劳动标兵。

部队的劳动积极性及吃苦性使许多老乡感到不可理解，特别是刘德斌等同志的吃苦精神深深地感动了乡亲父老。他们纷纷议论，有的说："历来都是民养兵，兵不害民就算顶呱呱了，从没有见过当兵的还给老百姓种地。"有的说："这个军队和其他军队不一样，他们不光能下苦，做起活来也很内行。"有的人用怀疑的口气打问一些同志的身世

哈达铺的红色故事

和家中情况。我们借这个机会，就把自己的经历和为什么要参加革命的道理讲了个详细。当群众知道红军同志的身世及痛苦遭遇和他们类似时，就倍感亲切。

参加劳动是联系群众的最好方法。在劳动中，每个人都结识了自己的知心朋友。国民党那种所谓"共产共妻""杀人放火"的反动宣传，群众再也不相信了。相反，对红军宣传反压迫、反剥削以及抗日救国的道理，逐渐有了比较深刻的认识。一些思想先进的分子，对日本帝国主义的侵略将造成的民族灾难深感忧虑，对国民党蒋介石的内战和对日妥协投降政策十分愤慨。

在群众觉悟空前提高的基础上，我们发动群众，进行了减租减息，随后又扩充了部队。贺总指示，一支孤立无援的部队，闯入敌占区，一切工作方法，都不能一如既往、死搬硬套，必须从实际出发。根据实际情况，这次的减租减息，只把当时租种田里收下的新粮按二五比例减租，分给了佃户。把地富家里囤积的多余粮全部没收。没收的粮食大部分作为军需，少部分以军队的名义还了初到时借吃的债务。这样做的收效很好，群众更加拥护我们。

吃的问题解决了，穿和医药问题采取向工商界募捐的方法。工商界向我们捐献了不少布匹、棉花、针线和医药。捐献的医药留下给伤病员治病，布匹、棉花、针线分给群众和缝纫社为部队做军装。过了两个星期左右的时间，崭新的鞋、帽、衣服都做成了，衣服的颜色虽然灰、蓝、黑不同，但样式统一，帽子上还缀了一颗布做的红五角呢。俗话说："人靠衣裳，马靠鞍"。这套衣服穿起来确实增添了不少的威仪，群众看了都竖起大拇指称赞。

工商业界在募捐中尽了力。以后我们发现有些本薄利微的工商业

者募捐后，继续经营受到了影响，我们就把仅存的一点白洋、铜元拿出来给他们付款。然而，他们却很明大义地说："抗日救国，人人有责，不把日本侵略者赶出国土，我们的生意也做不成。今天既愿募捐就不要钱，要钱就不募捐。"

"水到渠成""瓜熟蒂落"。前一阶段工作，经过军民的共同努力，都顺利地按预定计划完成了。至此，不少有志的青年要求参军。我们虽然是一个方面军，但在长征的路上损失了五分之四还多，实际上只剩下一万两千多人了。此时，仍四面受敌，正感兵员缺乏，扩兵自然是十分必要的。有人要求参军，可见时机已到。方面军司令部指示各师立即组织扩军工作团，分赴农村进行扩兵。任务是：一个乡（村）保征一个班，一个区征一个连，一个县征一个团。我当时任十八师政治部民运科长，就成了当然的扩兵工作团长，我们的工作团驻在江洛镇的冯智清家里。

冯家是赤贫户。老两口生了三男二女，老大、老二已结婚，大媳妇还生了个小宝宝。全家十口人，就靠老汉和三个儿子拉长工维持生活，十分艰苦。且不说别的，单说三岁的小宝宝，秋已凉了，他还是一丝不挂地掂着个大肚子跑出跑进；饿了，就一个人到地里去拾洋芋吃，全身像个泥人儿一样。他见了人不说话，也不抬头，晚间趴在炕上不枕不盖就睡着了，妈妈回来把仅有的一件破衣服脱下来，盖在他的身上，这便是他一天到晚最甜蜜的时刻。

冯智清的三个娃娃都要求参军，老汉也向我们苦苦哀求，说："让娃娃跟上你们去吧，留在房里也活不成，出去碰碰，混好了，为国献力，也有一碗饱饭哩。"以后，我们经过好多次劝说，只让三娃子一个参了军。像冯智清这样的人家，正是我们扩兵的基本力量，虽然不叫

哈达铺的红色故事

他们全部参军,却叫他们到亲戚朋友家去串联,动员其他人当兵。利用骨干串联,是当时扩兵的一个普遍方法。十天左右的时间,用这种方法,在徽、成、康、两当等县,共招了新兵近三千名,大大扩充了军队,改变了局面。

扩兵工作结束后,我们一方面对新兵进行训练,一方面安排军属。在没有建立起红色政权的白色恐怖区安排军属的工作是比较复杂的。首先,这些人家大都是吃了早上没晚上的贫苦农民,要对他们实行救济,如冯智清家,我们就给救济了二斗苞米和四五升糜谷,另外还给了几个白洋和一串铜元;第二,部队走了后,不能让这些人家被国民党迫害,要对他们采取保护措施,如有的要做适当转移,有的要请地下党组织和地方武装注意他们的安全;第三,这些人家将是部队走后地下党组织和地方武装活动的据点,要对他们进行必要的教育,使他们敢于斗争和善于斗争。

秋风瑟瑟,早晚已有寒意。一天早晨,起床不大会儿,师政治部的通讯员通知我说:"饭后到城隍庙里开会。"城隍庙位于江洛镇对面的山脚下,庙堂很宽阔,方面军司令部就驻在里面。"司令部召开会议,一定很重要。"我这样想着,很快吃了一碗苞谷洋芋粥,急步向城隍庙走去。进去一看,各师团以上干部都到了。大家济济一堂,又说又笑,很愉快。正在这时,贺总指挥和政治部主任甘泗淇进来了,说笑声随之而止,大家不约而同地站起来。贺总招招手,示意坐下。

那时开会不拘形式,人到齐就随便讲开了。贺总说:"我们住在这里,老朋友始终不安心,天天准备送行。咱们也要自觉啊,自己走吧。"贺老总说话很幽默,他几句话把大家逗乐了。接着他才像下达命令似地讲了部队的出发时间、集合地点、行军路线、联络办法等详细

情况。贺总讲完后，甘主任接着说："部队出发前，要把伤员安置好，把执行纪律的情况普遍检查一次。"甘主任讲了安置伤员和检查纪律的重要意义后，特别强调了安置伤员工作的艰巨性。

　　当天晚上我们就开始按会议精神分头进行安置伤员和检查纪律。在工作中，我们深深体会到特别是安置伤员的任务艰巨、重大。当伤员同志知道部队要走，需要他们转移到离公路、城镇较远的偏僻山区继续休养的消息后，个个泣不成声。他们坚决要求"宁愿跟上部队死，不愿留下继续生！"我的一个老战友石子英拉着我的手说："老严啊，我的知心的同志，我一分钟也不能离开党，不能离开部队，请你报告首长把我带上，哪怕我向前爬，决不给部队添麻烦，即使出去死了，也心满意足，含笑九泉。"他一边说，一边哭。面对这种情况，我的心怎能不难受呢，不由得眼泪夺眶而出，久久说不出话来。难呀！难！但又有什么办法呢？只有把仇恨记在国民党和日本侵略者的账上，以实际行动消灭更多的敌人，为老战友分忧解愁。接待伤员的乡亲，在这方面也起了积极作用。他们一致表示："伤员就是亲人，要以自己的生命保护伤员的安全，决不叫他们吃亏。"对这些家庭我们都一一给了粮食和药品。

　　部队离开的问题，特别是走的时间是一个机密，没有告诉群众。群众多聪明呀！见我们又是安置伤员，又是征求意见，就猜到了八九分。谁知刚招收的新兵，对保密的利害还没有体会，把消息传出去了。部队刚集合，群众就围上来了，有的提着洋芋，有的提着鸡蛋，有的拿着饼子，一个个眼泪汪汪地往战士手里塞。冯大娘可怜巴巴的，不知什么时候存下两个鸡蛋，也拿来向我口袋里装。我请她留下给小宝宝吃，她哭泣着说："唉！好娃哩，穷家富路，家里再穷，总不

哈达铺的红色故事

红二方面军总指挥部旧址

能让上路的人饿着肚子,再说你们出去还要打黑狗子哩!"部队走开了,群众把一切的感情都汇合成这样几句话:"中国共产党万岁!""把日本帝国主义赶出中国去!""打倒反动派!""红军万岁!"口号声此起彼伏,回响在陇南的群山之中。

再见吧!革命的人民,你们是有功劳的,你们的功绩,将永远记在历史的功劳簿上!

在行军的路上,我回顾一个多月前,红二方面军连续转战,没有机会休养生息的景况,对照现在的新变化,真有从严寒而沉寂的黑夜走向了阳光普照的春天的感觉。从失掉了革命根据地被迫长征,到这次顺利的休整过程说明,成败的关键在于正确的政策,以及有无依靠群众和发动群众的决心。

行军速度很快,两个多星期后我们就赶到会宁,和中央红军胜利会师了!

红二方面军总指挥部在哈达铺指挥我们战斗[1]

杨秀山[2]

1936年9月初,中国工农红军长征的最后一个梯队——第二方面军,通过甘南的腊子口,翻过岷山山脉到达哈达铺地区。从雪山草地走出来的红军战士,来到这样的好地方,真像是到了天堂。

方面军总指挥部在哈达铺驻下不久,我听说总指挥部要派一些干部到红军学校去学习,心里想,长征快要结束了,能去学习一下倒是个机会。一天,我去哈达铺开会,顺便到了总指挥部,探听关于派人学习的事。一进指挥部,看见红军总参谋长刘伯承同志正和贺龙同志谈话。一、四方面军在草地分兵时,刘伯承同志就和朱德总司令随四方面军行动。二、四方面军在甘孜会师后,就听说

---

[1] 原文《陇南凯歌》,此文是其中的节选,题目为编者所拟。

[2] 杨秀山(1914.9.8—2002.11.27),原名杨木森,男,汉族,湖北省沔阳县(今属洪湖市)人。1929年参加革命,同年冬参加中国共产主义青年团,1930年参加红军,长征时曾任二军四师第十二团政委,1934年7月加入中国共产党。中华人民共和国成立后曾任武汉军区副司令员、解放军后勤学院院长等职,1955年被授予中将军衔。1985年选为中顾委委员。2002年11月27日在北京逝世,享年89岁。作者到达哈达铺时任红二方面军二军团十八团政委。

哈达铺的红色故事

刘伯承同志随二方面军指挥部行动，但我这还是头一次见到他。刘总参谋长和贺老总向我问了部队情况后，我就向他们提出，能不能去红军学校学习。"啊？"贺老总听了觉得很突然，他笑眯眯地说："学习当然好哟，可你这团政委的工作谁来接替？部队刚刚走出草地，要恢复体力，要休整，还要准备打仗，我看……"说着转过头去望着刘伯承同志，像是征求他的意见。"是啊，当前还是工作要紧。"刘伯承同志不紧不慢地说。他态度和蔼，语气亲切。

两位首长你一言、我一语地谈当前的形势和任务。当时我们部队的任务确实繁重。经过十个多月艰苦转战，历尽千辛万苦，走出了草地，部队减员很大；由于饥饿和疲劳，战士们的体力很差。这时，蒋介石正调兵遣将，围追堵截我们，妄图阻止红军三大主力会师于西北。中央军委指示，红二方面军下一步的行动是：东出甘南和陕西省西南部，占领成县、徽县、两当、康县、凤县和宝鸡地区，从右路拖住胡宗南的尾巴，配合一、四方面军进行静（宁）会（宁）战役的计划。

贺龙同志说："目前，我们要利用这个时机，搞好部队生活，恢复体力。还要就地发动群众打土豪，补充新战士，扩大部队。"

刘伯承同志又说："是这样，以后还有学习的机会，还是先把部队整顿好。"

听了贺老总和刘总参谋长的一番话，我不再要求去学习了，便连忙返回团部。不几天，我们第四师就接到了经礼县、西和县境内占领成县的作战任务。

9月16日，我们师由小川镇出发，拂晓前直抵成县。守敌是王均部队的一个营和部分反动武装。他们依托城防工事顽抗。先头部队十团首先到达东南门，突破了敌人的城防工事，很快把县城的主要街道

占领了。敌人退到城西北角的制高点，负隅顽抗。十团组织了几次攻击，均未奏效，最后只好退到南门和东门。

上午十时，我们十二团接到师部命令，协助十团夺回失去的阵地。团里领导研究由我带领三营从东门进攻敌人。

队伍沿着城北向东门前进，虽然不断遇到敌人的猛烈阻击，但都被我们打垮了。部队来到东门，我们请十团的同志介绍情况并看了地形。前边街道都是石板铺的路面，两边房屋的墙壁参差不齐。敌人少数兵力向我们射击，大部分隐蔽在街道两侧房墙的背后。我们的机枪和步枪无法杀伤隐蔽在房墙后的敌人。

怎么对付藏在死角的敌人呢？这时不知谁说了一句："我们的子弹要是能拐弯就好了。"这句话提醒了我。我当即把三营的机枪集中起来，命令机枪射手集中火力打街道上的石板。射手们理解了，立即把机枪对准石板逐段向前猛烈扫射。顿时，暴雨般的子弹打向石板路，无数的小石片飞溅起来。那些隐蔽在墙后死角的敌人，被这些小石片打得头破血流，狼狈逃窜。我们的战士趁机发起冲锋，沿街道两侧从这个房屋死角跃进到另一个房屋死角，很快就把敌人赶到了城西北角的老地方。大部分街道又被我们占领了。

下午五点钟左右，枪声还稀稀落落地响着。贺龙、任弼时、关向应同志向我们团的阵地走来。他们迈着有力的步子，谈笑风生，镇定自若，对头顶上"呜呜"飞过的子弹毫不在意。任弼时同志还背着一支小口径步枪。

我边走边向贺龙、任弼时、关向应等同志报告战斗的经过。方面军首长听说我们用机枪打石板路，一梭机枪子弹几乎顶得上一发迫击炮弹，就停下来，观察脚下马蜂窝似的石板，又看看街道两侧房门、

哈达铺的红色故事

墙壁上大小不一的弹痕。贺龙同志高兴地说:"这个打法好,是条很好的经验。"并问这个办法是怎么想出来的。我告诉贺老总,在湖北板栗园战斗中,我站在一块石头上用望远镜观察敌情,突然敌人射来的一颗子弹,打中了我前脚跟下的石头,我的小腿一下中了七块石片,伤了七处。是那次战斗的经验教训启发了我。贺龙同志听了,连声说好。

方面军首长察看了居民的房子,看到街道两旁的民房破坏不大,很满意。并再三叮嘱我们,严守群众纪律,爱护群众财产。

第二天,方面军指挥部搬到了城里。团长黄新庭同志和我到指挥部受领新任务。

贺龙同志向我们交代:把清扫成县残敌的任务移交给兄弟部队,你们团去攻占徽县,要在明天拂晓前攻克县城,然后就地分兵发动群众。他特别强调,占领徽县后,任务是筹款,一定要注意遵守群众纪律。

当天下午,部队经过简短的动员就出发了。第二天凌晨三点钟左右,到达了徽县县城西南面一个村子里。我们准备了云梯,正要去攻城,侦察员报告,徽县已被红六军团占领了。红六军团看我们来了,就按照总部的部署,向两当县开去。方面军指挥部和四师指挥部随后进驻徽县城。

成、徽地区土地肥沃,水源充足,物产丰富。但是,群众长期受国民党的反动宣传,对红军不了解,不敢和我们接近,工作很难开展。我们根据方面军首长的指示,干部带领工作队,分头到各村去,宣传群众,组织群众。每到一地,张贴标语,散发传单,召开群众大会,用各种办法揭露国民党压迫人民的罪行,宣传共产党的主张。我们还采取了一个老办法,请贫苦农民吃饭。那时候请吃饭很简单,用地主家的粮食做一大锅饭,杀土地主家一口猪,烧一大锅菜,请老百

姓自带碗筷来吃。当地虽比较富裕，那是富裕了地主，受苦、吃不饱的群众还很多。穷苦人家听说红军请吃饭，男女老少带上碗筷走来。我们的炊事员一边给群众端饭，一边做宣传工作。听了我们的宣传，吃完饭，有的穷苦农民当场就悄悄向我们反映情况，有的还自告奋勇给我们领路去打土豪。打了土豪，我们又把衣服、粮食分给群众。这样接近我们的群众更多了。有的要求当红军，有的主动给我们送情报，告诉我们哪家地主最坏、最富、钱最多，这就使我们打土豪的目标更准了。群众发动起来后，我们除了招收了不少新战士外，还组织起一百多人的地方游击队。后来又动员他们编到我们团当了红军。

短短的十几天里，我们团发动群众，筹了很多款。长征一路，同志们的衣服都破了，又到了该换装的季节，我们就利用筹来的款买了一些布，在群众帮助下做衣服，每人还自己动手打草鞋。每个战士都有了新衣服、新草鞋。一件件新装，针针线线都凝聚着人民群众对红军战士的深情厚谊。人民群众发动起来，我们吃饭、穿衣、行军、打仗和兵员的补充都有了保障。出草地时，我们一个团只有七八百人，而这时已扩大到一千多人了。

贺龙同志很关心发动群众、组织群众的工作，经常亲自找团的干部汇报情况。每次都问得很详细，很具体，还常常到部队驻地去看看战士吃得怎样，住得怎样，对伤病员更是关怀备至。有一天我到指挥部去，贺龙同志正在看一本杂志，见了我就说："最近你们团工作很有成绩，但是也要批评你们。"

我看贺老总今天说话不像往常一样带有笑容，不知道出了什么事。贺老总接着说："你们对伤员关心不够。你们团长、政委铺上都有棉絮，负伤的三营长、七连长床上怎么没有啊？"原来，有一天他和关

哈达铺的红色故事

政委到我们团看了我和团长的铺，又看了在我们前面院子的伤员的住处，发现了我们床上铺了一条棉絮，而伤员的床上却没有。贺老总这种深入群众、一丝不苟和严格要求的作风，给我留下了难忘的印象。他的话，也使我很惭愧。回来后，我立即把床上的棉絮抽出来，又找了一条，亲自送给三营长和七连长。

经过一段时间的休整，我们团得到了补充，战士的体力也有所恢复。整个队伍的面貌焕然一新。但是，由于张国焘破坏了中央静（宁）、会(宁)战役的计划，使整个战局发生了不利于我方的重大变化。9月27日，敌王均第三军，沿着我们的来路，由西向东，经小川镇向成县进犯。我们四师奉方面军指挥部的命令，开往成县和小川镇之间，协同红三十二军歼灭进犯的敌人。不料我们还未到达，红三十二军已和敌人打响战斗，敌先于我占领有利地形。在这种情况下，方面军首长确定二军团四师和六师各一部，要赶往成县城外的西北地区设伏。

我们十二团的埋伏地点，是在一座有庙的小山头及其附近地区，左前面是六师十八团的阵地。在我们阵地南面有一个村子，村子西边有一条小河向南流去。团指挥部就设在山上的庙里。我们从山顶放眼望去，远近群山的树木和山坡上的高粱地连成一片，郁郁葱葱。一小块一小块金黄色的稻田，点缀在绿海之中，一派北国江南的风光。我们这些初到这里的南方人，触景生情，想起了鱼米之乡的湖北洪湖老家，战斗情绪更加高昂。

午后，敌人出现了。他们在很远的地方向我们打炮，好像是进行火力侦察。不一会儿，我们的阵地就被浓烟和飞起的黄土笼罩了。由于隐蔽得好，敌人的炮火没伤着我们一根毫毛，烟雾和尘土随风向西南飘去，正好迷住了敌人，反而给我们创造了调整兵力的机会。敌人

没有发现我们，把攻击目标转到十八团埋伏的阵地，其后面正好暴露在我团的正面。黄新庭同志说，用个把营出击打它一下。于是我带领二营顺着山沟偷偷地摸到敌人的侧后。一阵密集的子弹从敌人侧后打过去，打得敌人死的死、伤的伤，慌慌张张，乱挤乱窜，真像一群捅散了的马蜂。在我们团和十八团的夹击下，敌人只好仓皇地夺路逃命。我们乘胜追击，一口气把敌人赶过小河的西岸。

战斗结束后，部队往回撤，同志们又渴又饿又累。这时正好通过一个果树园，果子挂满树枝，举手可摘。满地都是熟了的水果，低头可拣。可是战士们谁也没有动树上的果子，也没有踩坏地上的一个果子。我走在队伍的最后面，只看见果园地上留下许多深深的草鞋脚印。我们的战士在这种情况下，仍能做到自觉遵守群众纪律，这体现了人民军队的本质，也是人民军队战胜敌人的一个法宝。

正当我们返回时，有人喊了一声："敌人回来了！"我一看，增援的敌人和退却的敌人合成一路，大约有一千多人，向我们反扑过来。地形对我们很不利。我在指挥部队撤回原阵地时负了伤。在我身边的二营营长蔡久同志，迅速背起我通过一块高粱地，回到我们团阵地的一个小山包上。

子弹打中了我的臀部，并穿透了挎在我身上的皮包，把我皮包里的文件和两本书打透了。一本是刘伯承同志翻译的《苏联红军步兵战斗条令》；一本是在湖南时，当时的师政委方理铭同志送给我的《列宁主义概论》。这两本书是我最宝贵的财产，它们给了我不少智慧和力量。我一直把它们带在身边，这次和我一起"负了伤"。

当时，五连连长刘林同志和几个战士绑了一副担架，把我抬到成县东关一户群众家里。因为流血过多，特别渴，嗓子像要冒烟一样。

哈达铺的红色故事

这家老乡连忙给我烧了开水,我喝了水,觉得好多了。深夜时,贺龙和关向应同志来了。在昏暗的灯光下,贺龙、关向应同志俯下身来抚摸我。他们见我因流血过多,脸色苍白,心里很不好受,给了我许多安慰,要我安心治疗,并嘱咐身边的同志好好照顾我。六师政委廖汉生同志也来了。听见廖汉生同志向贺龙和关向应同志报告说:"这次战斗异常激烈,打死打伤了不少敌人……我们伤亡也不小,许多同志牺牲了……"贺龙和关向应同志说:"敌人力量处于优势,又占领了有利地形,这一仗不好再打下去了。为了争取主动,需要转移,寻找新的机会消灭敌人。"

第二天一早,我离开了成县,由五六个老乡轮流抬着我走。在高低不平的小路上,我听见担架前面的同志和后面的同志不断地互相打招呼:"慢一点"、"轻一点"……生怕我受到震动,增加痛苦。一路上,这些亲切的感人肺腑的言语,不绝于耳。

岁月流逝,往事如烟。但是我永远也忘不了在陇南的那些日子,忘不了在那里牺牲的战友和同志,忘不了全力支援我们的广大人民群众。

红军来到哈达铺

周　龙[①]

1936年9月，贺总率领红二方面军走出草地，经腊子口，沿撒布沟来到岷州（现岷县）境内的哈达铺。

部队为避开敌人主力，继续北上，早日与中央红军会师，从七月离开甘孜后，每天长途跋涉疲于行军，本来沿途人烟稀少，补给就非常困难，通过草地时又是"风刺骨、炊断粮，野菜皮带填肚肠"的极度艰苦条件，有不少战友被饥饿夺去年轻的生命。红军走过的峰峦山涧，常常可以看到有倒在路旁的战士尸体。多么需要停下来进行休整补给啊！这已是当时全军上下一致的渴望。

我们到哈达铺正是秋收季节。由于红四方面军先到这里，主力包

[①]周龙（1917.9—2016.2），原名周官，湖北京山县人。1932年2月参加中国工农红军，1934年1月任贺龙警卫员。曾任第二方面军班长，后任八路军一二零师指导员、营长，绥蒙军区支队长、晋绥军区副团长、团长，一军团长。中华人民共和国成立后，历任骑兵团副团长、团长，黄南军分区司令员，青海省军区副司令员，青海省第四届政协副主席。2016年2月在北京逝世，享年99岁。作者到达哈达铺时为贺龙的警卫员。

哈达铺的红色故事

围着岷州城，所以，村里的乡亲们都忙着收获秋粮，组织民工队支援前线，整个村子处在一种紧张而又太平，忙碌而又欢乐的气氛中。只有岷州方向的枪声时紧时缓地不断传来。

哈达铺距岷州城约三十公里，位于两山之间，这里出粮食又盛产党参、当归等名贵药材。我记得"哈达"在藏语中是"好"的意思，看来当地群众给这块地方起名叫哈达铺也是不无道理的。但是由于国民党反动军队的糟蹋和地方官吏的长期盘剥压榨，加之交通不便，粮食药材很难运出去，乡亲们祖辈仍过着饥寒交迫的苦日子。1935年9月，毛主席、周副主席率领红军长征来到这里，才使这座偏僻的小镇像六月的天气火热起来。红军宣传的革命道理铭刻在人民心里，播下的革命种子正萌芽生长。

我们刚一进村，乡亲们望着一个个脸色憔悴、疲惫不堪的红军战士，都心疼地流了泪。未等部队驻定，就急忙抬着猪、羊，背上粮食，挑着蔬菜赶来慰问，把好房子腾出来让给红军住，将新做的布鞋塞到战士手里。由于乡亲们的积极支援，各部队筹集了不少粮食物资。从机关到连队伙食很快大变样，粮、菜、肉天天能吃饱。同志们都高兴地说："到了哈达铺，吃上白馒头，过年啰！"

我们四名警卫员和贺老总等首长，住在一位叫张兴元的老乡家里。房东家人虽不多但比较富裕。有四间上房，左右各有三间偏房，中间是一块宽敞的院子，很适宜住指挥机关。房东一家非常热爱红军，我们一到，全家老小便挤住进偏房的一头，把大部分房子腾了出来。他们不知道这里是红军的指挥部，但从架设的电话，站在大门口的岗哨，整天出出进进腰间挎着短枪的人们的举动，慢慢估摸出家里肯定住的有红军的大首长。因此，全家人平时出进干活，言谈办事都很谨慎小心，只怕打扰首长们的工作。实际贺总、关向应就住在上房。岷州会议后，刘伯承、任弼时离开四方面军来到哈达铺也住在这里。左房住的是李达参谋长，右偏房靠近上房的一间有个大土炕，住着我们四个警卫员。

红军进驻哈达铺的第三天，贺总和关向应就带上我们几个警卫员骑马到岷州四方面军指挥部去开会。等三、四天再返回哈达铺，村里变得比以前更加热闹，新建立的区、乡、村苏维埃政府正召开群众大会斗恶霸分田地。刚组织起来的游击队扛着刀矛，挺胸昂首高唱"一心当红军，扛枪杀敌人……"的战歌在场院上进行操练。大街小巷到处刷写着宣传红军主张的标语口号。村子中间那条不长的街道整天人流不断，街两旁几家小铺子出入者络绎不绝。摆吃食小摊的无忧无虑地吆喝着招揽买主。街上卖的东西极贱，记得临去岷州前，我用所发的一块大洋买了四个大白面饼抱回来，可惜未来得及吃，等开完会回来全部发了霉。部队面貌更是焕然一新。经过休整，加上伙食改善，个个脸上浮出润色，干部战士剃掉了出草地以来蓄长的发须，穿上洗补整洁的衣服，显得格外年轻精神。就在大家刚刚消除疲劳，恢复体力之时，总部根据中央军委的指示，决定发动"成徽两康"战役，扫除障碍以继续北进。打击成（县）、徽（县）、两（当县）、康（县）一带敌人，以扩大政治影响，扩充红军队伍。

9月11日，红二方面军离开哈达铺，兵分三路向东前进。贺总、任弼时、刘伯承率总部机关和四师、五师、三十二军直插成县。萧克、王震率六军团攻取两当、凤县。关向应率六师占领康县，以防武都方向的增援之敌。当时我跟关政委随六师行动。我们在哈达铺虽然只住了十天，但留下的影响是很深的。时间不长，"成徽两康"战役胜

哈达铺的红色故事

利结束，红军渡过渭河迅速北进。一路上每当大家谈论起哈达铺休整的情景，就赞叹不及，感慨万分。同志们风趣地说："哈达铺是我们长征路上的'加油站'啊！"

参加长征的片段回忆

张明远[1]

我原系甘肃岷县人，1928年和1929年，甘肃连续大旱，再加上兵连祸接，我家几乎没有收成，生活陷于绝境，我就去岷县吃粮当兵，参加了甘肃的地方部队。后来冯玉祥到了甘肃，这支地方部队编入国民军。在冯、阎反蒋失败后，我们又被蒋介石改编为第二十六路军，于1931年3月开赴江西"剿共"。到江西宁都后，给养不济，士气低落，人无斗志。此

张明远

---

[1] 张明远（1909—1996.3），甘肃岷县人。宁都起义参加红军后加入中国共产党，曾任红五军团第十四军四十师排长，红一方面军政治保卫局特务队队长，红一军团政治保卫局侦察科科长、红三军团侦察科科长、徒步侦察队队长。参加了中央苏区第四、第五次反"围剿"和长征。1935年调入红四方面军工作，任政治保卫局侦察科科长、岷县独立团团长。抗日战争和解放战争时期，任八路军总部交通管理局局长，军委军事工业局总务处处长，中共中央党校第一部校校务处处长，解放军冀察热辽军区兵站部部长，合江军区后勤部部长，东北军区后勤部军械部部长，第四野战军后勤部军械部部长。中华人民共和国成立后，任东北军区后勤部副部长，中国驻朝鲜大使馆武官，中国人民志愿军后勤部副司令员、后勤部部长，解放军总后勤部车管部部长、军械部部长、总后勤部副部长。1955年被授予少将军衔。1996年3月20日在北京逝世，享年87岁。红四方面军到达岷县后任岷县苏维埃政府主席。

哈达铺的红色故事

时，在我党中央工作的原冯部军政部主任刘伯坚同志向孙连仲部驻宁都参谋长赵博生、旅长季振同、董振堂等同志进行工作，于1931年12月14日，终于促成了国民党第二十六路军一个师、两个旅的"宁都起义"。

宁都起义后，我们改编为红五军团，休整了半年，就开到南雄县水口镇和国民党军队作战。在这次战斗中我负了伤，适逢一方面军保卫局在战士中挑选侦察人员，我被选中了，经过一段集训后，被提升为一方面军保卫局侦察科长，便离开了五军团。红军长征前夕，一方面军调回瑞金，我被调到国家保卫局，旋由国家保卫局分派到三军团任保卫局侦察科长。

1934年冬，红军开始长征，我在彭老总的第三军团任侦察科长。1935年7月，一、四方面军成立红军总司令部，长征到了毛儿盖，党中央开会确定北上抗日。红军过草地时，总部决定分左右两路：一方面军一、三军团和四方面军的两个军组成右路军，由毛泽东率领北上；一方面军五、九军团和四方面军两个军组成左路军，由朱德和张国焘率领北上。红军到了贵州扎喜县，部队进行了整编，成立了侦察队，我被调到司令部当徒步侦察队长。侦察队跟司令部行动，任务是侦察敌情、绘出行军路线图、找向导等三项，这对部队行进和指挥作战十分重要。因此，我们侦察队经常走在部队的前头。

1936年8月，我们部队出腊子口到了岷县，决定在这里休整，补充给养并做群众工作。岷县城当时为甘肃军阀鲁大昌的新十四师驻守，红军包围了县城。中央指派何长工同志为甘肃省主席。我当时为岷县人民革命委员会主席，命我在县里筹集军粮给养。接到任务后，我立即回老家三十里铺，先找到我的表兄季农，他在地方上还有点声

望，于是我请他告诉周围群众，就说我在红军里工作，现在回家来了。当时我父亲已经去世，母亲还在，我是十六岁出门的。因此，邻居、亲戚听见我回来了，都跑来看我，又听说我是"县长"（农民习惯把管理一县之事的都叫县长），十分高兴。我就向群众宣传党的政策，告诉大家红军是穷人的队伍，我们将要开往抗日前线，去打日本鬼子。

经过充分发动，把群众组织起来了，就开始进行打土豪的斗争。当时岷县站里恶霸地主张树岩、大寨地主刘十一、砍堡塔地主秦太林、马七一，平日压榨农民，无恶不作，便分别组织群众召开了斗争大会，控诉揭发了他们的罪状，为民平了愤除了害。

我家乡有一个姓张的大地主，他的几个姑娘都嫁给鲁大昌的部下做老婆，他就仗势在地方上横行霸道，还把庄子附近和山上的树木全部砍去作烧柴，收租时又用大斗坑人。我们就派人把这个地主抓来，严加管教后放其回家。

我军围攻岷县四十多天没有攻克，我在家乡一带做群众工作也待了四十多天。这期间除打土豪征购粮草外，还进行了扩兵工作。我的家乡土地瘠薄，人民生活困难，又都对红军有了比较正确的认识，因而扩兵工作一展开，立即有近三千人从四面八方跑来当红军。我就成立了一个独立团，自己兼任团长，到会宁后，便把这个团交给了五军团，后来这部分人随五军团到达河西高台，不幸竟全军覆没了。

岷县县城没有攻克，我们的部队撤下来向会宁前进，我也随部队离开了。到会宁后，我们和一方面军迎接我们的部队会了师。在这里休息了五六天，保卫局又给我配备了一百名战士，命我到西兰公路沿定西一带去打游击。我们在西起车道岭、东到华家岭一线，阻击国民党的小股部队，扣截过往的国民党军车及军用物资。

哈达铺的红色故事

　　在西兰公路兜圈子打游击约三四天，从敌人飞机的来去方向判断，估计我们部队已过会宁了，便率队追赶部队，一直到海原和靖远之间，才遇到四军一位领导同志，他告诉五军团已全部过了黄河，向河西走廊前进，总部已有命令，没有过河的再不要过了，一律随总部到陕北去。不久，我们见到了朱德同志，他也命令我们和他一起走。我就跟随朱总司令到了陕北保安，仍旧回到中央保卫局工作。

岷洮西战役[1]

杜义德[2]

1936年8月上旬，红二、四方面军走出草地到达川西北的班佑、包座地区之时，全国形势发生了很大变化。抗日救亡运动兴起新的高潮，党的抗日民族统一战线政策成效显著，陕北红军与一部分东北军、西北军已经处于停战状态，红一方面军一部进行西征，为红军三大主力会师创造了有利条件。在此期间，党中央对红二、四方面军极为关怀，不

杜义德

---

[1] 原文《岷洮西战役和会宁会师》，此文是其中的节选，题目为编者所拟。
[2] 杜义德（1912.5.16—2009.9.5），湖北武汉黄陂人。1927年参加农民协会，1928年参加赤卫军，同年加入中国共产主义青年团，1929年参加中国工农红军，1930年加入中国共产党。土地革命战争时期，任红四军第一师三团班长、排长、连长、连政治指导员，红四军第十师三十团营政治委员、二十九团政治委员，红三十军第八十九师政治委员，红三十一军第九十一师政治委员，红四方面军总部四局局长、直属纵队司令员、骑兵师师长。参加了长征及西路军作战。抗日战争时期，任八路军一二九师随营学校副校长，新编第四旅副旅长，冀南军区第二军分区司令员、政治委员兼地委书记，冀南军区司令员。解放战争时期，任晋冀鲁豫军区第六纵队政治委员、第二兵团副司令员兼第十军军长。中华人民共和国成立后，任川南军区司令员、第三兵团第十军军长兼政治委员、中国人民志愿军第三兵团副政治委员、政治委员，沈阳军区副政治委员兼旅大警备区政治委员，海军副政治委员、第二政治委员，兰州军区司令员。2009年9月5日在北京逝世，享年98岁。作者到达哈达铺时任红四方面军直属纵队司令员兼四局局长。

哈达铺的红色故事

断指示行动方针，通报甘南敌情。电示二、四方面军："迅速出至甘南为有利。待你们进至甘南适当地点时，即令一方面军与你们配合南北夹击，消灭何国柱、毛炳文等部，取得三方面军的完全会合，开展西北的伟大局面。""四方面军到包座略作休息，宜迅速北进；二方面军随后跟进到哈达铺再大休息，以免敌人封锁岷西线，北出发生困难。""以一部速占腊子口天险。"党中央还电示红二、四方面军北出草地后应迅速攻占岷县，使红军在"战略上大占优势"，电告二、四方面军："我们……准备一切条件欢迎你们，达到三个方面军的大会合。"

蒋介石为阻止红军三大主力会合，一面急调其嫡系胡宗南部第一军由湖南兼程北上，抢占陕甘大道上的静宁、会宁、定西一线，以割断我三个方面军会合的通路；一面在甘南仓促布防：令王均第三军之第七师、第十二师，总兵力两万三千人左右由陕西向甘南前进，固守文县、武都、天水、西固（今舟曲）地区；毛炳文第三十军第八师、第二十四师，总兵力一万七千多人，西移陇西、定西地区设防；鲁大昌新编第十四师（辖三个旅、一个特务团、一个骑兵团及机炮营）共一万五千余人，固守岷县、临潭、西固地区。企图构成西固至临潭、天水至兰州两道封锁线，阻止我红二、四方面军北进。在青海方面，则由新编第二军马步芳部扼守循化至贵德和新城至温源一线，防止红军西进。但敌人点多线长，兵力分散，部署尚未就绪。加之"两广事件"尚未解决，胡宗南部羁留长沙，一时不可能赶到，故甘南地区敌人兵力比较薄弱。

在这种有利于我二、四方面军北上的情况下，中共西北局根据党中央关于速出甘南、抢占腊子口、攻占岷县的指示，于8月5日在求吉寺召开会议，研究分析了甘南敌情，决定乘敌主力尚未集中岷、临之

前，先机夺取岷县、临潭、西固地区，以利继续北进，与党中央和红一方面军会合。会上，制定并发布了《"岷洮西"战役计划》，集中主力于岷、临方向，采取钳形攻势、东西夹击，在运动中各个歼灭敌人，实现战役的胜利。战役部署是：以四方面军之三十军、九军和五军为第一纵队，其主力由包座经俄界、旺藏寺出哈达铺攻岷县，一部取道白骨寺、爪咱之线，相机夺取西固，并向武都方向佯动，以威胁武都之敌；以四军、三十一军为第二纵队，首先夺取洮州旧城，得手后主力向临洮方向活动，一部向夏河、临夏发展，以保障我左翼安全；以红二方面军为第三纵队，出哈达铺，策应一二纵队的行动。由于红二、四方面军的广大指战员急切盼望早日与党中央会合，因此对中央西北局北进之战役行动非常拥护，个个信心百倍，以极大的革命热忱和英勇献身精神执行这一战役计划。

8月5日到12日，各纵队按计划先后由包座地区出发，向甘南挺进。当时，我任红四方面军直属纵队司令员兼四局局长，率领所属部队随方面军指挥部行动。广大指战员沿着崎岖的山路攀悬崖、过栈道、涉山涧、跨激流，风餐露宿，疾速前进。8月9日，一纵队先头部队三十军八十八师抢占天险腊子口，全歼守敌一个营，为后续部队开辟了前进通道。10日，八十九师一举攻占岷县漩窝、大草滩、哈达铺，击溃守敌，歼灭千余人，缴获各种枪千余支。随后，八十八师、八十九师分路向岷县方向攻击前进，当晚扫除了岷县敌外围据点大沟寨、西川和南川，击溃鲁大昌部约三个团，毙敌四千余人，包围了岷县城。

此时，红军前敌总指挥徐向前派我去二纵队了解战斗准备情况，并指示我协助十师师长余家寿、政委叶道志指挥攻打洮州旧城。我非

哈达铺的红色故事

常高兴。心想，自离开三十一军九十一师政委的工作岗位后，已经很长时间没有指挥大部队作战了。这是一次难得的机会，决心以战斗的胜利回答徐总的信任。在稍事准备后，连夜赶到四军指挥部。

那时候，虽然食不果腹，衣不能御寒，装备很低劣，但英勇善战的四军指战员求战心切，情绪非常高昂。

部队展开了紧张而有序的战前准备工作。指挥部召开作战会议具体区分了各团的战斗任务、行动路线及完成任务的时限。8月14日，第四军在军长王宏坤率领下，从岷县野狐桥兵分两路向临潭进军。十一师沿洮河西行至羊北桥过河，由新堡向临洮方向挺进；十师、十二师及妇女独立团顺三岔沟而进，击溃守敌一个营后，十二师一举攻占临潭新城，并以一部向渭源、临洮方向发展，十二师和妇女独立团乘胜沿山梁大道向洮州旧城疾进，8月20日拂晓前，逼近了洮州旧城。

洮州旧城是座很古老的县城，坐落在巴童河与无名小河的汇合处。四面环山，西与西峰山相依，山势陡峻，是这座城的依托；东南有东陇山，西北为石零山，与城呈犄角之势；北面属"挂地"小山，地势较缓。卓洛滩紧接城北。巴童河由北向南从城的东侧流过。城池方圆九里。城墙高约十米，厚约八米。城分东、西、南、北门，东曰武定门，西曰怀远门，南曰镇南门，北曰仁和门，另有水西门一座。东、西、南门有瓮城，守敌在瓮城上各建碉楼三座。护城河深约五米。守敌约一个团。见我军大兵压境，惧怕被歼，即以一个营的兵力据城顽抗，掩护团部及团的主力向临洮方向撤退。我获知情报后，即令部队从行进间发起攻击。英勇的十师指战员们忘却了连日急行军的疲劳和饥饿，以迅雷不及掩耳之势扑向旧城。霎时间，枪声、爆炸声、喊杀声响成一片。在妇女独立团一部配合下，一举攻占该城，全歼守敌一个营，缴获各种枪三百余支，俘敌数十名。此次战斗，战士们都像小老虎一样，猛冲猛打，丈余宽的壕沟一跃而过，数米高的城墙以人梯攀越。妇女独立团的战士也个个动作神速，打得英勇顽强。战斗结束后，部队举行了入城式。

部队进城后，师指挥部及时组织营以上干部勘察地形，布设阵地，防敌反扑。同时，部署部队广泛开展群众工作，积极宣传党和红军的政策，扩大红军影响。

23日清晨，警戒小组发现西北方向尘烟飞扬，嘈杂声从远处向县城传来，即向指挥部报告："可能是敌骑兵袭击。"我即令部队撤出城外，分别埋伏在西峰山、东陇山及城北的有利地形上，准备迎击敌人。

敌人排成人字队形，个个像煞神一样，举刀驱马顺着北坡奔将而来，足有七八百人马。我军沉着待敌。当敌进我伏击圈后，师长余家寿举起手枪，"叭！叭！"两声枪响，接着，所有的机枪、步枪、驳壳枪一齐开火，子弹像雨点一样射向敌群。顿时，敌人人仰马翻，乱作一团。我见战机有利，即向余师长建议："迅速出击，围歼敌人！"

冲锋号吹响了。我十师部队如猛虎下山一样，锐不可当。敌人官兵各不相顾，纷纷夺路逃命，有的跪在地上缴械投降。这一仗，共打死打伤敌二百余人，俘敌三十四人，缴获战马近百匹，各种枪支、马刀三百余件。经审俘得知，来犯之敌为马步芳所属海南警备第一骑兵旅马彪部的一个加强营。该敌企图夺回洮州旧城，恢复敌之防线。

敌人第一次进攻失败后，接连数日，轮番向我石岭山、西峰山阵地攻击，尤其是西峰山阵地，成为敌我双方争夺的要点。战斗在这里打得非常激烈。敌人在屡遭失利后，抬出银元、烟土，驱使亡命徒挥刀上阵。我十师和妇女独立团的指战员们，发扬了连续作战、不怕牺

哈达铺的红色故事

牲、誓与阵地共存亡的革命精神，奋勇杀敌，抗击敌人。子弹打光了，刺刀捅弯了，石块也成了与敌相搏的武器。二十五日中午时分敌旅长马彪亲自提刀督战，一连突破我数道阵地。我随即使用师预备队（约一个团的兵力），配合一线部队对敌实施反冲击。有些战士英勇地抱起点燃的炸药包，拉响捆绑在一起的手榴弹群，冲入敌阵……经过两个多小时的激烈争夺，终于把敌人压下山去，夺回了失去的阵地。

为了更有效地保存自己，消灭敌人，在以后的几天里，我们采取了灵活多变的战术手段。有时利用既设阵地抗击敌人，有时设伏兜击敌人，有时把敌人放进城内，展开巷战。战士们打巷战很有一些发明创造。有的在巷内设置绊马索，待敌马接近时，突然拉起，在马绊索的同时，拉响吊在房下的手榴弹群，顿时，手榴弹在敌人头顶上开了花，炸得敌人血肉横飞。有的在敌必经之巷挖好陷马坑，当领先的敌马陷进去后，瞄准后尾的敌人猛打，同时，手榴弹群在敌群中间开花。战士们风趣地说，这叫"堵蛇头、截蛇尾、斩蛇腰"战术。敌骑兵在狭长的巷道内，犹如"老牛掉井，有劲使不上"。还有的同志有意制造出近似枪炮声的音响筒来迷惑敌人，乘敌惊慌之际，突然开火，打敌措手不及。由于我军采取灵活多变的战术，经过一周艰苦鏖战，重创了敌军。残敌溃至黑措（今合作）地区。我十师攻打洮州旧城的任务遂告胜利结束。这一仗先后共歼敌二千五百余名，俘敌七百余名，缴获各种武器两千余件。指战员们沉浸在胜利的欢乐之中。

在我军四军攻占临潭和激战洮州旧城的同时，一纵队三十军已在攻打岷县县城。

岷县为陇南重镇，这里北通漳县、陇西，南至西固、武都，东去礼县、西和，西连卓尼、临潭，既是甘川交通要道，也是陇南政治、

经济中心，在战略上占有十分重要的地位。岷城于明朝洪武年间重建。东临迭藏河，西接子城后所，北俯洮河，南仰二郎山。滚滚东去的洮河与滔滔北流的迭藏河，似张开的双臂环抱着岷城，海拔三千多米的二郎山，峭壁峥嵘，山脚与城相连，如一扇天门翼护城区。这种两面临水，南面面山的险要地形，形成了易守难攻的局势。守敌鲁大昌自重岷县，拥兵自保。为了占据这块地盘，多年来苦心经营，除筑有坚固的城防工事外，还顺着二郎山势的三个台阶，各修筑巨型碉堡和数道环型堑壕，同时以交通壕将三个巨型碉堡及二郎山主峰与城连为一体，构成了山、城互为依托的较为完备的防御体系。当红军抵达包座一带时，蒋介石就急电鲁大昌凭险据守，"远侦严防"。鲁大昌也感到形势不妙，只得弃窝保巢，一面令驻武都、漳县、临潭、陇西之部队火速回防岷县，一面带领部下到大小卧龙沟、白家湾、白土梁、二郎山等地察看地形，增设阵地，在南川、小沟山、王家山、申家山、大沟寨、三十里铺等地占领前哨阵地。同时加固城门城堡，急筹粮草弹药。还搜罗一大帮便衣侦探四处活动，窥测我军行动。因此，攻打岷县城是摆在我一纵队面前一项十分艰巨的任务。

  8月10日凌晨，清扫岷城外围据点的战斗打响。第八十九师在吴家大山与敌特务团第一营激战，歼敌三百余名，残敌退守白土梁和二郎山。尔后又攻打城西麻布台、大沟寨等敌前哨阵地。经一天战斗，扫清了岷城外围的据点，占领了南川、白土梁、南小路、王家山、麻布台、大沟寨等十多个阵地，从东、西、南三面包围了岷县城。当晚十一时许，我军向守敌最后一个外围据点二郎山发起攻击。曾四次突破敌阵地和三号碉堡，击毁敌轻、重机枪十一挺，迫击炮五门，重创敌机炮营。因敌骑兵增援，夺回了已失阵地。十一日凌晨，我军再次

哈达铺的红色故事

攻击二郎山，战斗十分激烈。敌人死伤惨重，枪弹告罄。敌特务团长王咸一急向鲁大昌求援。鲁派第二旅旅长蒋汉城率两个营又一个连的兵力来增援。我军毙敌少校团副杨肇林，伤敌旅长蒋汉城、团长王咸一等。鲁大昌慌忙收缩防线，决定以二郎山和岷城为防守重点，并在城门和二郎山之间部署一营兵力，以保持山、城之间的联系。

当夜八时许，三十军一部占岷城西之子城后所后，便开始了直接攻打岷城的战斗。在火力掩护下，数百名红军战士抬着五十余架云梯，攻击城西南部。与此同时，第三十军另一部涉过迭藏河，架云梯强攻东城。守敌惊恐万状，一面点燃木柴抛下城墙，一面拼命投手榴弹。敌炮兵也向我攻城部队猛烈射击。一时火光冲天。红军战士毫无所惧，冒着弹雨，登上云梯，冲上城头，同敌人展开了激烈搏斗。经三个多小时的殊死争夺，歼敌一千四百多名。但终因敌居高临下，城防工事坚固，地形对我不利，我军猛攻数次均未破城，遂暂停攻击。

8月12日中午时分，三十军主力从三个方向向二郎山守敌发起攻击，三次突入敌阵，攻占敌第三、第二号碉堡。守敌凭借两个一号碉堡的猛烈火力及有利地形，进行反冲击，夺回了阵地。此后四天内三十军曾集中全力向岷城和二郎山守敌发起进攻，虽未克城，但打乱了敌人部署，歼灭了大量敌人。我军亦伤亡严重。鲁大昌一面急电蒋介石、张学良、朱绍良等，要求增援，一面调整部署，加修工事，死守岷城。

8月17日，敌毛炳文部由陇西驰援岷城。三十军决以八十八师奔漳县方向阻敌增援，八十九师继续围攻岷城。同日，朱绍良电告鲁大昌称："十日之内，各方援兵不来。"鲁大昌得知援军无望，只好放弃城外阵地，集中残部死守二郎山及岷城。为防止红军沿城外民宅接近

城垣，鲁大昌下令强行拆除距城墙10米以内的房屋。当晚，又将城南接近二郎山的民房，以及东关、南关、洪家桥等处民房纵火烧毁，随后焚烧了城北洮河渡口的船只，企图孤注一掷。

8月18日，一纵队第九军到达岷县，接替三十军围攻岷城之任务。八十九师开漳县一带。九军为攻打岷城，一面认真察看地形，组织火力，研究打法，一面赶制云梯，进行爬城攻坚演练。经充分准备后，采取多层次、多方向爬云梯、勇猛地沿城墙下水道进击敌人等战法，给敌人以重大杀伤。二十三日，一纵队五军赶到岷县参加攻城战斗。九军一部去临潭，一部同五军共同围攻岷城。由于红军刚出草地，指战员们体力还未恢复，武器装备低劣，弹药不足，因而久攻不下。

在我九军、五军围攻岷县十多天后的一天，红四方面军一局侦察参谋（名字记不清了）领着两个人来到陈昌浩的住处。这两个人见陈昌浩后，恭敬地递上一封书信，并讲明来意。原来，我军围攻岷县虽未破城，但已毙伤敌三千余人，给敌以沉重打击。鲁大昌困守城池，孤立无援，已经到了山穷水尽的地步。为了保全自身，便连夜起草书信，请求停战谈判。来人说，井水不犯河水，只要我军不再攻城，不占他们的地盘，红军愿走哪条路就走哪条路，鲁大昌决不放一枪。谈话后，陈昌浩当即写了一封信让来人带交鲁大昌，信的具体内容不清楚。此后，我军即以部分兵力围困、监视敌人，大部兵力在岷城进行休整，发动群众，扩大红军，建设政权。嗣后，二十六日，第八十九师克渭源。9月7日，第三十一军九十三师攻占通渭县城。第三纵队红二方面军9月1日到达哈达铺，先头进抵礼县。

至此，"岷洮西"战役遂告结束。此役我军攻占了临潭、漳县、渭

哈达铺的红色故事

源、通渭4座县城及岷县、陇西、临洮、武山等县的广大地区，总计歼敌七千余人，缴获了大批武器、弹药、物资及马匹，粉碎了敌人阻止红军北进的企图，造成了红二、四方面军与党中央和红一方面军会师的有利态势。

在"岷洮西"战役中，我军同时进行了扩大红军和建设政权的工作。在一个多月时间里，"岷洮西"地区就有三千多名青年参加红军。许多被俘蒋军官兵，也在我优待俘虏政策影响下，在红军致力于拯救中华民族的革命精神感召下，纷纷弃暗投明，加入了革命队伍的行列。我军还先后建立了岷县、临潭、渭源、陇西、通渭和武山等苏维埃政府，还帮助当地群众建立了区、乡基层苏维埃政权和抗日义勇队等组织，领导并武装群众打击恶霸地主、官僚封建势力，开展抗日宣传，教育群众树立救国救民的革命信念和理想，扩大了红军的影响，播下了革命的火种。

经过此次战役，我红二、四方面军实现了北进甘南的计划，打开了一个新战略区域，获得了休整补充，为三大主力会师西北创造了有利条件。

我参加红军过程的回忆

刘德胜[1]

我于1916年出生在哈达铺下街,小名叫弟弟娃。家里很穷,没有土地,也没有耕牛,我们有四兄弟,我是老三,我还有一个姐姐。我五岁时,母亲去世了。父亲依靠给别人做活养活我们,我也从小就跟着父亲给别人做活,或者跟着别的穷人家孩子去挖红芪等野药。

1935年,毛主席率领的中央红军在哈达铺

刘德胜

---

[1] 刘德胜,1916年出生于宕昌县哈达铺一个农民的家里,五岁失去母亲,家庭贫寒,从小跟着父亲给别人家做活。1935年9月,红一方面军长征路过哈达铺时,受到革命思想的启蒙,红军走后,逐渐产生了"要是红军再来,一定要参加红军"的想法。1936年红二方面军长征到达哈达铺参加了游击队,在家乡活动一个多月。红军北上时,游击队改编成一千二百多人的新兵营,归三十二军领导。参加了"成徽两康"战役。长征过了渭河,新兵营被改编,战士们分编到各个连队,胜利到达陕北。抗日战争时期,历任班长、排长,参加了著名的平型关大战,在中条山坚持六年抗日游击战争,腿部、背部多处负伤。1938年加入中国共产党。解放战争时期,历任连长、副营长,1946年随部队开往东北,参加了辽沈战役。东北解放后,随军南下,先后参加了平津战役、淮海战役、渡江战役,身上有几处负伤,多次立功受奖。1953年转业到地方参加社会主义建设,先后在江西省清江县公安局、民政局、财政局担任领导工作。1981年离休。

哈达铺的红色故事

住过几天，对我们印象很深。中央红军走后，在我们哈达铺街上做生意的铁匠沟高先生（高殿元）常给我们宣传红军，宣传革命，说红军专门是为穷人的，我们只有跟着红军打倒贪官污吏和土豪劣绅，才能过上好日子。我们街上的满喜娃、年福青等几个穷小伙子，晚上常到高先生那里去听他谈论各种世事。高先生说，红军还要来呢，并要我们在红军再来后，为红军办粮草参加红军的队伍。在高先生的宣传发动下，我们通过走亲串户，联络交识了哈达铺附近二三十个家庭贫穷的年轻人，准备红军再来了，就给红军办事。以后我常想，高先生大概在中央红军来哈达铺时参加了共产党，可是他本人当时没有给我们说过他是不是共产党员。

1936年6月，红二、四方面军到了哈达铺。红军真的又来了，我们很高兴。二、四方面军在哈达铺住了一月多，建立了苏维埃政府，建立了游击大队，天天打粮、搞宣传，还打土豪，把上街刘老民等富人家的财物和粮食都分了，各村子都搞得轰轰烈烈。我参加了游击队，司令是我们上街的朱进禄。我们游击队的领导说，红军过些日子要开走呢，走的时候我们也要跟上红军走，要我们准备好干粮。过了些日子，红军要走了，我们哈达铺游击队也跟上开了。当时叫游击大队，走时有一千二百多人。到闾井点了一次名，点名时只有一千一百来人，有些人已经失散了。满喜娃、年福青和我都是一起走的，到了闾井，满喜娃想家不愿去了，给我们说回哈达铺吧，我说，我不想回去，回去家里啥也没有，日子过不下去，红军这么好，我要跟上红军去呢。我们走后，满喜娃就回家了。年福青后来也离队了，他啥时候回去的我不知道。

我们从闾井经过礼县，开到了成县的小川子。到小川子时天快黑

了，主力部队正和敌人打仗，仗打得非常激烈，枪声就像爆豆子的一样，我听了心里还有点紧张。我们游击队没参加打仗，也没有进成县城，直接跟着红军向天水一带开去。我们从哈达铺出发，一路上还是叫游击大队，一个班派了一个红军当班长，一直跟着后勤机关走。过了小川子后，游击队编成了新兵营。我们原来的游击大队司令朱进禄哪里去了，我当时也不知道。我们跟着走的部队，后来我才知道是红九军，军长是罗炳辉，政委是袁任远。

过了渭水河，我们一起去的人都编到各连了。和我在一起的，只有上乡里（阿坞乡）的包明义和另一个哈达铺附近的（名字记不起了）。包明义有点文化，一直和我一个连，是个机枪手。日本投降后，我们开往东北时，他因腿上有枪伤，走到唐山附近时腿肿得走不动了，就留在了那里。分别时，我们两人抱头大哭了一场。包明义后来怎么样了，我一点也不知道。中华人民共和国成立后我多次打听，也没有得到他的任何线索。我们连里哈达铺的那个老乡，到陕北后也编到其他连队了，我以后再没有见到过他。

（1987年9月14日于哈达铺乡政府，记录：陈启生）

我走过的革命道路

全生祥[1]

1923年正月，我出生于宕昌县（当时属岷县）将台乡下巴山行政村贫苦农民家庭。我的小名叫全生祥，姓马，由于不便于读，我就直接写成全生祥。

在我五六岁时，父亲去世了，父亲和伯父没有分家，父亲去世后我和母亲与伯父家一起生活。孤儿寡母，日子过得十分艰难。母亲把我送到本乡王家坪村舅舅家去住，她自己到宕昌给人洗衣做活。

---

[1] 全生祥（1923.1—2013.11）宕昌县将台乡下巴山村人。1936年8月，红二方面军长征途经宕昌时参加红军，当时年仅十三岁，与宕昌一起参加红军的一百多人编为新兵连。长征到达陕北后，改编到红六师十八团任战士。抗日战争时期，在一二零师三五九旅七一七团，历任营部通讯员、团通讯班长、排长，参加了"平型关大战""百团大战"等著名战役。1938年8月加入中国共产党。1941年随部队由前线调回陕北，保卫延安，随后参加了南泥湾大生产运动。解放战争时期，随部队开往东北，调任一二零师第二野战医院任管理员，先后转战山西、陕西、河南、四川等地。中华人民共和国成立后，历任西南军区后勤部直属机关股长，第七军医大学科长。1957年入重庆部队第七速成中学学习，四年后结业，调任西昌军分区后勤部科长。1961年入北京后勤学院学习一年，1962年底调任成都军区总医院院务处处长。1964年调任成都军区司令部管理局科长。1969年10月任四川省绵阳军分区后勤部长，1980年任绵阳军分区顾问，1982年离休。1955年被授予大尉军衔，后晋升为少校，再晋升为中校，并获得"八一"勋章、"独立自由"勋章、"解放"勋章。2013年11月12日在成都逝世，享年90岁。

我有五个舅舅，那时都住在一起没有分家。由于人口多，家里土地少，日子过得也很困难。我八岁那年，母亲把我带到宕昌，介绍给旧城村一户姓欧阳的商户（富人）家放牛。那时欧阳家的一个儿子在岷县城里上学，年龄比我大一些。

我给欧阳家放了几年牛，已经到了十三岁。那年，也就是1936年，正是宕昌七月会的时候，红二方面军来了。一年前我就听到大人们说有红军，对穷人很好。二方面军到宕昌前，宕昌的董家里、下街、石磊街上都驻有国民党的军队，宣传说红军杀人放火。我年纪小，又不识字，听了宣传也辨不来红军究竟好不好。红军快到宕昌时，欧阳家让我把牛赶到村后大庙沟里去躲避，我就赶着牛到庙沟里的儿信山上去了。过了几天，听到儿信村的人们说红军很好，最爱穷人。我心里想，我们母子日子过得这样苦，我干脆去当红军算了。打定主意后，我就从山上下来到宕昌街上找红军。走过高庙山，碰到放哨的红军。红军战士问我去干什么，我说要当红军。

他们又问我为啥要当红军，我说：我们是孤儿寡母的穷苦人，我给商户人家放牛，红军爱穷人，我想参加你们的队伍。一个站哨的红军战士把我领到马土司衙门里，我就参加了红军。

我当了红军，我母亲到马土司衙门里来找我，嫌我年纪太小，不放心，要我回去。红军领导又向我母亲做工作。我母亲回去后还找欧阳家要过人。

红军在宕昌住了一个星期左右，每天都搞宣传，打土豪，分财物，筹集军粮物资，还动员青年人参加红军。我们宕昌新参加红军的一共有一百来人，编了一个新兵连，班、排、连干部都是派的红军担任。新兵都是年轻人，和我差不多大小的还有几个，只有几个年纪大的。其中一

哈达铺的红色故事

个叫陈祥志（后改为张家德，又改为任崔明）的，一直和我在一个连队，后来在南泥湾搞大生产时才离开了部队。他离开部队时是排长，我是班长。1955年我去宕昌时，他在将台供销社当营业员。1971年我第二次去时，听说已经死了。我们离开宕昌后，第一天走到理川，由理川经过闾井、礼县到了徽县、两当。这时我知道了我们的师长叫贺炳炎，只有一只胳膊。到两当后，我们的部队去攻占一个县城（陕西略阳），未打开，又撤回两当，又由两当回到徽县。我在徽县看到征收了好多大烟。在徽县的江洛镇住了两天，在娘娘坝打了一仗，又去攻打天水。我们攻打了一夜，天水没有打开，就过渭河开往平凉一带。

我们宕昌新兵连在行军途中，一路都有减员，个别的中途离队了。天水打了一夜仗，我们损失不太大，过了渭河后，有一天在一座土山上，敌人的飞机来轰炸，炸死了我们宕昌新兵连的二三十个人。飞机来时，我和司务长在一起，司务长把我压倒在水沟里，我没有受伤。部队到了庆阳，我们宕昌新兵连还有几十个人了，便分别编到各连队去了。部队还是二方面军的十八师。

"西安事变"后，我们部队从庆阳开到三原、富平一带。不久部队改编为八路军，我们编为一二零师三五九旅七一七团，团长是刘转连，政委是晏福生。我在营部通讯班。

抗战中，三五九旅单独作战的时间比较长，开始在山西作战。我们配合参加过"平型关战役""百团大战"。1938年8月，我由连指导员伍锋祥、排长张仕良两同志介绍加入中国共产党。当时不满十六岁，按规定不够入党年龄，但我出身贫苦，对共产党非常相信，人老实，完成任务好，组织就批准了。1941年我们旅调回陕北保卫延安，驻在绥德。不久，开进南泥湾开展大生产，一直到1945年日本投降。

1941年时，我调到团部担任通讯班长，1943年担任排长。

日本投降后，我们部队开往东北，我生病了，留在留守处。后来，我们留守处的几百人又组织了一批开往东北，走到大同附近，被傅作义军队挡住了，上级命令对我们就地安排，我分配到一二零师第二野战医院当管理员。

解放战争中，我一直在后勤机关工作，随部队到西安，又到成都、重庆。

中华人民共和国成立后，我在重庆西南军区后勤机关先担任股长，后调到第七军医大学当科长。1952年我在重庆与爱人乔艾莲结婚。我爱人是山西介休人，1948年参加革命，1949年参军，在部队医院工作，她的出身也是很穷苦的。1957年后，我在重庆部队第七速成中学学习了近四年，学习结业后，调到西昌军分区担任后勤部科长。1961年又去北京后勤学院学习了一年，1962年底学习结束后，调到成都军区总医院院务处当处长。1964年调到成都军区司令部管理局当科长。1969年10月，调到绵阳军分区担任后勤部长。1980年任绵阳军分区顾问，1982年离休。

我从1936年参加红军至1949年，在抗日战争、解放战争中参加大小战斗七十余次。1955年授予大尉军衔，后晋升为少校，再晋升为中校。人民政府先后颁发了"八一"勋章、"独立自由"勋章、"解放"勋章等。

回顾我走过的革命道路，我由一个十三岁的放牛娃成长为十三级正师级干部，完全是党的教育和革命熔炉培养锻炼的结果。每当我想到这些时，我深深怀念那些为人民事业牺牲的战友和首长，怀念和我一起从宕昌参加红军后，在南征北战中牺牲的几十名老乡。我虽然离休了，但身体还很好，也常想多做一些力所能及的工作，特别是对青

哈达铺的红色故事

少年应进行革命传统教育。我们一家是个革命家庭，我和老伴都是老党员，我们三个女儿也都是党、团员，老大、老二都是军人。现在条件好，更要保持革命传统，我常想要教育子女坚信共产主义，把革命精神世世代代传下去。

（1988年3月14日于绵阳军分区干休所，记录：陈启生、韩国玉）

参加红军情况的回忆

陈金龙[1]

红二、四方面军来到哈达铺地区时，我已二十五岁了。地方上建立苏维埃政府和游击队，我参加了我们村里的游击队。当时，我们竜布、牛家、鲁鲁沟三个村是一个甲，仅我们这个甲的游击队就有二、三百人。

我们游击队的队长是竜布下庄里人，也姓陈，原来在国民党部队当过兵，会弄枪打仗。他和我们一起跟着红军走的，中途不见了，听说跑回家去了。当游击队，主要是打土豪。那时商户（富人）们都跑了，打土豪就是分他们的粮食。我们村是郭商户家的粮分得最多。

红军走时，游击队也跟着走了。中途有跑回去的，但死了的更

---

[1] 陈金龙，1911年出生，宕昌县哈达铺镇竜布村人。1936年红军二、四方面军到达哈达铺地区，参加了游击队。红军北上时，随游击队集体参加红军。1937年在陕西富平县由连长刘秋香、班长肖德荣介绍加入中国共产党。抗日战争时期，在八路军三五八旅五团一连当战士。解放战争时期，先后任班长、排长、连长、师后勤部科员。1951年任西北军政委员会疗养院总务科副科长。1955年转业地方工作，任陕西省宝鸡市五金公司仓库主任。1957年调任宝鸡市社会福利院院长。1961年调国家木材局宝鸡一级站工作。1980年离休。

哈达铺的红色故事

多。和我一起参加红军走的，我们村有好几个。一个叫陈荣，比我小七岁，当时是十八岁，我们走到宁夏与甘肃交界的海原、固原时与敌人打仗牺牲了。1955年我回家探亲时，他爷爷问我陈荣还在不在，我怕老人伤心，没敢说牺牲的事。陈荣的父亲是上门女婿，不学好，赌博输了钱没啥给人家便上吊自杀了。他没有兄弟姐妹，他妈后来也死了，家里只有他和他爷。他走后，家里就只有他爷一个人了，还有一个是我的房下叔伯弟弟，在家他是老二。他妈过世了，他哥哥被国民党拉壮丁当兵了。他父亲叫旦旦，到玉岗村招亲给人上门了，家里只有他一个人了。老二跟红军走时只有十来岁，是年纪最小的一个。他在游击队改编后和我不在一个部队，后来死在什么地方我也不知道，中华人民共和国成立后也一直没有打听到消息。再一个是陈顺才，我们是一起跟着红军走的，他什么时候回家的我不知道，1955年我探亲时他在家里，说他半路回家了。

我们竜布附近村子参加红军的人，我知道的有两个。一个是理川大舍沟的赵保，他和我一直在一个部队，红军改编为八路军后，我们还是一个团，我在一营，他在二营。他在部队一直当炊事员。1952年动员部队复员时，他报名复员了，并来动员过我。1955年那次我回家，他跑到竜布来看我。听说1960年前后过世了。另一个是牛家村的宫平，姓啥不知道了，大家都叫他宫平，比我小六七岁，跟红军走时十七八岁。他给连长当通讯员，大家起的外号叫小牛毛，人很精灵。打日本时我还在河北见过一面，以后一直没有音信，听说抗日战争时牺牲了。

（1988年4月3日于宝鸡卧龙寺木材一级站，整理：陈启生）

我参加红军的情况

赵福有[1]

1919年我出生于岷县（今宕昌县）理川大舍乡寺巴村，小名叫云德。我们家原是个小户人家，有十几亩土地，还有一座水磨、一匹马。由于我父亲抽大烟，后来破产了，家里的土地、磨坊和马都卖掉了，日子过得很困难。我有两个姐姐，一个在民国十八年（1929年）病死了，一个1960年才去世，我没有兄弟。

赵福有

1936年红军来到哈达铺、理川一带时，我的父母都在家里。当时国民党宣传红军来了要杀人，群众都跑了。当时我父亲领着我也跑了，跑到菜子沟的新庄村里躲避了好几天。过二、

---

[1] 赵福有（1919—1997），宕昌县理川镇寺巴村人。1936年8月，红二方面军长征到达哈达铺时参加了游击队。红军北上时，与当地参加红军的一千二百多人一起编为新兵营，长征途中改编到四师十二团七连任战士。抗日战争时期，部队开到晋西抗日前线，在山西与日军作战时，膝盖骨被敌炮弹炸伤。解放战争时期，随部队开往东北，调到东北野战军政治部警卫团当战士。东北解放后，随军南下，参加了解放华东、华南的许多战斗，历任排长、连长。中华人民共和国成立初期，又参加了广西剿匪，后调到梧州军分区。1952年复员回家乡参加社会主义建设。1997年4月29日逝世，享年78岁。

哈达铺的红色故事

五天，回村子去的人说红军对老百姓非常好，我们就从新庄里回到寺巴沟家里了。我们回到村子后，红军每天都搞宣传，发动群众抗日反蒋，打土豪，还成立了苏维埃政府和游击队。有一天，大舍沟村的苏维埃主席赵苟红来我们寺巴村，召集我们年轻人讲话，并要我们参加游击队。赵苟红还到我家里对我父亲讲了要我参加游击队的情况，我父亲说：我同意云德参加游击队，红军好，你们跟上红军去吧。我父亲虽然抽大烟，但他识字，交识的人也多，思想比较开明，所以支持我参加游击队。和我同时参加的还有我的一位堂兄赵兔奎，比我大四岁。

参加游击队后，我和赵兔奎跟着赵苟红去到大舍村。当时大舍一带的红军指挥部在大舍沟蔡商户（富人）家里，我们去后，红军把蔡家的一头牛杀了办伙食。过了一段时间，通知我们游击队翻尖尕山到哈达铺的竜布村里集中，我们又开到了竜布里。在竜布里大舍里的赵宝宝和我在一起。在竜布村学习训练了三天，我们就跟上红军开走了。当时哈达铺、理川一带的游击队，集中在竜布的就有五、六百人。

从竜布出发，第一天只走到理川街上，我们住在城里面，第二天到八力吃了一顿饭，晚上住在闾井的古浪坝。在闾井没有打啥大的仗，也没开会。经过礼县，直接开到成县。我们没有到成县城里，离成县城还有几十里路。我们到时，红军正和敌人打仗，打得非常激烈，枪声很密，我们没有参加作战，继续开上走了。第二天吃早饭的时候，带我们的一位红军连长对我们说：你们的游击大队长不在了。接着，就把我们编到各红军连队了。我编到四师十二团三营七连二排六班。这时候我发现有不少成县一带人也参加了红军。

当我们到成县时，游击队的有些人都失散了。我的堂兄赵兔奎走到八力时就离队了。

从成县出发，走了几天就到了渭河边上，我们三五个人一起，手拉着手过了渭河。过了渭河没有打啥仗，就开到了陕、甘交界的平凉、庆阳一带。

时间不久，就发生了"西安事变"。"西安事变"后，我们部队改编为一二零师。我们到了延安。1939年开到晋西北。抗日战争时期，我一直在连队当战士。在山西与日本打仗时，敌人的炮弹炸伤了膝盖骨，住了九个月医院。日本投降后，调到东北四野政治部警卫团当战士。东北解放后，我们入关南下，我在部队担任了连长。

中华人民共和国成立后，我们部队又参加了广西剿匪。剿匪任务完成以后，我转到了梧州军分区，任荔浦县大队中队长职务。

1952年，部队动员战士转业复员，参加社会主义建设。我想离开家十几年了，全国也解放了，便报名转业回家参加建设。我们在广西集中部队转业干部时，甘肃籍的共有十九人，其中有岷县、漳县、西和、礼县的，还有一个我们宕昌县南阳（当时叫良恭）的，一直和我们在一起，他的姓名记不起了。回来后，我们也再没有见过，现在不知怎样了。

（1987年9月16日于宕昌大舍乡寺巴村，执笔：韩国玉、陈启生）

两万里征途寻圣地　哈达铺报纸定方向[1]

陈　宇[2]

是日，毛泽东率领中央红军翻越岷山，这座千里大雪山在当地又被称为大拉山。这天晚上，毛泽东到达岷山脚下的鹿原里，就部队的行动部署和严整纪律问题，致电彭德怀等人，要求"部队严整纪律，没收限于地主及反动派，违者严处"。并电告彭德怀：哈达铺已被红一军团前卫部队占领。

9月19日拂晓，从哈达铺返回的红一军团侦察兵将俘虏和报纸首先送到了军团部林彪和聂荣臻身边。那个少校副官到这时才知道自己在毫无戒备的情况下已经成了红军的俘虏。

报纸送到林彪的手中，他眼睛直盯着报纸上的红杠杠，愣了。

"哈哈，我的妈呀，革命成功了！"平时很少有笑声的林彪这时开怀大笑。

"阎锡山部进攻陕北红军刘志丹部……"聂荣臻手持一张《山西日

---

[1] 摘自《共和国经典长篇》。
[2] 陈宇，1957年出生，山东泰安人。中国人民解放军军事科学院研究员，大校军衔。

报》，一边读着，一边把通信员喊来，高兴地说："快，快把这张报纸送给毛主席。陕北还有一个根据地哩，这真是天大的喜讯！"

俘虏和报纸很快就送到了毛泽东等中央领导人面前。

"把这个少校副官还给林彪处理。一定要优待和宽大，他为我们'送'来了这么多精神食粮，立了大功。"毛泽东对这个活人不感兴趣，而是对那些报纸视若珍宝。他在看了侦察兵带回来的报纸后，高兴至极，大喊道："大家快来看啊，陕北有'匪军'呢！"

"匪军军长刘志丹辖三个师……枪有万余。"

"现在陕北状况，正与民国二十年（1931年）之江西情形相仿佛。"七八月份的天津《大公报》上，连续几天登载"陕乱"，称："全陕北二十三县几无一县不赤化"，"全陕北赤化人民七十万，编为赤卫队者二十余万，赤军者二万"。这些消息对毛泽东来说，无疑是等于从反面全方位地得知了陕北苏区和刘志丹、徐海东红军的消息。

"国民党报纸上的匪军？徐海东、刘志丹两部红军！这消息振奋人心呀！"林彪高兴得手舞足蹈，他在这时顾不得审讯俘虏，也来到毛泽东身边共享福音。

毛泽东、张闻天和林彪、聂荣臻等人议论开了，笑容满面地连声说："好了！好了！我们快到苏区了。"

"我们的侦察兵这次出击收获最大，把刘志丹的根据地给'抓'来了，哈哈！"毛泽东笑声朗朗，并说道："好，就这样，从哈达铺起，梁兴初的侦察连作为先头部队。每到一个城镇，他们要办的第一件事就是要完成我所部署的特殊任务：给中央找点精神食粮来！"

"一定完成任务。"梁兴初和曹德连见毛泽东这么高兴，也在一边乐得抿着嘴直笑。

哈达铺的红色故事

红一军团侦察连即从哈达铺到陕北根据地期间，多次把搜索到的报纸、杂志和书籍送到毛泽东的手中，对毛泽东初到陕北指挥作战和确定战略方针起了重大作用。

9月19（20）日下午，毛泽东率领红军大队开进哈达铺。

走出茫茫草地、皑皑雪山的红军指战员们，一进入甘南地区，猛然间听到狗叫鸡鸣，看到庄稼村舍和路上跑着的驮货物的小毛驴，无不热泪盈眶。哈达铺的居民绝大部分是汉族和回族，所讲的汉话虽然不太好懂，但这对三个多月来在藏区受到语言障碍的红军来说，现在听到汉语，那真是如同回到家乡一样亲切。哈达铺的货物比较丰富，引起了指战员们的"抢购"之风，不管买到什么东西都如获至宝。有人买了许多各种颜色的布，问他做什么，他却只是乐呵呵地笑，那神情是在说能买到东西就够高兴了，还管它有什么用，做什么？结果这些花布在被这位红军战士欣赏了半天后，献给全连做了擦枪布；司号员的军号上飘起了一束几乎拖着地的红绸子。吸烟的人更是高兴得合不上嘴，"单刀""双刀""白飞机""哈德门"等品种的香烟装满了衣袋，互相递来递去地品尝。红军严明的纪律和友善态度赢得了当地群众的爱戴，群众纷纷邀请红军到自己家中做客。哈达铺的妇女对红军中的女兵很感新奇："队伍中怎么会有女的？她们很可能是假女人吧！"有些大胆的妇女主动与那些剪短发、穿军装、皮带上挎着手枪的女红军搭话，前后仔细端详审查，然后把她们请到家中："你们真是女的？"

"那还有假？"女红军冷不防被这些家庭主妇们从前面向胸脯上摸了一把。"是真的！嘻嘻，嘻嘻！""咯咯，咯咯，咯咯咯！"大家都大笑起来。

毛泽东进驻哈达铺后，与张闻天一起住在镇中的"义和昌"药店后院一座僻静的平房里。中央决定在这里休整数日，恢复体力，补充军需。当毛泽东听说红四方面军在红大学习的人多数都被李特裹胁回去，却有一位团政委跟了来后，亲自找到了窦尚初政委。

　　"你为什么不回去？"毛泽东问窦政委。

　　"红一方面军也是党的领导，也是革命。"窦政委回答。

　　"好，好，回答得好。看来张国焘在红四方面军中也并不是一统天下嘛，红四方面军中的绝大多数干部是会觉悟的，只不过他们觉悟得不如你这个团政委早。"毛泽东对窦政委的行动表示赞赏和鼓励。

　　接连几天，毛泽东和张闻天等人传看着那些报纸。这些意存敌意而又夸大国民党军战果的报道，在此时却成了毛泽东和他的战友们所谈论得最开心的话题。长征从此不再是不知目的地的大退却，红军终于把长征转换为胜利。

　　9月22日，毛泽东召集红一、三军团和中央军委纵队的团以上干部，在哈达铺一座关帝庙中开会。笑容满面的毛泽东今天看来有很多话要讲，他的情绪也很快感染了与会的全体红军将士。

　　"同志们呐！我告诉你们一个好消息，我们就要到陕北根据地了！感谢国民党的报纸，为我们提供了陕北红军的比较详细的消息，那里不但有刘志丹的红军，还有吴焕先、徐海东的红军，还有根据地。我们要抗日，首先要到陕北去。"全场欢呼雷动，经久不息。

　　"拥护中央北上抗日的正确路线！"

　　"到陕甘根据地去！"

　　口号声震天，响彻哈达铺。

　　毛泽东继续讲话，说："我们要北上，张国焘要南下，张国焘说我

哈达铺的红色故事

们是机会主义。究竟哪个是机会主义？事实会证明一切。目前，日本帝国主义侵略中国，我们就是要北上抗日。首先要到陕北去，与刘志丹的红军会合。我们的路线是正确的，现在我们北上先遣队的人数是少一点，但是目标也就小一些，不显眼，不张扬，空隙中容易过日子。大家用不着悲观，要振奋精神，继续北上。我们现在比1929年初红四军下井冈山时的人数还多哩！在俄界时我们拟定改编陕甘支队，现在我代表中央正式宣布改编，由彭德怀同志任司令员，我兼政委。"

台下又是一片欢呼声。

新编成的陕甘支队，下辖三个纵队，林彪任支队副司令员兼第一纵队司令员，聂荣臻任第一纵队政委，下属第一、二、四、五、十三大队，也即是五个团。第二纵队司令员由彭雪枫担任，政委由李富春担任。第三纵队即中央军委纵队，由叶剑英任司令员，邓发任政委。

"大家一定要振奋精神，继续北上。我们从现地到刘志丹同志创建的陕北根据地只不过几百里了。"毛泽东动员说："经过两万多里长征，久经战斗、不畏艰苦的红军指战员们，你们一定能以自己英勇、顽强、灵活的战略战术，和以往的战斗经验，来战胜一切困难，到达陕北根据地！"

毛泽东在这次讲话中公开使用了"长征"一词，这在过去是没有过的。几天前的俄界会议所颁发的中央文件，因为是机密文件，其中虽然首次提出"长征"一词，但并没有向下传达。因此，自从毛泽东这次讲话后，"长征"这一新名词从1935年9月中下旬开始，由中央红军还未完成的长征路上传向全中国，传遍全世界。从战略大转移开始就坚持记笔记的红军指挥员萧锋，在以前的日记中从来没使用过"长征"这个词，但在听了毛泽东的这次讲话后，在第二天的日记中即使

用了这一新的名词。从此后，"长征"一词便被广泛使用和宣传，出现在常用语言和词典中。

在红军离开哈达铺的这天早晨，毛泽东来到红军大学学员队，科长周士第把三十多名中高级干部集合起来，请毛泽东讲话。

"好，好，集合。我说两句。"毛泽东今天的精神很好，他讲道："草地从此结束，我们的脚已跨入甘南，快要迈进陕北的地界了，但今后仍会遇到许多困难。来，听我的口令，前排的同志，向后——转！你们自己都互相看看。"大家互相望了望，都感到好笑，不知毛泽东是何用意。

"同志们，你们说人死了还能活吗？"毛泽东突然提出了这么一个问题。"当然不能活了。"

"你们看一看，我们的人比过草地前是多了还是少了？"毛泽东继续问。"现在只剩几千人，当然是少了。"

"你们再看看，大家是瘦了还是胖了？"毛泽东接着又问。

"爬雪山过草地，条件那么艰苦，吃的都没有，当然是都跑瘦了，饿瘪了。""你们的回答都是对的。人死了是不能再活的，那我们活着的人，身上的担子就更重了。但是，我今天告诉大家的是，我们人少了，今后肯定会多起来；我们都瘦了，今后肯定会胖起来。好了，我的讲话完了。出发！"

队伍上了路，大家的思路也在向前蔓延着，反复回味着毛泽东这意味深长的讲话——人会胖起来，人肯定也会多起来。

哈达铺一过，红军前锋侦察警戒部队一直前伸到甘南重镇岷州。

哈达铺的红色故事

罗荣桓长征在哈达铺[1]

黄 瑶[2]

俄界会议以后，一、三军团继续北上，通过在悬崖绝壁上硬凿出来的险峻的古栈道，攻克腊子口，翻过岷山，9月20日进入了一望无际的平川，下午到达哈达铺。

这是岷县南面一个有几百户人家的集镇。红军攻克腊子口后，国民党鲁大昌部队从这里溃逃到岷县，留下了几百担大米和白面。这个集镇还有不少卖吃食的商贩。红军已经几个月见不到油盐和大米、白面了。从雪山、草地来到这里，真是另一个天地。罗荣桓的心情和大家一样。他一到哈达铺见到他认识的指挥员便嘱咐道："同志们战胜了敌人的围追堵截，爬雪山、过草地，来到这里，很不容易。幸存下来的都是宝贝。革命就要靠这些人了。因此，所有的伤病员都要抬走，一个也不能丢了！"

罗荣桓

---

[1] 原文《罗荣桓在长征中》，此文是其中的节选，题目为编者所拟。

[2] 黄瑶，1933年出生，江苏扬州人。1951年参加中国人民解放军，曾任文工团团员、文化教员、宣传干事、编辑、副处长，《中共党史人物传》副主编，毛泽东诗词研究会理事，《罗荣桓传》编写组副组长。

为了恢复指战员极度衰弱的体力，准备继续北上，供给部门给每人发了一块大洋，政治部提出了"大家要吃得好"的口号。这个地方的东西异常便宜，五块钱可以买一头肥猪，两块钱可以买一只肥羊。鸡才两角钱一只。各伙食单位统一采购了食品，当天下午就杀猪宰羊，准备会餐。炊事员们又施展出几个月来用不上的手艺，烹炸炖炒，各显神通。会餐时，各单位又将驻地周围的老乡请来做客。空气中飘着肉香，到处是一片过年似的欢乐气氛。美中不足的是有些炊事员不会做面食，把挺好的白面熬成了一锅糨糊，可大家吃得仍然津津有味。

这天晚上，罗荣桓和当时一军团的宣传部长邓小平、组织部长谭政，还有政治部的几位干事围坐在老乡家的炕头上吃辣子鸡。吃着吃着，大家感到屁股下面越来越热，有的同志以为是着了火。罗荣桓在青岛大学读书期间虽然曾经到高密农村住过，但那是夏天，没有烧炕。他一时间也说不准是怎么回事。经过老乡解释，大家才恍然大悟，对这一北方人民的创造，今后要伴随他们度过几十个严冬的火炕，一时不觉感到新奇。

更值得罗荣桓、邓小平高兴的是，民运干事肖望东搞来了一些烟叶，分给他们两位一人一把。在长征路上，这两位烟瘾很大的同志没有烟抽，感到十分难熬。有时实在上瘾得不行了，罗荣桓便睡觉，可邓小平却睡不着，他常常跑出去搜罗烟叶，但十次倒有九次是空手而归。有一次他兴冲冲地跑回来，喊道："老罗，起来，我搞到烟叶了。"罗荣桓起来一看，原来是干树叶子。两人相视而笑，立即将这些树叶装在烟袋锅里过瘾……这时，他们看到这金灿灿、黄澄澄、货真价实的烟叶，都喜出望外，立即揪下一块，搓碎，装进烟袋，仔细品

哈达铺的红色故事

尝起来。

当时，政治部主任是朱瑞，罗荣桓、邓小平都只分工负责一个部门的工作。从俄界出来便进岷山、走栈道，直到哈达铺，一路上见不到什么人烟，无土豪可打，也缺少群众宣传的对象。而他们两位虽然刚过"而立"之年，却已有十来年的斗争历史，正处在精力充沛而又有经验丰富的黄金时代，处理起一个部门的工作来，自然是游刃有余。因此他们除行军、工作外，都有不少空余时间来回顾往事、瞻望将来。

这两位有着共同遭遇的老战友在长征路上行军时并辔而行，休息时促膝谈心，宿营时抵足而眠，经常在一起议论"左"倾冒险主义给革命事业造成的危险。他们谈到了中央根据地的土地政策问题，指出，教条主义者规定富农分坏田，实际上是把富农当地主打，超越了革命发展阶段。他们还认为，对地富兼工商业者，只保护前面店堂里的东西，而没有后面住家的浮财，实际上也很难起到保护工商业的作用。他们谈得很多，邓小平后来回忆起这段情况时说："我们是无话不谈。"

到哈达铺的第二天，在关帝庙里召开了团以上干部大会。宣布将一、三军团合编为陕甘支队，由彭德怀任司令员，毛泽东任政委。一军团改称一纵队，政治部建制不变，罗荣桓仍继续任副主任。

在这次大会上，毛泽东做了重要讲话。他指出，雪山草地的困难，我们已经胜利地克服了。敌人天上的轰炸扫射，地上的围追堵截，我们也战胜了。然而，摆在我们面前的还有更危险更艰巨的任务。现在国内形势犹如狂风暴雨，民族危机在一天天加深。我们坚决主张国内和平统一，停止内战，使我们可以到达抗日前线。可是国民

党至今没有接受我们提议的表示，仍在集结重兵对我们进行堵击。现在在甘肃，有国民党的"中央军"、东北军、西北军，共三十万人马正等着我们。他们的力量超过我们几倍。如果我们在战略战术上不小心谨慎，仍然有受严重打击的危险，今后如果国民党部队不拦阻堵击我们，我军决不进攻他们。但我们如果遭到攻击，必须实行自卫。毛泽东表示：我相信，经过万里长征的、久经战斗考验的、不怕一切艰难险阻的红军指战员，一定能够以英勇顽强的作风、谨慎灵活的战略和以往的战斗经验来战胜危险而达到北上抗日的目的。

接着，毛泽东谈起了张国焘。他说，张国焘看不起我们，他违反毛儿盖会议北上抗日的决定，反而倒打一耙，骂我们是机会主义，我们要北上，他要南下，究竟哪个是退却逃跑，哪个是机会主义？我们不怕他骂。我们要抗日，首先要到陕北去。那里有刘志丹的红军。过去我们还不太清楚。应当感谢国民党的报纸，为我们提供了陕北红军比较详细的消息。那里不但有刘志丹，还有徐海东，还有根据地。

毛泽东这一宣布激起了惊雷般的掌声，会场空气十分活跃。少顷，毛泽东挥挥手，大家又安静下来。

毛泽东接着说，我们大家都惦念着还在四方面军的朱总司令、刘伯承参谋长。我们也都在惦念四方面军的同志们和五、九军团的同志们，相信他们是赞成北上抗日这一正确方针，将来是会北上和我们会合，站到抗日最前线的。

毛泽东宣布：为了适应新的形势，部队改编为中国工农红军陕甘支队，由彭德怀同志当司令员，我兼政委。支队下编三个纵队，一纵队由一军团改编，二纵队由三军团改编，直属部队改编为三纵队。

毛泽东接着说：目前我们只有八千多人，是少了一点。但少也有

哈达铺的红色故事

好处，目标小，作战灵活性大。人少用不着悲观。我们是经过锻炼的，不论是在政治上、体力上、经验上，个个都经过了考验，一可以当十，十可以当百。何况我们现在比当年红四军下井冈山时人还多呢，胜利一定属于我们。

毛泽东鼓舞人心的讲话引起了一阵阵热烈的掌声。毛泽东在讲到克服雪山草地的困难时，未指名地提到了罗荣桓。他说："有一位同志过草地，没有东西吃，战士们请他吃野菜，他咬紧牙关，坚持着把部队带出了草地。"

散会以后，举行了会餐，吃了红烧肉。席间，毛泽东看到罗荣桓，问道："罗荣桓同志，你走出草地，有什么妙计啊？"罗荣桓腼腆地笑了一笑，还没有考虑好如何回答，站在一旁的罗瑞卿开了腔："他的妙计是向你学的，这就是坚持同群众生活在一起，依靠群众又带领群众前进。"听了罗瑞卿的话，大家不禁暗暗点头，都感到罗瑞卿这一回答概括得既准确又深刻。

在整个长征过程中，要数过草地这一段最艰苦，而正是在这一期间，罗荣桓和毛泽东等中央领导同志都在三军团，罗荣桓在草地艰苦奋斗的情况长期地保存在毛泽东的记忆之中。后来，他在悼念罗荣桓的诗篇中还专门提及这一段艰苦的历程。

在哈达铺休整两天之后，部队继续北上。

贺龙在哈达铺派骑兵侦察连到草地接战友[①]

刘雁声[②]

在草地行军的日子里，贺龙不仅关心照顾二方面军广大指战员，而且念念不忘四方面军生病掉队的战友，念念不忘党中央和毛泽东交给他的团结四方面军一道北上这件大事。

他经常询问，提醒各部队领导干部："丢下四方面军的同志没有？要记住，遇到四方面军掉队的同志，有马先让他们骑，有粮先给他们吃。"

走到色既塘附近，在一座荒废了的破喇嘛庙里，他亲自救护了一个病倒的四方面军干部。这个同志叫方振远，是四方面军兵站部的一位科长，由于高烧不退昏迷不醒被留在庙中。贺龙问明情况，和警卫员一起把方科长抬上了马，吃住都安排在司令部，直到走出草地，送回四方面军后勤部。四十五年后，方振远听说

[①] 原文《贺龙在长征中》，此文是其中的节选，题目为编者所拟。

[②] 刘雁声，男，汉族，1933年6月出生于北京市。1950年在重庆南开中学加入新民主主义青年团，1951年1月参加中国人民解放军，1965年7月加入中国共产党。曾任中国人民解放军总参谋部政治部宣传部副部长，《贺龙传》编写组组长。1989年6月27日在北京逝世。

哈达铺的红色故事

中央决定为贺龙平反昭雪修史立传，激动地给中央党史征集委员会写了一封发自肺腑的长信，讲述了当年被救的经过。他说：过了阿坝，我病倒了，发高烧，不省人事，只好躺在附近山上的一个小喇嘛寺里休息。等我清醒过来时，山下已经渐渐没有人过路了，我心中不免紧张起来。中午十二点左右，有二三十个人骑马向喇嘛寺走来，莫不是敌人？我做好了战斗准备，决心抵抗到底。正当我严阵以待的时候，没有想到，来人竟是贺龙同志。他问过了我的情况后，亲切地说："让牲口驮着走吧！"他看到我的牲口性子太烈，就从他们的牲口中挑了一匹老实马，抬我伏在马上，还派炊事员给我送食物。第二天下午，又接我到司令部，要我和他们一块吃晚饭。和那么多领导同志一起吃饭，我还是第一次，真有些不好意思，但贺龙同志非常热情地关心我说："方科长，你要多吃些东西，身体才能恢复过来啊！"就这样，在二方面军同志的照顾下，我过了腊子口，走出了草地，回到了四方面军后勤部。贺龙同志啊，是您救了我，若不是碰到您，说不定我早被病魔夺去了生命或是遭到了敌人的袭击。正是由于您对每个革命同志有海一样的深情，不管是哪个部分的，您都是如此地关心，我才能战胜了疾病的威胁……贺龙同志，您又是那样顾全大局，深明大义。为了处理好二、四方面军的关系，为了团结四方面军同志并和张国焘分裂阴谋做斗争，您坚持把我送回四方面军去。您的胸怀是多么宽阔，对革命事业是多么忠心啊！

经过四十多天的艰苦奋战，二方面军就要走出草地了。一天，后卫部队来到靠近草地边缘的包座，翻上一道矮山，见有一座金顶红墙的庙宇掩映在苍翠的松林之中格外好看，指战员们兴高采烈地朝庙宇走去。老远看见关向应副政委站在庙门口，正和几个四方面军掉队的

干部谈话。关副政委见后卫部队上来了，一面给他们还礼，一面对他们说："这座喇嘛寺里的粮食，全是给你们后卫留的，刚才，贺总亲自站在庙门口，劝过路的部队不要进庙去。"贺总不住嘴地劝那些缺粮的同志说："后卫部队走在最后，收容了掉队的同志，那都是伤病号呀，不光是二方面军的，还有四方面军的。这庙里的粮食一定要留给他们！"贺总看大家放慢了脚步，又放开喉咙说："快走吧，再往前走几步，小河边上有一大片好野菜咧！"同志们听了贺总的话，就欢天喜地地朝前去了。关副政委笑着说："贺总往这里一站，又这么一讲，哪个还想进庙里去哟，不过，讲老实话，前面同志的肚子里，也是一粒粮食也没有哇。他们经过庙门口，往里看一眼，虽然没有看见粮食，怕也是只吞口水哟。"后卫部队的同志听了，眼泪禁不住滚落下来。

甘南金秋，天高气爽。9月1日，贺龙穿过天险腊子口，到达岷山脚下哈达铺。这里是回族人民聚居地区，古朴的小街上，摆着锅盔、小麦、糜子、肉类等货摊。贺龙一到哈达铺，马上把供给部的同志喊来说："赶快找头骡子驮上炒面，沿着原路往回走！我派一个骑兵侦察连配合你们，务必要把掉在草地里的战友接回来！"供给部马上照办，在草地里寻找了三天三夜，结果营救回来了一百多名阶级兄弟。同志们都说，他们的命是贺老总捡回来的。

九月初，在贺龙的率领下，红二方面军全部进到陇南，占领了宕昌、理川和礼县的部分地区。

哈达铺的重大决策[1]

李安葆[2]

斧头不怕疙瘩柴，红军不怕反动派。突破天险腊子口，红旗飞过岷山来。

红军浩浩荡荡的队伍，经腊子口继续北上，向大拉山前进。大拉山，是岷山山脉向北延伸的最后一座高山，也是红军在长征途中翻越的最后一座雪山。沿途虽不时遇到敌机骚扰，但突破险隘后的红军指战员们，心绪是欢快的。

渐渐地，红军指战员们登上了岷山的山顶。回首远眺，只见千里雪山，峰峦起伏；俯视山下，黄绿相间的原野上，出没着成群的牛羊；农民们三五成群地正在田间辛勤劳动。一片片黄熟的谷穗，在秋

---

[1] 摘自李安葆著《长征史》第十七章"胜利到达陕北"，题目为编者所拟。

[2] 李安葆，1930年出生于江苏省张家港市。中国人民大学党史系教授。1955年7月中国人民大学中国革命史研究生班毕业；1955年8月至1972年6月，中国人民大学中国革命史教研室工作；1972年7月至1978年8月，北京师范大学历史系工作；1978年9月至1997年9月，中国人民大学党史系工作。

阳的照耀下,像金色的毯子。红军战士们,久处荒凉的雪山草地,如今看到山下动人的风光,知道即将进入人烟稠密的地区了,大家都不禁喜形于色。

红军越过岷山,经过漩窝,到达大草滩一带宿营。

"更喜岷山千里雪,三军过后尽开颜"。从此,红军指战员们终于度过三个多月来冒风雪严寒、吃草根树皮的最艰苦的日子,他们满怀胜利的喜悦,告别了雪山草地地区。

9月18日,红军到达甘肃南部的岷县哈达铺。

哈达铺,属宕昌县,是红军进入甘肃后遇到的第一个较大的镇子。这一带是回汉民族杂居地区,回民约占一半以上。为了认真执行党的民族政策,尊重回民的风俗习惯和宗教信仰,红军政治部事先在指战员中进行了进入回民地区的思想政治教育,颁布了《回民地区守则》,要求红军指战员们宣传北上抗日的意义和民族平等的主张;要求红军只有在征得回民同意后,方可进入回民村庄宿营;要求红军不得擅自进入清真寺,不得损坏回民经典,不准任意借用回民器皿、饮具,不准在回民住处杀猪、吃猪肉、猪油等等。

红军指战员们严格执行了上述规定,因而在哈达铺,受到了回、汉族人民的热烈欢迎。这里的群众,友好地携着战士们的手,问这问那。他们惊喜地说,曾听人说在东边的陕西,有一支专为穷人办好事的红军。今天,真没想到从南边腊子口的山沟沟里,涌出这么一支浩浩荡荡的红军队伍来。他们为红军端茶水,让房子,筹粮食,送蔬菜,很是热情。有些回族妇女,还把红军女战士拉到自己的家里做客,亲昵得像对待自己的姊妹一样。这些长期跋涉在雪山草地地区的红军战士们,已经好久没有获得和群众说话的机会了,如今,遇到了

哈达铺的红色故事

这些热情的群众，他们的嘴像打开的话匣子似的，说个没完。无论在村头地边，场前屋后，每见一牛一羊，一草一木，均感无比亲切，都爱仔细询问，好像有说不尽的话儿，要从心底里倾吐出。这时，所有红军指战员，处处以身作则，遵循党的民族政策和群众纪律，说话和气，买卖公平，按价付钱，不差分文，有事先找阿訇联系，并邀请驻地群众参加会餐等……红军的行动，深得回族人民的称赞。他们说："咱们活了几十岁，没有见过红军这样好的军队。鲁大昌的军队在这里住了几年，总是向我们穷人要这要那。""唔，交不出粮来还要吊打呢。红军先生，你们不走就好了。"

在哈达铺，红军进行了休整。

哈达铺地处甘南边境，交通不便，物产不易外运，所以物价很便宜。两元便可买到一只羊，一元便可买到五只鸡。为了恢复红军的体力，上级给每个战士发一元大洋的加餐费。而且，敌鲁大昌部从这里逃跑时，丢下了大批大米、白面、食盐等，这也为红军改善生活提供了物质条件。因此，领导提出"大家要吃得好"的口号，希望全体指战员被长期耗损的体力，能够得到恢复。

一天，红军在街上获得一张国民党的《山西日报》，上面载有"国军"进攻陕北红军刘志丹部的消息，从这则消息中可以看出，刘志丹领导的部队不少，根据地也不小，且有一定的群众基础，这为党中央确定陕北为红军长征的落脚点，提供了重要的依据。

9月22日，党中央在哈达铺关帝庙召开了红军团以上干部会议。毛泽东在会上做了政治报告，阐明了当前的形势和任务。

他首先指出，自从去年我们离开瑞金，至今快一年了。一年来，我们走了两万多里路，打破了敌人无数次的追堵围攻，尽管蒋介石连做梦

也想消灭我们，但是我们过来了，过了江西、湖南、广西、贵州、云南、四川，过了金沙江、大渡河、雪山、草地，过了腊子口，现在坐在哈达铺的关帝庙里，安安逸逸地开会了，这本身就是个伟大的胜利！"

他的讲话博得了热烈的掌声。

接着，他又说："然而，摆在我们面前的，仍有艰巨的任务。现在，民族危机正在一天天加深。我们坚决主张停止内战，一致抗日，完成我们北上抗日的原定计划。可是，国民党至今没有接受我们的建议，国民党反动派仍在陕西、甘肃一带，部署了几十万重兵来堵截我们，不能不说是严重的威胁。假如我们在战略战术上不小心、不慎重的话，那么，我军就有受到严重打击的危险。他指出，如果国民党各军不拦阻堵截我们，不向我军攻击，我军决不进攻他们；当我们遭受攻击和阻拦时，我军必须自卫，必须打开北上抗日的道路。"

毛泽东在分析形势时，谈到了红四方面军和张国焘。他说："张国焘看不起我们。他对抗中央，还倒打一耙，反骂我们是机会主义。我们要北上，他要南下；我们要抗日，他要苟安一隅；究竟哪个是机会主义？"

大家听后热烈鼓掌。

毛泽东继续说："我们和同志们都惦念着还在红四方面军的朱总司令、刘伯承参谋长，我们也都惦念着红四方面军的同志们和五、九军团的同志们，相信他们是赞成北上抗日这一正确方针的，总有一天他们会沿着我们北上的道路，穿过草地，北上陕甘，出腊子口与我们会合，站在抗日的最前线的，也许在明年这个时候。"

会场上顿时掌声雷动。

这时，毛泽东在会上正式宣布了一个重要的决定。他说："为了适

哈达铺的红色故事

应新的形势，中央决定部队改编，组成中国工农红军陕甘支队，由彭德怀同志当司令员，我兼政委，下属三个纵队，红一军团改编为第一纵队，红三军团改编为第二纵队，军委纵队改编为第三纵队。"

他说："我们目前只有七千多人，人是少了一点，但少有少的好处，目标也就小点，作战灵活性大。人少，大家不用悲观，我们现在比1929年初红四军下井冈山时的人数还多呢！"

胜利是一定属于我们的！

最后，毛泽东满怀信心地号召大家：经过万里长征的、久经战斗的、不畏一切艰难困苦的红军指战员，你们一定能够以自己的英勇、顽强、灵活的战略战术和以往的战斗经验，来战胜一切困难，而达到北上抗日的目的。

毛泽东的讲话，指明了今后的任务和前途，使大家受到很大的鼓舞，充满了信心，去争取北上的胜利。

后来，一些长征老战士回忆起这段经历时，都称哈达铺为长征途中的"加油站"。

在哈达铺，红一方面军主力按照党中央、毛泽东的指示，迅速进行了整编。

9月23日，红军陕甘支队继续北进。

家[1]

[美] 哈里森·索尔兹伯里[2]

1935年9月21日上午十点半左右，红军开进了哈达铺。这是由毛泽东、周恩来（此时健康状况已大为好转）、彭德怀、林彪及其他高级指挥官率领的主力部队。先头部队已于两天前抵达这个甘肃小镇。

红军到家了。他们爬雪山，过草地，穿过了陌生的藏族区，终于回到了汉族地区，回到了汉族同胞中间。尽管这里的居民有的信奉伊斯兰教，红军战士觉得，哈达铺就像是他们的家，那里的人长得和他们一样，语言也一样，毫无隔阂之感。他们知道，虽然前面还要翻过许多山峦，还要涉过许多河流，还要进行许多战斗，但是，再也不会受饥挨饿了，再也不用后撤退却了。

哈里森·索尔兹伯里

---

[1] 摘自《长征——前所未闻的故事》第二十七章。

[2] 哈里森·索尔兹伯里，美国著名作家和记者，1908年11月14日出生于明尼苏达州明尼阿波利斯，1930年毕业于明尼苏达大学。曾先后获一些院校的法学博士、人文学博士、新闻学博士学位。1928年至1929年任《明尼阿波利斯新闻》通讯员。曾任《纽约时报》副总编辑、全美作家协会主席。

哈达铺的红色故事

哈达铺群众倾城出动，热烈欢迎这些跋涉二万四千里走进这座古城的男女战士，他们以欢呼、笑脸和各种食物来欢迎这些疲惫憔悴，但斗志旺盛的红军战士。

在这里，每个战士领到了两块闪闪发光银元，这些银元是被他们背着经过了雪山、草地和老虎嘴似的腊子口保存下来的。毛泽东在一次讲话中说："大家都要吃好。"他们确实吃得不错，只要用五元钱就可以买一头一百磅重的猪，两元钱买一只肥羊，一元钱买五只鸡，一毛钱买十二个鸡蛋，五毛钱买一百磅蔬菜。食盐和面粉也得到了补充——红军在当地没收了一吨盐，六吨面粉，以及许多大米、麦子和小米。每个连队都杀猪宰羊，战士们每顿饭有三荤两素，比过年都吃得好。这简直是天堂。他们从来没有吃过这样好的饭菜，一些战士吃得太多，撑坏了肚子造成减员。

周恩来和总部的办公室设在一座清雅的寺庙里，毛泽东则住进了一座漂亮的商人的庭院（现仍完好）。1935年9月21日，哈达铺只有两三千居民（五十年后翻了一番），他们看到红军战士讲究礼貌，行为端正，纪律严明，哈达铺的男人十分高兴，他们说："真是好战士！"哈达铺的妇女见到女兵，觉得十分惊奇——这些短头发，穿军装、皮带上挂着手枪的人真是女的吗？她们把女兵请到家中，仔细端详，摸摸她们的胸脯，跟着她们去茅房，消除了疑虑，确信她们真是女兵后，她们又高兴地让女兵们讲战斗故事。

哈达铺的老百姓对来访者的好奇心和好客态度至今未减半分。五十年后的今天，人们夹道欢迎来访的外国游客，他们过去从未见过西方人——那些浅发碧眼的怪人。

毛泽东已率领红军到了哈达铺，下一步要去哪？他仍没有一个明

确的想法。是的，他们还要北上，去甘肃，去陕西，甚至去宁夏，他们要去打日本。但这只是笼统的方向，不是确定了的目的地。长征以来常常出现这种情况，毛泽东自己只大略地知道他要去的方向，但缺乏具体的目标，此时也是如此。

现在，在距江西的出发点成千上万里之遥的哈达铺，长征确切的目标才日渐明确了。

红军先头部队在攻占哈达铺时果断地拿下了邮局，这是很长时间以来他们占领的第一个邮局。他们在那里找到了国民党的报纸，毛泽东和他的指挥官们兴致勃勃，一口气读完了这些报纸。证明他们早些时候在两河口会见张国焘时所听到的传说居然是真的：陕北不但有一支共产党的队伍和一片苏维埃根据地，而且毛泽东的朋友、著名的群众领袖、英勇无畏的二十六军军长刘志丹仍然活着，统帅着他的部队。二十五军的徐海东也在那里。这个有关去向的重大问题终于获得了解决。十天之后，毛泽东在榜罗镇公布了他与陕北红军会师的计划。在部队集中起来后，召开了政治局、中央委员及高级指挥员的会议。政工干部分别向所在部队讲话做宣传。毛本人也在早晨六点钟向在一所小学里召集的军、政干部会议讲了话。他讲了抵抗日本侵略和陕北根据地的问题，讲了政治和经济形势，以及从根本上加强纪律等问题。政委们当天就向部队传达了这一讲话。根据各种回忆录说明，这时的毛泽东开始越来越强调抗日的路线了。

就要到家了。红军已踏上了家乡土地，正朝着自己的同志和根据地前进。他们面前只剩下一千里的路程了。诚然，在同四方面军张国焘发生冲突之前，他们也曾有过这样的希望。但是，他们感到这次情况有所不同。他们毕竟经受住了在第四方面军问题上发生的危机，证

哈达铺的红色故事

明红军仍然是一支活跃的有生力量。它虽然只剩了六千人——可都是些什么样的人啊！一年来，他们征战南北，含辛茹苦，做出了重大的牺牲，他们克服了重重障碍，在大半个中国传播了红军和共产主义事业的信念。

他们不再是一伙在蒋介石的精锐部队面前衣衫褴褛，争吵不休和狼狈逃命的人。他们将把长征转变为胜利。长征已不再是退却，不再是连下一步逃往何方都不知道的东躲西藏。这一切变化都发生在他们渡过金沙江之后，战斗的主动权已不在国民党一边了。毛泽东领导的部队组织严密，上下团结，能征善战，有共同的精神和目标。此时，作战部队中的大多数成员都是干部，普通战士幸存无几。这些干部深信中国必须进行一场革命，他们就是这场革命的核心力量。

这种想法在最后一千里的长征途中举行的集会上和毛的讲话中已见端倪。正如他在哈达铺所说的，我相信所有的"指挥员们，战斗员们在经过了两万多里长征的洗礼和战火的考验之后，在困难面前无所畏惧，将会以你们的勇敢无畏和丰富的战斗经验，克服一切艰难险阻，实现我们的目标——完成长征北上，打击日本侵略者。"

下 篇

红军奇袭哈达铺

罗卫东[①]

1935年9月17日，红一军团二师四团攻克腊子口后，迅速向东北方向挺进。追歼残敌的侦察部队一直赶到岷州东关附近，就在敌人惊慌失措的当儿，我先头团又神不知鬼不觉地挥师东进，准备攻占甘南重镇哈达铺。

18日，毛泽东率主力翻越大拉山，进驻占扎路、麻子川、鹿原里（今绿叶村）等地。随后，令红一军团直属侦察连攻取哈达铺。

左权参谋长指示连长梁兴初、指导员曹德连立即出发进到哈达铺，侦察敌情，筹集粮食和物资。临出发时，左权对曹德连、梁兴初二位说："毛主席指示要找点精神食粮来！什么意思呢，就是把国民党的报纸、杂志，只要近期和比较近期的，都给搞几份来。"

梁兴初、曹德连接受任务回到连队，立即召开了支部联席会，传达了任务，连长梁兴初同志负责筹集粮食等物资，副连长刘云标负责侦察和警戒，曹德连负责收集国民党的各种报纸、杂志和宣传红军政策。

鹿原里距哈达铺有三十几里的路程。下午四时许，侦察连化装成国民党中央军的军官，悄悄向哈达铺出发，约在掌灯后一小时到达了

[①] 作者系陇南市委党史研究室原主任，二级巡视员，甘肃省地方史志学会副会长。

哈达铺的红色故事

哈达铺。因为侦察连指战员都穿着国民党中央军的服装，梁兴初带着中校军阶，曹德连带着少校军阶，大摇大摆地进入了哈达铺。哈达铺的敌人确实把他们当成了国民党中央军，哈达铺的镇长、国民党党部书记和保安队长等都出来迎接。国民党驻岷县鲁大昌师的一个少校副官，刚从甘肃省城兰州回来，带着几个驮子，有书籍、报纸、衣物等好多东西，他也跑来迎接。梁兴初命令镇长等人赶快派人去催办粮草等物资，说明天有一个军到此有急用。刘云标布置好警戒后就开始询问鲁部副官有关军事情况。就这样，敌人糊里糊涂做了俘虏，红军不费一枪一弹占领了哈达铺。

曹德连带一部分人到了邮政代办所。邮政代办所是一个大院，旁边有个旅馆，鲁大昌部少校副官带的几匹骆驼驮子和马匹都在那里，他们从驮子里找到了一捆近期报纸，其中有一条关于徐海东率领红军和陕北红军会合的新消息，报上还有陕北革命根据地略图（他们叫匪区略图）。大家一看到陕甘宁有那么大的地方，十分高兴，就在这条消息上画了红杠杠。

邮政代办所

为了能让毛主席早点看到这一好消息，供军团首长及时了解敌情，曹德连、梁兴初他们商量决定，将收集到的报纸和俘虏的鲁部少校副官，赶拂晓时送到军团部和毛主席那里。

毛主席看了徐、刘两部会合的消息，和军团首长议论开了，并笑容满面地连声说："好了，好了！我们快到苏区了。"

毛泽东长征在哈达铺

罗卫东[①]

1935年9月17日清晨，晨风徐徐，空气格外清新。激烈的枪声停止了，工农红军一方面军三师四团终于突破天险腊子口，向陇南境内行进，这时，守敌仓皇向岷县城逃窜，红四团乘胜猛追，一直追到大拉山。

敌人退至大拉山后，用炮火封锁路口。红四团兵分两路，从西侧向敌后迂回攻击，敌人慌忙向西溃逃。到了傍晚，红四团先头营穷追九十里，在大草滩追上敌人的后卫部队，一阵短兵相接，全歼了敌人。这场战斗缴获了数十万斤粮食、二千多斤食盐和三门迫击炮、百余发炮弹。

红四团歼灭敌人后，主力驻在大草滩、占扎路、高楼庄一带，侦察排连夜抵达中堡，直逼岷县城关。获悉红军连连胜利的消息后，国民党在省府兰州的一些军政要员慌了手脚，一边派飞机侦察，调集军队堵截，一边收拾金银细软，准备逃往西安。

十八日上午，毛泽东从漩窝出发，行军十余里，到达占扎路、麻子川、鹿园里（即今岷县麻子川乡绿叶村）。毛泽东住鹿园里。下午八

[①] 作者系陇南市委党史研究室原主任，二级巡视员，甘肃省地方史志学会副会长。

哈达铺的红色故事

时,夜幕降临,毛泽东倚窗眺望,过了一会儿,对通讯员说:"给彭老总发电。"通讯员迅速拿出纸和笔记着,毛泽东说:"一、岷敌守城,哈达铺无敌。第一纵队驻地回、汉民众已大发动。我军纪律尚好,没收敌粮数十万斤、盐二千斤。过大拉山后已无高山隘路。现一纵队驻占扎路、麻子川,纵队部驻鹿园里。二、明(十九)日你们全部开来此间。中央(纵)队一科二科驻鹿园里,二纵队(驻)漩窝、大草滩,三纵队(驻)红土坡。三、部队严整纪律,没收(财物)限于地主及反动派,违者严处。请在明日行军休息时宣布。四、缴获手提迫击炮三门,炮弹百余发,尚在大拉。请动员战士带来,可抛弃粮食拿炮弹。"

毛泽东、张闻天同志住室旧址(义和昌药店)

随后毛泽东又命令一纵队直属侦察连向哈达铺进军,并嘱咐他们找点"精神食粮"来。

侦察连在连长梁兴初、指导员曹德连带领下,于十八日下午四时

出发。他们身穿国民党中央军军服，于傍晚时分抵达哈达铺。哈达铺的国民党镇长、保安队长以为国民党中央军到来，出镇迎接，遂束手就擒。侦察连不费一枪一弹，顺利占领了哈达铺，抓获了俘虏。

曹德连带了几个人来到邮政代办所，找到一沓近期报纸。

毛泽东在鹿园里住了两天，二十日下午五时，还召开了干部会，毛泽东报告了行动方针与任务。当晚，毛泽东同周恩来、张闻天、彭德怀等一起到达哈达铺。

哈达铺是岷县（今属宕昌县）南部一个繁华、富庶的小镇，这里地势平坦，人口稠密；回汉杂居，民风淳朴；商贾云集，商贸发达；物产丰富，价格低廉。五块大洋就能买一头百十斤重的肥猪，两块大洋能买一只肥羊，一块大洋可以买五只鸡，一毛钱能买十来个鸡蛋，一担蔬菜也只卖几毛钱。为了使红军指战员迅速恢复体力，以迎接新的战斗，总政治部提出了"大家要吃得好"的口号，要求各连队搞好伙食。供给部还给全军上下，上至司令员，下至炊事员、挑夫，每人发大洋一块。

红军将士从草地出来时，身体已极度虚弱，许多干部和战士都骨瘦如柴，哈达铺丰富的物资加上缴获来的数百担大米、白面等，使每个连队的伙食都搞得很丰盛，每天三顿，每顿三荤两素，就像过年一样。红军大都是南方人，自从长征后，好久没有吃过大米，这时更是胃口大开，捧着大米饭乐得合不上嘴。有趣的是，有些南方过来的炊事员不会做面食，把挺好的白面熬成了一锅糨糊，可大家吃得仍然津津有味。

为了加深红军和当地人民群众的感情和联系，总政治部还发出命令，要求各伙食单位请驻地周围的群众一块儿会餐，因此，各连队的

哈达铺的红色故事

伙食单位都办了一两桌酒席，请来当地百姓会餐，给回民还专门设了清真席。红一军团电台伙食单位邀请来的客人中，有一对六十多岁的老夫妇，对红军十分信任，老大爷说："我几十岁了，还没有见过像红军先生们这样好的军队。鲁大昌在这里住了几年，我们不但吃不到他的东西，反要我们给他们吃。"老太婆也接着说："唔！交不出粮来还要吊打呢。红军先生，你们不走就好了。"

大家吃饱了肚子，精神好多了。各部队都筹到了大批粮食、食盐、药品及其他急需的东西。一纵队的一支警戒部队还在距哈达铺二十里的理川镇截获了鲁大昌的一支运输队，缴获了大批棉花和布匹，大家自己动手，缝制了棉衣。

9月22日上午，天气晴朗、秋高气爽，毛泽东格外高兴，在哈达铺战士们不但吃得好，还从国民党的报纸上发现了陕北有刘志丹、徐海东的红军的消息。于是，毛泽东召集中央的几位主要负责同志在他的住室里开会，提出了"到陕北去"的战略，经过认真讨论和研究，大家同意部队继续北上，到陕北去，同刘志丹、徐海东领导的红二十六、二十五军会合，巩固和发展陕甘革命根据地。这天，张闻天还写了一篇题为《发展着的陕甘苏维埃革命运动》的文章，将他在《大公报》等报纸上看到的有关陕甘苏区根据地和红二十六、二十五军活动情况做了摘要和分析，提出了红军前进的方向和任务。博古也写了一篇题目叫《陕西苏维埃运动的发展与我们支队的任务》的文章，明确提出，陕甘支队要担负起加强陕甘苏区根据地的任务。

当日下午，党中央在哈达铺关帝庙召开红军团以上干部会议，当毛泽东与其他中央领导同志走进会场时，大家都站起来热烈鼓掌。毛泽东挥了挥手让大家坐下，然后笑着说："同志们！今天是9月22日，

再过几天是阳历十月。自从去年我们离开瑞金，过了于都河，至今快一年了。一年来，我们走了两万多里路，打破了敌人无数次的追堵围剿，尽管天上还有飞机，蒋介石做梦也想消灭我们，但我们过来了。过了江西、湖南、广西、贵州、云南、四川，过了金沙江、大渡河、雪山、草地，过了腊子口，现在坐在哈达铺的关帝庙里，安安逸逸地开会了，这本身是个伟大的胜利！"毛泽东激动人心的讲话，使会场上响起热烈的掌声。

　　稍稍停顿了一下，毛泽东又说："但是，在胜利面前，我们必须冷静地分析形势。现在，在甘肃等待我们和准备截击我们的国民党中央军和东北军、西北军还有30多万人，朱绍良、毛炳文、王均等部在甘肃，张学良的东北军，杨虎城的西北军在陕西，在宁夏、青海、甘肃边境还有'四马'的骑兵和步兵。至于蒋介石，态度仍很顽固，他不顾当前的民族危机，一直不肯接受我党1933年1月17日提出的中国工农红军愿在三个条件下与国民党军队共同抗日的主张，仍醉心于打内战，妄想再次用他的优势兵力，消灭他们认为'经过长途跋涉疲惫不堪的红军'。"讲到这里，毛泽东点了一支烟，接着又讲道："我们仔细估计国民党的力量，是超过我们的数倍，假使我们在战略战术上不小心，不慎重的话，那么，我军就有受到严重打击的危险。如果国民党各军不拦阻堵截我们，不向我军攻击，我军决不进攻他们，但遭受攻击和拦阻时，我军是必须打开北上道路和自卫的。"毛泽东讲到这里，会场上爆发出一阵雷鸣般的掌声，毛泽东挥了挥手，又讲道："张国焘看不起我们，他对抗中央，还倒打一耙，反骂我们是机会主义。我们要北上，他要南下，我们要抗日，他要躲开矛盾，究竟哪个是退却，哪个是机会主义？我们不怕骂，我们要抗日，首先要到陕北去，那里

哈达铺的红色故事

有刘志丹的红军。"

毛泽东讲到这里，略略停顿了一下，然后诙谐地说："感谢国民党的报纸，为我们提供了红军的比较详细的消息，那里不但有刘志丹的红军，还有徐海东的红军，还有根据地！"

听到这里，大家都十分激动，又热烈地鼓起掌来。

鼓掌声刚一停止，毛泽东又讲道："我们和同志们都在惦念着还在四方面军的朱总司令、刘伯承参谋长，惦念着四方面军的同志和五、九军团的同志们。相信他们是赞成北上抗日这一正确方针的，总有一天他们会沿着我们北上的道路与我们会合，站在抗日的最前线的，也许在明年这个时候。"

接着，毛泽东又说："同志们，我们目前只有八千多人，人是少了点，但少有少的好处，目标小点，作战灵活性大。人少，不用悲观，我们现在比1929年初红军下井冈山时的人数还多哩。胜利一定是属于我们的。"

讲到这里，毛泽东稍微停顿了一下，他又讲道："现在要提醒大家一点，就是在松潘地区，我们是没收反动土司的粮食、牛羊和购买藏民的粮食，现在我们应该坚持以打土豪、筹集粮款为主，不能侵占工农的利益，这是人民军队的一条主要纪律。"

讲到这里，毛泽东提高了嗓门，以洪亮的声音讲道："经过两万多里长征、久经战斗、不畏艰苦的红军指战员一定能够以自己的英勇、顽强、灵活的战略战术、战斗经验来战胜北上抗日途中的一切困难！同志们个个都是经过考验的，我们一个可以当十个、十个可以当百个。同志们，胜利前进吧！到陕北只有七、八百里了，那里就是我们的目的地，就是我们的抗日前进阵地。"

听了毛泽东的讲话，大家情绪十分高涨，振臂高呼："拥护中央北上抗日的正确路线！""到陕甘根据地去！""前进！前进！和二十五军、二十六军会师！"

在会上，毛泽东还宣布了党中央关于改编部队，组成陕甘支队的决定。毛泽东说："为了适应新的形势，9月12日，在俄界会议上，中央决定改编部队，组成中国工农红军陕甘支队，下属三个纵队，第一纵队由红一军改编，第二纵队由红三军改编，军委直属部队编为第三纵队。下面我宣布，新组建的中国工农红军陕甘支队，由彭德怀任司令员，毛泽东任政治委员，林彪任副司令员，叶剑英任参谋长，王稼祥任政治部主任，杨尚昆任政治部副主任，杨至诚任后方勤务部部长，罗瑞卿任政治保卫局局长。下属三个纵队：一军编为一纵队，林彪兼任司令员，聂荣臻任政委，下辖四个大队；三军编为二纵队，彭德怀兼任司令员，政委李富春，下辖三个大队；军委直属纵队和干部团编为三纵队，司令员由叶剑英兼任，政委邓发。"听了毛泽东宣布的陕甘支队的决定后，大家心情激动。

看到战士们激昂的情绪，毛泽东也抑制不住激动的心情，遥望千里岷山，心潮澎湃，浮想联翩。遂欣然挥笔，写下了《七律·长征》一诗。

红军不怕远征难，万水千山只等闲。
五岭逶迤腾细浪，乌蒙磅礴走泥丸。
金沙水拍云崖暖，大渡桥横铁索寒。
更喜岷山千里雪，三军过后尽开颜。

曾任一军团一师宣传科长的彭加伦在听到中央决定北上陕北建立

哈达铺的红色故事

根据地的消息后,欣喜万分,连夜创作了一首题为《到陕北去》的歌曲,传教给战士们。

9月23日,毛泽东率领新组建的中国工农红军陕甘支队从哈达铺出发,向陕北方向进军。部队经理川、八力,陆续走出陇南地界,到达岷县的闾井、红崖一带,二十五日夜,在武山鸳鸯镇突破国民党的渭水封锁线,二十九日抵达通渭县城,10月19日胜利到达陕甘革命根据地。

传奇哈达铺

袁兴荣[1]

大陇西来万岭横，
秦亭何处觅荒荆。
汧西考牧方分土，
陇右山川尽姓嬴。

这首古诗极具情趣，描述了我国西部地区早期开发与秦人相濡以沫水乳交融的关系。

岁月如风，时光倒转到两千多年前……

公元前2年的一天，年仅十二岁的马援的父亲过世了，马家的天塌了，人们都担心小小年纪的马援在这个人情薄如纸的世俗里怎样生活下去。好心的人们劝说马援跟随他兄长过优裕安乐的生活，而刚毅果敢的马援却选择独自去北疆养马驭马，发展畜牧，开发农业。

当时很多宾客从四方去归附他，在陇汉间（今甘宁陕一带）有好几百户人家帮他游牧、耕作。建武八年（公元32年）他投奔识人用贤的光武帝，并协助刘秀西平隗嚣；在破羌安陇的战斗中，他身先士

---

[1] 作者系陇南市委党史研究室副主任。

哈达铺的红色故事

卒，腿肚子被箭射穿，流血不止，仍继续征战直到获胜。皇帝赐他三千只羊，三百头牛，他将这些犒劳品分发部下，深得将士们的敬重和拥戴。建武十七年（公元41年），他被授予"伏波将军"称号。这就是后来成为东汉名将的陕西扶风茂陵（今陕西扶风县）人的马援。

嘉泰三年（公元1203年），"置互市于宕昌，故多得奇骏"，陕西紫阳、汉中所产之"汉茶"，经汉中、略阳、徽县、成县、西和运至宕昌，今宕昌县有明代留下的羊马城遗址，分内城、外城，就是当年茶马交易时蓄马的地方。马市繁荣，驮运茶斤，支应官差，致使不少陕西商人来到哈达铺。

红军长征哈达铺纪念馆正门

哈达铺位于宕昌县北部，岷山脚下，这里气候寒冷，温差较大，但因土质肥沃，交通方便，加上处于青藏高原东部边缘的岷山山系与西秦岭延伸交错地带，浓荫覆盖，碧草滴翠，是一方难得的风水宝

地。不但人杰地灵，而且为各种中药材生长提供了一个天然环境，这样就形成了以秦岭、岷山为中心的两个药材集中产区。其中岷山产区以所产大黄、当归、甘草最为著名。

哈达铺的居民，除当地回族、藏族外，还有不少是陕西来的商人。

由于岷州是"西口药材"的主要产地之一，所以许多陕西三原药号在岷州设分号，坐庄收药。

而哈达铺是"前山当归"的主产地，"当归年产五百多万斤"，所以，岷州城里的陕西药号纷纷在哈达铺设"驻坐分庄"。

因"药乡"之故，哈达铺成了声名远扬富庶繁华的商贸重镇——店铺、饭馆、车马店一家挨着一家，人声鼎沸，喧闹的叫卖声、猜拳声此起彼落，娘娘庙、清真寺、关帝庙交相辉映，马帮、脚户、驮队纷至沓来……

1935年秋天的哈达铺古镇，层林尽染，万山红遍。

突然在一天早上，哈达铺镇里的一位颜姓的小伙计急急忙忙跑进药材铺兼"邮政代办所"给掌柜前言不搭后语地禀报："王掌柜，王掌柜，不得了了，过队伍了。"王掌柜宽厚地安慰小伙计："不紧张，不紧张，有话慢慢说。"当颜姓小伙计把舌头捋直，把情况说明白后，王掌柜也不由站在铺面外，引颈张望……

这一天，毛主席率红一方面军走出人烟稀少的川西地区，突破腊子口天险，来到岷山脚下。毛主席要求红一军团先去哈达铺侦察敌情，筹集粮食并"找点精神食粮"。

侦察连连长梁兴初带领侦察员于9月18日先期到达哈达铺，在邮政代办所找了一些报纸，从报上发现陕北有红军的报道。

1935年9月20日，毛泽东、张闻天、周恩来等中央领导同志率中

哈达铺的红色故事

央纵队从漩窝出发，过河翻扁路沟梁，经红土坡、绿叶河、麻子川、分水岭、阿坞，到达哈达铺。

在哈达铺，毛泽东住在"义和昌"药店后院的平房里，司令部设在离毛泽东住地五十多米远的"同善社"，周恩来等中央领导住在司令部内。

毛泽东仔细阅读报纸，寻觅陕北红军和根据地的消息；张闻天利用报纸消息写了一篇题为《发展着的陕甘苏维埃革命运动》的读报笔记，红军参谋长叶剑英看到《大公报》上的消息后，去找当时随军长征的贾拓夫，详细询问陕北及陕北红军的具体情况后，便去给毛泽东做了汇报。

毛泽东极为高兴，对叶剑英说："剑英，你又立了一大功。"

22日上午，党中央在毛泽东住地召开了中央领导人会议，会上分析了形势，改变了建立川陕甘根据地的计划，决定向陕北进军，到陕北建立根据地。为了确保红军顺利进军陕北，党中央正式成立了中国工农红军陕甘支队。下午，党中央又在哈达铺关帝庙召开全军团以上干部会议，毛泽东在会上宣布了红军长征到陕北去的战略方针及陕甘支队的组成情况，并慷慨激昂地鼓励大家说："同志们，胜利前进吧！到陕北只有七八百里了，那里就是我们的目的地，就是我们抗日的前进阵地。"

听了毛主席的讲话，大家情绪格外高涨，才思敏捷、意气风发的红一军团一师宣传科长彭加伦，激情澎湃，连夜创作了一首《到陕北去》的歌曲。

9月23日，红一方面军离开哈达铺，走上了通向陕北的发展道路。

一年之后，1936年8月，红二方面军、红四方面军先后到达哈达

铺。在哈达铺建立地方苏维埃政府的同时，为了巩固政权，扩大红军队伍，还在哈达铺地区建立了两千多人的地方武装游击队。9月30日，红四方面军离开宕昌，从岷县、漳县等地开始北上。

红军长征，两次途经哈达铺，扩大了中国共产党和红军在群众中的影响，播下了革命的火种，促使了宕昌人民的觉醒。

哈达铺不仅是红军长征的定向点，又是红军长征的"加油站"，还是陕西商人的发财地、幸福源！

哈达铺的红色故事

毛主席在哈达铺写《七律·长征》诗

张国元[1]

1935年9月20日,天空格外的湛蓝,缕缕白云在蓝天游动,碧绿的大地上一片丰收的景象。这一天,毛泽东、周恩来率领的中国工农红军第一方面军,突破天险腊子口,来到了哈达铺。

哈达铺是一个回汉藏杂居之地,这里物产丰富,客商云集,物美价廉,是一处富庶之地。

红军爬雪山、过草地,消耗了大量体力,筋疲力尽,到这里终于有了休整恢复的机会。于是,总政治部发出了"大家要吃得好"的口号,战士们听了后,个个欢欣鼓舞,士气大振。

下午,叶剑英来到哈达铺邮政代办所,他翻阅着报纸,突然有一条"我军消灭了陕北的徐海东、刘志丹领导的红军"的消息吸引了他的眼球。叶剑英眼前一亮,对身边的同志说:"好消息,走,快把报纸拿给主席看看。"

毛泽东住在哈达铺中街的"义和昌"药店后院的三间小瓦房里,瓦房左边一间住着张闻天,右边一间住着毛泽东,中间是堂屋。

叶剑英来到毛泽东住的小屋,激动地说:"主席,有好消息啊,陕

---

[1] 作者系陇南市科技局原党组成员、纪检组长,甘肃省作家协会会员。

北也有红军,你看。"说着将报纸递给了毛泽东。

毛泽东接过报纸,叶剑英指着报纸上报道的徐海东、刘志丹领导的陕北红军一段,毛泽东的目光随着叶剑英的手指处,小声地念道:"我军消灭了陕北的徐海东、刘志丹领导的红军。"念完,右手把桌子一拍说道:"好啊,剑英,你立了一功,发现了陕北的红军,国民党说消灭了红军,恰恰相反,说明红军壮大了,看国民党的报纸,要相反地理解啊。"

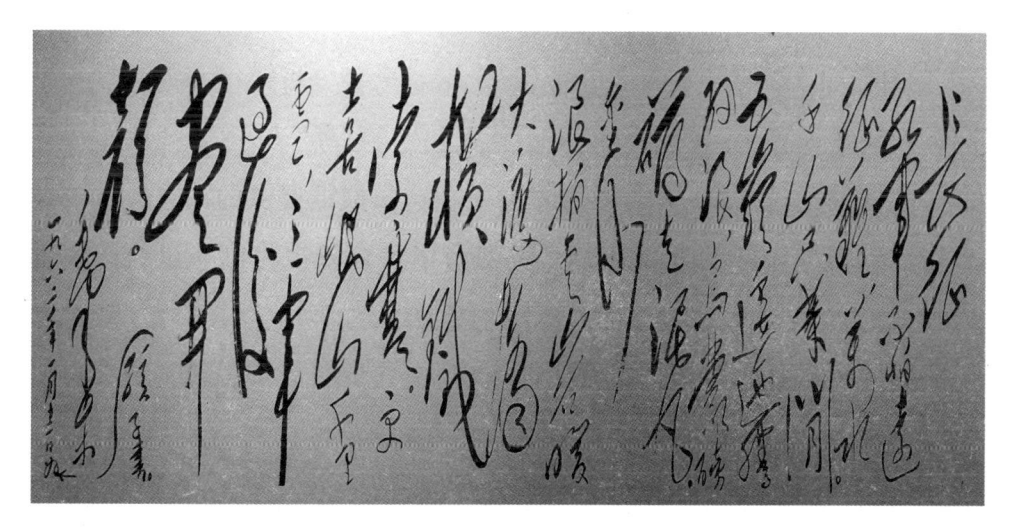

毛泽东《七律·长征》

叶剑英看着毛泽东激动的神情说道:"对啊,看国民党的报纸要相反地理解。"

毛泽东十分激动,站了起来说:"马上召开政治局会议,把这个消息告诉大家。"

不一会儿,张闻天、博古、王稼祥、罗迈、彭德怀等负责同志相继来到毛泽东的住处,毛泽东看了一眼大家说:"同志们,刚才剑英同志送来了这张报纸,很有价值啊,从这张报纸上我们发现了陕北的徐

哈达铺的红色故事

海东、刘志丹的红军，这是一个天大的好消息啊。"

张闻天接过报纸，仔细地看了看，对毛泽东说："主席，这真是一个重大的发现，天助我也啊。"毛泽东笑了笑说："是啊！天助我也，我们虽然突破了天险腊子口，但形势仍很严峻，胡宗南调集二三十万大军在渭河两岸设防，企图堵截我们，集中主力在天水、武山、漳县一带布防，我们要去哪里，心里没底啊，这张报纸给我们提供了重大消息，我看到陕北去，和陕北的红军会合，把陕北作为我们的根据地，同志们的意见呢？"

张闻天听了毛泽东的话说道："主席对形势分析得很透彻。我完全同意到陕北去和陕北的红军汇合，壮大我们的力量。"

博古说："主席，根据目前的情况和这张报纸提供的消息，到陕北去建立根据地是对的，现在有必要执行俄界会议上将红军进行改编的决定了。"

毛泽东吸了一口烟，看着张闻天说："我也有这个想法，现在可以按照俄界会议定下来的执行了。你给同志们说说俄界会议的决策。"

张闻天掏出笔记本看了看讲道："根据俄界会议把红一、三军和军委直属纵队缩编为中国工农红军陕甘支队，可下辖三个纵队。陕甘支队由彭德怀同志任司令员，毛泽东同志任政委，叶剑英任参谋长，张云逸为副参谋长，王稼祥、杨尚昆任政治部正、副主任，杨至诚为后方勤务部部长，罗瑞卿为政治保卫局局长，陕甘支队下设三个纵队，第一纵队司令员由林彪担任，聂荣臻任政治委员，左权任参谋长；第二纵队司令员由彭德怀兼任，李富春任政治委员，刘亚楼任副司令员；第三纵队司令员由叶剑英兼任，政治委员由邓发担任。"

听了张闻天的宣读后，毛泽东点了一支烟说："红军整编的问题在俄界会议上就定下来了，但由于当时军情紧急，只是做了一些准备工作，今天我们就算正式执行。俄界会议上定下的陕甘支队的五位领导人仍由毛泽东、周恩来、王稼祥、彭德怀、林彪组成，这个就不变了。陕甘支队组成了，但是我们的困难重重，面对强大的敌人，我们要采取声东击西，佯攻天水的战略，给敌人造成一个假象，同志们看如何啊？"彭德怀、王稼祥、张闻天等都表示拥护这个决定。

会议开了个把钟头，毛泽东对大家说："今天我们收获不小，明天我们召开团以上干部会，做些战斗动员。"

22日，毛泽东在关帝庙召开团以上干部会，会议一开始，毛泽东站着，他双手叉在腰间看了看同志们讲道："同志们，今天是9月22日，再过几天是阳历十月，自从去年我们离开瑞金，过了于都河，至今快一年了。一年来，我们走了两万多里路，打破了敌人无数次的追、堵、围、剿。尽管天上还有飞机，蒋介石连做梦也想消灭我们，但是我们过来了，过了江西、湖南、广西、贵州、云南、四川，过了金沙江、大渡河、雪山、草地，过了腊子口，现在我们坐在哈达铺关帝庙里，安安逸逸地开会了，这本身是个伟大的胜利……感谢国民党的报纸，为我们提供了陕北红军的比较详细的消息，那里不但有刘志丹的红军，还有徐海东的红军，还有根据地，我们要抗日，首先要到陕北去……同志们，我们目前只有八千多人，人是少了点，但少有少的好处，目标小点，作战灵活性大，人少，更不用悲观，我们现在比1929年的红军下井冈山时的人数还多哩！胜利是一定属于我们的！"毛泽东最后用洪亮的声音号召大家："经过两万多里的长征，久经战斗、不畏艰苦的红军指战员是一定能够以自己的英勇、顽强、灵活的战略战术和战斗经验，来战胜北上抗日途中的一切困难！你不要看着我们

哈达铺的红色故事

现在人少,我们是经过锻炼的,不论在政治上、体力上、经验上,个个都是经过考验的,是很强的。我们一个可以当十个,十个可以当百个。特别是有中央直接领导我们,这是我们胜利的保证。同志们,胜利前进吧。到陕北只有七八百里了,那里就是我们的目的地,就是我们的抗日前进阵地!"

毛泽东讲话刚一结束,会场内又爆发出了经久不息的掌声。随后,毛泽东宣布了党中央关于组成陕甘支队的决定。

开完了团以上干部会,毛泽东很兴奋,在自己的住处,一会儿坐着,一会儿来回踱着步,一会儿背着手站在窗前瞭望着远方,一会儿静静地思考着。夜深了,他仍没休息,他又点着了一支烟,抽了两口又放下了,便坐在了小方桌前,铺开了一张纸,提起笔写道:

红军不怕远征难,万水千山只等闲。
五岭逶迤腾细浪,乌蒙磅礴走泥丸。
金沙水拍云崖暖,大渡桥横铁索寒。
更喜岷山千里雪,三军过后尽开颜。

写完后他又沉思了一会,微微地笑了笑,便喊来了张闻天,对张闻天说:"闻天你看,我写了一首七律长征。"

张闻天看了毛泽东的《长征》诗说道:"好诗,好诗!主席,应该写写长征了,我们的长征走了两万多里,一路上打了那么多胜仗,可谓历史上没有啊,应该大写、特写了。"

毛泽东又点燃了一支烟说:"是啊,长征是前所未有的,大渡河、草地、雪山、腊子口,我们都走过来了,现在我们到了哈达铺,哈达铺的乡亲们把红军当作亲人来对待，我很高兴，很激动啊，兴奋得晚上睡不着，就写了这首《长征》，你看了后觉得怎么样啊？"张闻天连连称赞道："好诗！好诗！不过……"毛泽东看了一眼张闻天笑了笑问道："不过什么？"张闻天想了想说："'三军过后尽开颜'这一句是否改一改，我们还没到陕北，还没有彻底取得胜利，因此，用开颜好不好？"

毛泽东笑着说："嗳，在哈达铺发现了陕北的红军，可以说一张报纸定了我们的方向，哈达铺人民支援我们，使我们恢复了体力，还建立了陕甘支队，就要向陕北进军了，难道还不高兴吗？"

张闻天听毛泽东这么一讲，也觉得有道理，便说道："对，是开颜的时候了，主席，我建议把这首《长征》谱成曲，行军时边走边唱，以鼓舞士气。"毛泽东说："等有机会了我朗读给大家，你把剑英叫来，他是诗人，让他也看看，提提意见。"

张闻天吩咐警卫员陈昌奉把叶剑英请来。

过了一阵，叶剑英走了进来，一进门就问道："主席，有啥喜事？"

毛泽东看着叶剑英说："剑英，你昨天送来的报纸很有价值，可以说这张报纸改变了红军的命运，为此我很激动，写了一首诗，请你斧正，你是诗人嘛。"说着将写有《长征》诗的纸递给了叶剑英。叶剑英接过诗，小声地读了起来，读完后连连称赞道："好诗！好诗！"

毛泽东说："过奖，过奖，我只不过把长征的经历描述了一遍，但闻天同志对'三军过后尽开颜'一句说要改一改，还不到开颜的时候，你说呢？闻天还建议谱成曲，行军时边走边唱，以鼓舞士气。"

叶剑英看着毛泽东兴奋的神态说："你说我是诗人不敢当，我们在哈达铺休整得这么好，战士们个个精神饱满，士气大振，现在应该是

哈达铺的红色故事

最高兴的时候，我们共产党人是革命的乐观主义者，诗是现实主义和浪漫主义的结合，用尽开颜完全可以嘛！闻天的建议很好，应谱成曲，边走边唱，让红军永远记住长征精神。"

红军在哈达铺休整了几天，和哈达铺人民建立了鱼水情谊，有的老乡给红军战士送了茶叶，有的送了衣服，有的送了当地的穿锅馍。红军战士有的给老乡们送了铜勺，有的送了苏维埃钱币，有的送了水壶等作为纪念。

就要离开哈达铺了，这天天刚亮，东方泛着红云，天显得格外晴朗，毛泽东、周恩来、张闻天来到哈达铺附近的寨子山上，毛泽东俯瞰着哈达铺全景，兴奋地说："这里的乡亲们对我们很热情，把好吃的让红军吃，把好房子腾出来让红军住，多好的乡亲们啊！你们看……"毛泽东一边说着，一边指着哈达铺街道说，"我们就要去陕北了，哈达铺真是个好地方啊！真舍不得离开啊。"

周恩来看着毛泽东兴奋留恋的神情说："主席很留恋哈达铺啊，哈达铺给我们供给了食物，使我们恢复了体力，我们永远不能忘记哈达铺，不能忘记哈达铺善良朴实的乡亲们，等革命胜利了，我们再来看望哈达铺的乡亲们。"张闻天听了周恩来的话说："这正是像主席诗中说的让人开颜的好地方啊！"

周恩来听了张闻天的话问道："闻天，主席写诗了？"张闻天回答道："主席写了一首七律长征。"周恩来听后说："主席对哈达铺很有感情，才诗兴大发嘛。"

"哈哈！"毛泽东笑了笑说，"我的诗都是在马背上哼出来的。唯独七律长征才是在静下心来，吃得饱，睡得香，休息好的哈达铺写出来的，不然为什么能说三军过后尽开颜呢，高兴嘛！我们要感谢国民党

的报纸，为我们提供了消息，我们要感谢哈达铺的乡亲供给了好吃好喝的，使我们恢复了体力，你们看，乡亲们都上街送我们来了，走吧，到陕北去。"

说着，一同下了山，向哈达铺街道走去。

中央红军离开了哈达铺，当红军走到通渭县城时，晚上在一所小学里召开副排级以上干部会，同志们正在兴高采烈地议论着红军在长征中取得的伟大胜利。快开会的时候，毛泽东来到了会场，顿时整个会场沸腾了起来，毛泽东带着慈祥的笑容扫视了一下到会的同志们便问候道："同志们好。"战士们齐声道："主席好。"毛泽东微笑着向大家摆了摆手，会场里立刻鸦雀无声，毛泽东用洪亮的声音开始讲话，他从长征的意义讲到敌人的失败，讲到红军的胜利，对同志们说："我们从去年十月到现在，已经走过十个省，两万余里，打垮了

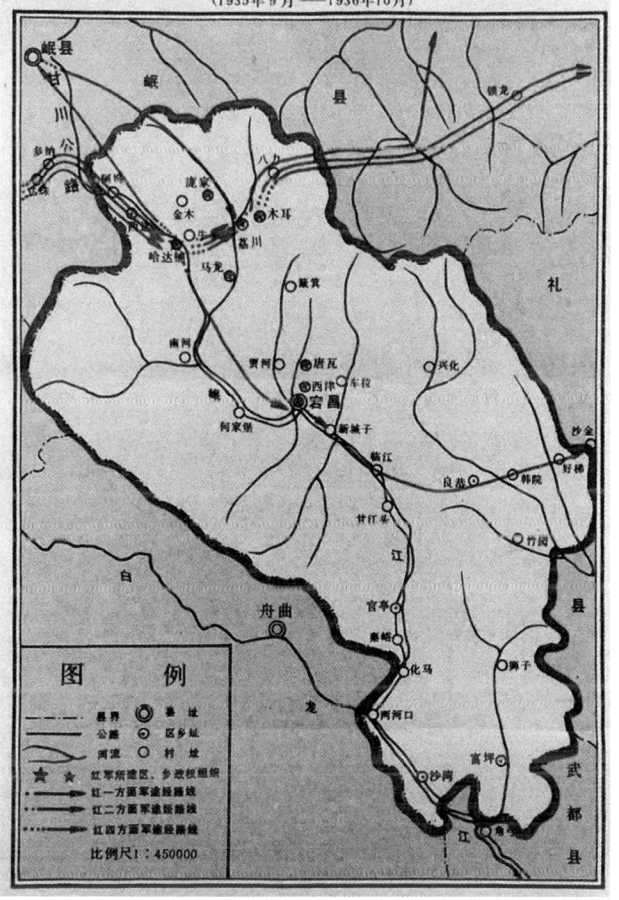

红军长征途经宕昌路线及区、乡组织分布图

哈达铺的红色故事

敌人的围追堵截，战胜了种种困难，你们都是革命的珍宝，是民族的精华。同志们都很辛苦，可是我们还要加一把劲，要到抗日最前线去，我们首先要到陕西北部，和陕北红军会合。"

听了毛主席的讲话，有的同志问："主席，到陕北还有多少路？"

毛泽东回答道："六七百里路，每天走六十里，十天就可以走到，怎么样，行吗？"

"行，每天走七十里也可以。"

"每天走八十里吧，争取早日到陕北。"

看到同志们高涨的情绪，毛泽东十分激动，他挥了挥手说："同志们，我在哈达铺时写了一首七律长征，我读给大家听听。"

会场上顿时安静了下来，毛泽东用激昂的声音朗诵起了七律长征，毛泽东刚一朗读完，会场上爆发出一阵热烈的掌声，毛泽东微笑着望着大家，连连摆手说："在座的同志们，有不少是革命的知识分子，你们可以把诗谱成歌曲边走边唱，鼓舞士气嘛。"

第二天，浩浩荡荡的红军队伍迈着雄壮有力的步伐，向着陕北前进了。

祖母当"神医"

马 超[1]

我小的时候，经常听爷爷奶奶说红军在我们家住过的故事。

有次，老师给我们布置了一篇作文，题目是《谁是最可爱的人》。我当时觉得应该写红军到哈达铺的事。为了写好作文，一回家我就缠着爷爷奶奶给我详细讲一个红军的故事。

"红军都是好人，净帮着给我们家干活！"

奶奶一边陷入对往事的回忆，一边缓缓地对我说。

"你不是给他们也当过'神医'吗？"爷爷笑着插话。

我一听心里挺纳闷：大字不识一个的奶奶，怎么会当"神医"？而且还是给红军当医生？在好奇心的驱使下，我不停地问奶奶："你会治什么病？""是给哪个红军看的病？"

奶奶不好意思地说："甭听你爷胡说，我哪里会看病。就是给红军女娃们烧好了脚上的裂口，她们就说我是'神医'。"

我听了还是一头雾水，不明就里。见我一脸茫然的样子，爷爷就神情庄重地给我讲述当年的事。

那是民国二十五年（1936年）的秋天，红军翻过大拉山来到漩窝、哈达铺，我们家那时租用杨商户家的房子在上街开了一个供过往

---

[1] 作者系陇南市人大常委会原秘书长。

哈达铺的红色故事

客人歇脚的车马店。因我们是回民，来往的回民客人基本都在我们家的店里吃饭、住宿，生意还不错。

有天早上，爷爷起了一个大早，开门一看，大门口斜躺着好多抱枪睡觉的兵，爷爷当时吓了一跳，赶紧关上了门。

也许是爷爷慌张关门的声音惊醒了门外的士兵，他们起身敲门喊道："老乡别害怕，我们是红军，我们不打人、不抓兵，也不抢东西。你把门开开，让我们烧一点儿水，烤一会儿火……"

爷爷犹豫了一会儿，还是小心翼翼地开了门，仔细打量着他们，只见他们穿着各种破烂脏旧的衣服，远远没有鲁大昌的兵穿得光鲜，但他们都很和善，没有一点鲁大昌兵的凶劲，就让他们进来了。

他们见我家是回族家庭，就对爷爷说："你放心，我们不用你们家的东西。我们有纪律，要尊重你们回民！"

不一会儿，他们十几个人就在院子里收拾柴草生起了火，吊起一个罐子烧水喝。

天大亮了，他们喝了一阵水，也和爷爷混熟了，就让爷爷把豆子、面粉、洋芋卖给他们做早饭吃。后来他们又让爷爷到各家各户给他们帮忙买各样吃的、用的东西。

随后几天直到离开哈达铺，这些红军一直住在我们家店里。互相熟络了以后，爷爷还叫了几个邻居分头到乡下熟人处帮他们买东西。他们和大家做买卖很公平。

隔了一年后，又来了更多的红军，在我们家店里住了二十多人。其中有四个四川口音的女红军娃，和奶奶住在一起。女红军们每天都很乐观，帮奶奶做家务，给我们打扫院子，闲时就高兴地给大家唱歌，和我们就像一家人一样。

那四个红军女娃走路时一跛一跛的，晚上洗脚的时候疼得直叫

唤。奶奶看了后发现她们满脚都是裂口，有的裂口将近有小半寸深，流着脓血；有的裂口到了半脚巴骨，能看到翻开的紫红色的肉……

爷爷讲到这里，奶奶迫不及待地抢过话茬说，她们四个女娃白天帮奶奶干完活，就跟上队伍上的人出去了，晚上回来就给我讲她们爬雪山过草地的苦楚，说她们挨饿受冻、见不到人烟的难过，说她们的脚就是过雪山草地时冻烂的！也给奶奶说她们想家、想亲人、想牺牲在路上的战友。说着说着，她们就哭了，奶奶也跟着她们难过地哭。她们也给奶奶讲红军是为了让更多的穷人过上好日子才闹革命的，再苦再累她们也要跟上队伍闹革命。有时候，她们高兴了还给奶奶小声哼唱革命歌曲，眼睛里泛着明亮的光。

每晚等她们四个把脚洗了，奶奶就用我们哈达铺人的土办法，把羊油在灯盏上烧得滴油水的时候，就往她们每人的伤口上滴。那时候我们当地人手脚冻烂了都是用这个办法烧治。

一连几个晚上奶奶都给她们烧治，慢慢地她们的伤口开始不痛了，茬口也开始合拢了，裂口里的新肉也长出来了。她们四个把奶奶的土办法也教给了那些男兵娃们，几天过后，我们家里的羊油烧完了，大家的脚都好了许多，夸奶奶是治疗冻疮的"神医"。

那四个女娃走的时候我们难舍难分。那个叫阿莲的妹子临走时拉着奶奶的手说："大姐，等将来革命胜利了，我一定会回来看你。你们这个地方富裕，人也实诚爱人，你们回民的饭好吃得很，你治好了我们的冻疮，是我们的恩人，我一定会来看你的！"

说到这里，奶奶竟抹起了眼泪，嘴里喃喃地念叨："我等到现在也没见她来，就怕是牺牲了呢！唉……"

爷爷见奶奶心里难过，就安慰道："现在来纪念馆参观的老红军们都说，哈达铺是长征福地，红军离开哈达铺后再没吃过败仗，那真是

哈达铺的红色故事

哈达铺纪念馆广场英雄群雕

芝麻开花节节高。现在天下都是红军打下的,你还有啥难过的呢?不过就是没人再让你当'神医'了。"

奶奶擦了擦眼,感慨地说:"就是啊,红军打下了天下,我们老百姓都过上了好日子,人们有病都到卫生院治疗,哪里还用得上我这个土'神医'呢!"

听了爷爷奶奶讲述的红军往事,我心里非常感慨,红军不就是哈达铺群众心目中最可爱的人吗?我也终于明白,红军将士走过万里长征的每一步,都有像我奶奶一样的"神医"给他们的脚力助力。

如今,爷爷奶奶早已作古,有许多与爷爷奶奶有关的往事我都已遗忘,但唯独奶奶当"神医"的事,我却一直记忆犹新。几十年来,每次想到平凡的爷爷奶奶曾为红军走过雪山草地、走向辉煌胜利做过绵薄的贡献,我心里不由得就涌出一股浓浓的敬意和挥之不去的自豪!

陈昌奉[1]重访哈达铺

张哲龙[2]　杨材美[3]

陈昌奉同志（毛主席长征时的警卫员，时任武汉军区副参谋长）沿1935年中央红军长征路线，从吴起镇往瑞金去，于1976年9月5日上午十时许来到哈达铺。休息了一阵，就在哈达铺街上寻找毛主席长征时的旧居，找来找去，看到龙培家的住房（长征时的"义和昌"药店）后，指着坐北向南的三间上房肯定地说："对！主席就住在这里。"

陈昌奉

他说："民国二十四年（1935年）9月21日，主席长征经过哈达铺，到哈达铺时，是下午两二点钟。住了两天半，第三天上午九点钟，就离开哈达铺了。"

陈昌奉说："主席一进哈达铺街，没有直接进屋（指'义和昌'），而到对面的邮政代办所翻报纸（国民党的报纸），边翻边把有用的报纸放到

---

[1] 陈昌奉（1915—1986），江西宁都人，1929年参加中国工农红军，在哈达铺时任毛泽东警卫员。

[2] 作者系宕昌县委原调研员。

[3] 作者系宕昌县委党史办原主任。

哈达铺的红色故事

一边。我记得那些报纸是《大公报》《民国日报》《中央日报》《西安报》等。把有用的报纸拿到住室后，几个中央首长都来了。大家轮流翻报纸，边翻边把有用的消息，用红铅笔勾了起来（当时跟主席一道翻报纸的有总理、博古、张闻天、王稼祥、左权等）。"

陈昌奉还重复并肯定地说："主席居住的这个地方是个杂货铺，旁边有戏楼。斜对面是邮政代办所，这一点我记得很清楚，不会有错。"

陈昌奉说："当时主席的住室内，有两个方桌并在一起（桌上放着报纸），周围有几个小凳子，主席的铺是用门板搭的。我记得这三间房，中间一间没有地板，二面两间铺有地板。这屋子的旁边有个小厨房（经当地人回忆这房子情况和陈说的一样）。"

我们问到主席住室陈设情况时，陈昌奉说："当时主席住室内有铜墨盒、红蓝铅笔、小马灯、红色缸子、报纸、饭盒、粉红毯子、枕头（后边用带子束着）、被、褥、床单等，全是白的。"

陈昌奉说："主席在这个房子内，召开过中央几个领导人的会议，时间是二十二日上午。会议的内容记不清了。下午在一个庙内（即关帝庙）开过团以上干部会议，庙的院子里长着几棵柏树，柏树上拴着马，参加会议的人逐渐多了，很挤，我们就把马拉了出来，这一点对我印象较深（关帝庙1958年拆毁，陈昌奉回忆关帝庙的情景和哈达铺老年人的记忆一致）。会上主席讲了话，讲的内容，一是分析形势，二是讲下一步的任务。会议时间不长，大概一两个钟头就散了。会后主席在哈达铺街上转了一转，当时哈达铺街上物资很丰富，也很便宜，一块钱买五个大饼子，一大摞。市场上什么都有。很多干部和战士都在买东西，主席看到市场上很热闹的情景后，兴奋地笑着说：'这个地方很热闹！'"

陈昌奉还说："红军在哈达铺进行了整编，过去是军团制，从哈达铺起改成了纵队（实际上改成陕甘支队）。"

哈达铺苏维埃政府副主席牛炳山的回忆

杨材美[①]

红军长征第二次到达哈达铺以后，在哈达铺、理川、宕昌一带，成立了区、乡、村苏维埃政府，还组织了游击队，大约有四千多人。哈达铺的苏维埃主席是颜协曾，副主席是我。区以下还设了脚力、聂仁、哈达、哈达铺四个乡。我记得刘连德、姜胡太、牟张娃、赵连壁、赵海家、朱胜山、谭英玉、王尕哥、苏龙龙、杨七月娃、杨祥云、杨顺喜、赵兹来等许多人都是区、乡、村苏维埃的干部。苏维埃政府的组织、活动情况的材料，红军走后，藏在关帝庙中，以后失遗了。游击队的司令是哈达铺街上的朱进禄，秘书长是阿坞乡的柳英。司令部设在哈达铺中街。

牛炳山

红军帮助我们成立了政府、游击队以后，我们在红军的领导下，搞宣传、斗恶霸、办粮草，在中街戏楼上红军还演戏、开大会，有个陈部长和颜协曾还讲了话。我记得还枪毙了两个国民党的密探。在打土豪、斗恶霸时，还分了大恶霸许志仁、赵旦旦、刘祖汉等的牲口和

[①] 作者系宕昌县委党史办原主任。

哈达铺的红色故事

财物。

红军走后，国民党和鲁大昌等，把我们这里的老百姓和当了苏维埃干部和游击队员的人杀的很多。有的被逼得家破人亡、妻离子散，有的当了和尚。游击队司令朱进禄、秘书长柳英被鲁大昌拉去杀在岷县箭营里；其他的许多人都被当地恶霸率领的民团打死了。哈达铺一带打死的就有邓云娃、赵海家、牟张娃、苏龙龙、谭英玉、王尕哥等。把我抓去打了一顿，我给国民党的营长送了八十个白洋就放了。撮布沟的大恶霸赵旦旦领的民团把牟张娃同志围起来。牟张娃父子，一个拿着长矛，一个拿着斧头，并说："冲出去，杀一个够本，杀两个得利。"民团不敢到跟前去。赵旦旦还把赵海家押到血里坪山上，背上砸了一铁锤，头上打了一火枪，还说："今天要你给我的老黄牛顶命。"（斗恶霸时，群众分了赵旦旦的牛）赵海家临死时也未示弱，他骂赵旦旦说："赵旦旦，要吃张口，要杀开刀，今天你杀了老子，明天会有人提你的头！"中华人民共和国成立以后，赵旦旦被政府枪毙了。

高维嵩先生

高 敦[1] 李 珑[2]

出生在宕昌县哈达铺的老红军刘德胜在《我参加红军过程的回忆》一文中说:"1935年,毛主席率领的中央红军在哈达铺住过几天,对我们印象很深。中央红军走后,在我们哈达铺街上做生意的铁匠沟高先生常给我们宣传红军、宣传革命,说红军专门是为穷人的,我们只有跟着红军打倒贪官污吏和土豪劣绅,才能过上好日子。我们街上的满喜娃、年福青等几个穷小伙子,晚上常到高先生那里去听他谈论各种时事,高先生说红军还要来呢,并要我们在红军再来后,为红军办粮草,参加红军的队伍。在高先生的宣传发动下,我们通过走亲串户,联络交识了哈达铺附近二三十个贫穷家庭的年轻人,准备红军再来了,就给红军办事。以后我常想,高先生大概在中央红军来哈达铺时就参加了共产党。1936年6月,红二、四方面军到了哈达铺。红军真的又来了,我们很高兴。"

刘德胜说的高先生何许人也?是否在哈达铺铁匠沟住过这位高先生?要讲革命道理,是否识文断字?在红军来哈达铺"扩红建政"中做过哪些有益的事情?带着这些疑问,在2010年风清气爽的清明节前

---

[1] 作者系宕昌县委党史办原主任。
[2] 作者系宕昌县委党史办干部。

哈达铺的红色故事

后，我们怀着敬畏之情去哈达铺走访了几位白须飘垂的耄耋老人。

在美好的初春之际，家住哈达铺上街、八十四岁的高善宝，家住哈达铺下街、八十七岁高龄的包保善和八十一岁的高世忠等老人先后回忆，高先生名叫高维嵩（名出"嵩高维岳，峻极于天"一语），字俊德，甘肃临潭县扁都乡哈尕滩人，幼年入私塾，当年三十岁出头，家住哈达铺铁匠沟，一米七的个头，写得一手漂亮的毛笔字，曾当过车马店账房先生。其长子乳名叫德元。

1936年8月，红二、四方面军在哈达铺时，高先生一方面积极宣传，发动年轻人给红军办事、参加红军，另一方面积极协助游击队司令朱进禄（曾当过临洮城防的哨官，带过兵，是地方绅士，哈达铺人称朱老爷）搞宣传，为红军筹办粮款。他亲手给红军战士宰过两头牛。高先生还和几位有识之士推举享有盛誉的哈达铺上街颜协曾担任了区苏维埃政府主席。他时常往来于游击队司令部和区苏维埃政府机关之间，是一个为人民做了好事的人。

红军走后，反动派对群众进行了疯狂的报复，凡为红军办过事的都要查办。为了躲避杀身之祸，高先生一人匆忙跑到了康乐县高连长（此人思想进步，曾在哈达铺当过几年国民党军队连长）家避难，直到"西安事变"和平解决后才回到哈达铺继续做生意。中华人民共和国成立后，土改时当地政府鉴于他在"扩红建政"中动员年轻人参加红军，为红军筹办粮草物资时的表现，特意在哈达铺下街照顾分了二亩地，四间房。他在分得的房门上曾亲笔写过"近闻消息好，远贺太平春"的门联。高先生1953年农历七月因病去世，时年四十九岁，亲朋好友、街坊邻居一片惋惜痛哉声！

在走访的过程中，我们强烈地感到，老人们谈及红军当年来哈达

红军鞋

铺融如鱼水的军民情谊的往事，都透着一种难以言表的自豪感，洋溢着"谁也忘不了谁"的幸福情。我们被那个时代的人物打动了，经历了一次思想洗礼和信仰升华。我们还和几位老人拉家常式地聊了聊宕昌南河晚清秀才张炯奎作的《咏红军》诗，期盼在哈达铺修建苏维埃烈士纪念碑等话题，他们的那份热忱让人感动。他们的确有一种令人羡慕的难以割舍的红色情结，这种红色情结，应该有，也值得有。

贺龙赠送盒子枪

高 敦[①]　李 珑[②]

2016年9月28日，我们参加了纪念红军长征胜利八十周年"红军长征与宕昌哈达铺"学术研讨会，第二天早晨吃过早餐后，专程拜访了宕昌县疾控中心主任朱居生，朱主任在他的办公室接待了我们，讲述了其曾祖父朱进禄与贺龙元帅八十年前在哈达铺一块儿下象棋并接受贺龙元帅赠手枪的故事。

1936年8月，贺龙、任弼时等同志率领的红二、四方面军来到哈达铺，其间开展扩红建政，先后建立了三个区级、八个乡级、三十五个村级苏维埃政权，动员两千多名青壮年参加了红军。

据朱居生介绍，当年他太爷朱进禄四十二岁，是个"背篓货郎"，为人正直忠厚，经常给乡邻帮忙捎货，群众基础好，在红军建立苏维埃政权时被选为哈达铺红军游击队司令。游击队在红军的指导下，开展政治思想教育，进行军事训练，还积极参加打土豪、筹军粮、帮助红军站岗放哨、带路送信等活动。

"朱进禄是我太爷（曾祖父），他还得到过贺龙元帅的赠品呢！"朱居生激动地说。"据我三爷朱明武讲，有一天晚上，太爷和贺龙元帅在

[①] 作者系宕昌县委党史办原主任。
[②] 作者系宕昌县委党史办干部。

义和昌药店旁马全录家二楼阁楼上下象棋，连下了几盘，下完棋后，贺龙很高兴，便对我太爷说：'老朱，我们通过下棋，增强了红军和老百姓之间的感情，也增进了我们的友谊。过几天我们就要走了，我的这把手枪送给你，做个纪念吧！'说着，贺龙就将自己的盒子枪赠送给了我太爷。当时太爷特别兴奋，回家后一边抽着烟，一边不时地捅破窗户纸练习瞄准。那是他一辈子得到的最珍贵的礼物。"

哈达铺群众踊跃参加红军（油画） 陡剑岷绘

  贺龙率领红二方面军在哈达铺驻扎了多天。1936年10月初，部队陆续撤离宕昌，哈达铺游击队司令朱进禄带领游击队编入红军序列，也随军北上。但是部队在行军途中与鲁大昌部、地方民团遭遇，激战中与红军主力失去联系。朱进禄与副司令张虎成、秘书柳英率领突围出来的一部分游击队员转战到岷县闾井，然后兵分两路，其中一路由朱进禄率领来到哈达铺北面的金木村。10月10日那天晚上，朱进禄领着大家宿营在老爷庙中，不幸被民团发现，鲁大昌得到报告后立即派三个连的重兵将老爷庙团团围住，朱进禄、柳英率领队员宁死不屈，

哈达铺的红色故事

在突围过程中因寡不敌众落入敌手,随后被押送到岷县惨遭杀害,头颅也被悬挂在城门示众。

朱进禄牺牲已八十多年了,贺龙元帅去世也有近五十年了,在纪念红军长征胜利八十周年之际,我们搜集到这则故事,也是对他们那一代人的最好怀念,对于我们走好新的长征路将起到积极的鼓舞作用。贺龙元帅和朱进禄司令在农家下棋的情景像一尊雕塑,深深地定格在我们的脑海中,久久不能忘怀。

中央红军在哈达铺颁布《回民地区守则》

杨文军[1]　包常胜[2]

1935年9月17日清晨，英勇的中央红军（红一方面军）经过浴血奋战，胜利突破了国民党守敌鲁大昌部死守的天险腊子口，打开了红军北上的广阔道路。红军指战员欢呼雀跃，异常高兴，心情豁然开朗，往日的阴霾一扫而空。当日，红一军直属侦察连按照上级夺取哈达铺的命令，连长梁兴初、指导员曹德连、副连长刘云标率战士化装成国民党中央军挺进哈达铺镇，不费一枪一弹，智取了哈达铺镇，俘虏鲁大昌的一个少校副官，缴获了国民党军队遗留在哈达铺的食盐、大米、衣服、报纸等许多物资。

得到先头部队夺取哈达铺的消息后，毛泽东主席非常高兴，迫不及待将此消息（9月18日晚8时）发电报告知后卫部队。19日，林彪、聂荣臻率二师主力抵达哈达铺，20日傍晚，毛泽东、张闻天、周恩来等中央领导人进驻了哈达铺。

红军到达哈达铺后，积极宣传我党的抗日主张，军纪严整，对老百姓秋毫无犯，宁可住在屋檐下，也不打扰老百姓，当地群众非常感动，对国民党宣传红军坏话的疑虑完全打消。红军十分关心当地群

---

[1] 作者系宕昌县委党史办原主任。
[2] 作者系宕昌县委党史办副主任。

哈达铺的红色故事

众,重视搞好军民关系,尤其是与当地少数民族群众的关系和宗教工作。毛泽东、张闻天等中央领导人亲自到当地清真寺和回民群众亲切相见,与阿訇畅谈,中革军委还专门备了清真餐与回民群众一起会餐、座谈,共商革命大计。红军指战员深入回汉群众当中了解民族习俗和宗教信仰等情况,了解情况之后,中革军委及时制定并颁布了我党最早的关于军队在回族地区开展工作的民族宗教政策《回民地区守则》。

《回民地区守则》有四条规定:一是进入回民地区,应先派代表同阿訇接洽,说明红军北上抗日的意义,征得回民同意后,方能进入回民村庄宿营,否则应露宿。二是保护回民信仰自由,不得擅入清真寺,不得损坏回民经典。三是不准借用回民器皿用具,不得在回民地区吃猪肉、猪油。四是宣传红军民族平等的主张,反对汉官压迫回民。徐国珍将军在《长征路上筹粮》中回忆到:"各部队都进行了民族政策的教育,要求大家尊重回族同胞的风俗习惯,做饭时不准用大肉油,不准用自己的水桶到回民井里打水,不准进清真寺,清真寺门由我派人站哨。"

《回民地区守则》颁布后,广大红军指战员自觉遵守,身体力行,回族群众的习俗和宗教信仰得到了红军的保护和尊重,都非常感激红军,对红军充满了敬爱。他们和当地汉族群众一道热烈拥护红军,尽力支援红军,虽然自己家里并不富裕,仍然争着抢着让红军住到自己家里,送衣送食,对红军指战员给予了无微不至的照顾。这简要的四条纪律将党的民族地区政策具体化,保护了宗教信仰,加深了党同各民族群众的血肉联系,为革命工作的顺利开展起到了非常重要的作用。

纪律严明的中央红军在哈达铺回汉群众的热烈欢迎中愉快地开展

革命工作，撒播革命火种。在此期间，红军广大指战员在中央"大家要吃得好"的号召下，在物质和精神上都加上了油，得到了休养生息。中央红军在"义和昌"胜利召开了中央政治局哈达铺常委会议，在关帝庙召开了团以上干部会议，完成了部队整编，党中央、毛主席在这里做出并宣布了"到陕北去"的历史性伟大决定。中央红军于9

《回民地区守则》

月23日从哈达铺出发，向陕北进军，一路走向胜利！

　　哈达铺这个西北小镇，由于中国工农红军两次途经而闻名。长征路上，在这块热土上演绎了一场拥军爱民的生动历史画面。历史的选择，使这块热土成为红军长征途中名副其实的"加油站"，成为"陕甘支队"的诞生地和红军把落脚点放到陕北的战略决策地。

　　八十多年过去了，如今，哈达铺人民同全国一道在党的领导下继续奋斗在新的"长征"路上。这里乡村振兴、乡风文明、社会和谐、人民日子幸福美好。当年红军颁布的《回民地区守则》人们仍然记忆犹新，红军留传的许许多多难忘故事仍然激励着哈达铺人民在党的领导下奋勇前进！

哈达铺的红色故事

听周尚仁讲红军的故事

赵新平[1]

在甘肃陇南宕昌县哈达铺镇上街，有一位老人叫周尚仁。老人生于1924年8月，是民国时期哈达铺第一个考上省城学校披红挂匾的人，毕业后在甘南藏族自治州夏河县工作过一段时间。1949年8月，中国人民解放军西北野战军六十二军解放岷县补充兵员，周尚仁应征入伍，在教导队不足半月，被调到岷县县政府民政科工作。当时，宕昌尚属岷县管辖，9月，被调到刚成立的哈达铺区政府工作（当时哈达铺叫白龙）。1950年2月，哈达铺小学落成开学，缺乏教员，周尚仁又被调到小学担任教师，1961年冬，因患结核病被劝退职。周尚仁老人既是妇孺皆知的老寿星，更是当地一位响当当的名人。有两个原因，一个，老人鹤发童颜，老当益壮；另一个，老人是目前镇上唯一健在的长征时期见过红军的老人。

周尚仁

---

[1] 作者系宕昌县作家协会主席，曾任宕昌县委党史办副主任。

只要说起长征的故事，老人立刻精神焕发，滔滔不绝。当年红军到达哈达铺时，周尚仁十二岁了，对红军的活动情况，亲眼所见，大有记忆。老人说，红军没来之前，驻扎在哈达铺的是国民党的一个旅，旅长叫梁应魁，经常欺压百姓，还召集群众开会进行反宣传，说红军是土匪，抓住百姓就分家产，还吃人、吃小孩，吓得有些人一听到什么风吹草动，就赶上骡马进山躲藏起来。后来，群众没见过吃人的红军，都不相信国民党的谣言了，也不再进山躲藏。

1935年9月12日，红军终于走出草地，进入甘肃地区。红一方面军先头部队攻克天险腊子口，驻守岷县的国民党鲁大昌部把岷县城外居民房屋点着了，想以此阻挠红军进入岷县城。红军过漩窝，乘胜占领大草滩，来到哈达铺镇，20日上午十点半左右，一支红军部队浩浩荡荡地开进了哈达铺。起初，群众以为是来了土匪，有的人胆子小，不敢出门。群众从来没有见过穿得破破烂烂的队伍，多数人很惊奇，跑到外面去看，红军每一个人肩上都搭着一个干粮袋，背着一个水壶，有的人脊背上还背着竹编斗笠和草帽，一个个面黄肌瘦，但人却很精神。红军排着整齐的队伍，与以往的土匪不一样，并没有胡乱放枪，也没有打人、抢东西，红军一到，马上开始往墙上刷标语、做宣传，消除群众顾虑，不拿群众的东西，语言和蔼，群众不害怕了。通过宣传，群众才知道，这是由毛泽东、周恩来、彭德怀、林彪等领导率领的红一方面军主力部队，先头部队已于两天前就悄悄地抵达了这个甘肃小镇。

红军到达哈达铺以后，开了两次群众大会。第一次，红军对群众说："我们是红军，你们不要怕我们，我们是有组织有纪律的队伍，专门来解救受苦受难群众的。"红军队伍里有老有少，有的小红军也就十

哈达铺的红色故事

几岁，还是个娃娃，长途跋涉，跟上大人闹革命，群众看在眼里，心里很是关心，有的从家里拿来吃的喝的穿的送给红军。尤其女战士，更加吸引当地妇女的同情和观望。当地妇女都是小脚，看见大脚的红军女战士觉得很是稀罕，有的人干脆不相信女战士是女人，拉女战士到自己家里"验明正身"，发现和自己一样是女儿身后，问长问短，格外关爱，亲如一家。自从到达哈达铺后，红军便有了家的感觉。

红军官兵穿着一样，哨子一吹，说，走，上街走，好！军民手拉手，一起上街了。群众真心邀请红军到自己家中住宿、吃饭。红军战士们告诉群众，不，我们有纪律，不能打扰你们。空地、公用的地方，我们才能宿营。龙王庙（现纪念馆新馆的地方）、小学、子孙庙（下街三角路口）、关帝庙都住满了红军战士。有天夜里，外面下起了小雨，好些战士都和衣睡在空的打麦场，或者院子里、屋檐下，群众心里过意不去，拿着被子、遮雨的东西给战士们送去，战士们不要，群众一个个被感动了，跑回家里，用架子车拉了麦草，给战士们铺在身子底下当褥子，隔潮气。

老人回忆说，自己从小读私塾，很懂事，爱学习，对街上发生的红军的事情特别感兴趣，每天都跟着红军战士们跑上跑下，看他们干事情，感到很开心。群众从刚开始听信谣言，怕红军，害怕红军是土匪、分家产、吃小孩，到看见又黑又瘦的红军让人同情，再到红军对群众的利益秋毫无犯，最后拥护爱戴红军，是一个逐渐由不好到好的变化过程。

哈达铺上街有座清真寺，附近住着好些回族群众，为此，红军进入哈达铺就执行了我军第一个《回民地区守则》，红军宣传队在民房墙壁上、道路旁书写了"保护回民、保护清真寺""对回番民族不压迫"

"抗日反蒋"等内容的宣传标语。赢得了当地回族及其他民族群众的热烈拥护，人们亲身体验了红军爱护穷人、尊重民族习俗、没有民族歧视的爱民政策，深受感动，很快消除了疑虑。经过接触了解，回汉群众心里接纳了红军，对战士们非常热情，教大家做鞋子、缝制冬衣，还把自己的锅灶家具借给红军，帮着打水、做饭，南方的战士们不会做面食，妇女群众就手把手地给他们教怎样做馍馍、擀面条，吃得战士们嘴上流油，欢天喜地的。由于得到了给养和休整，红军在哈达铺顺利完成了整编，党中央和毛主席在这里做出了把北上抗日的落脚点放在陕北的历史性决策。

红军第二次开群众大会，大力宣传红军是打日本的队伍，是革命的队伍，是人民的队伍，专为解除群众压迫、让群众过上好日子的队伍。并指定了热情帮助红军的两个人负责集中物资，一个是上街的朱喜娃，一个是下街的颜协曾（当时的邮政代办所所长），二人后来当选为苏维埃政府主席。

当时的义和昌药铺上面有一个大寺，下面有一个舞台，门上有一挺机枪立着。毛泽东、张闻天就住在义和昌药铺后面院子里的三间房子里。

红一方面军在哈达铺的关帝庙里开团以上干部会，朱喜娃、颜协曾给群众宣传动员，让群众去听会，好些群众都去了。关帝庙当时是四面敞开的，据说是清朝咸丰六年修建，有大殿、左右偏殿及过厅。身材高大的毛泽东从正殿后面进入关帝庙会场，一起走的人大约有二十几个，都一起拍手，掌声不断。后来，毛主席讲话："乡亲们，我们很感谢你们，给我们身上从里面到外面从上到下都换上了新服装、新鞋，很感谢你们的支援。"

哈达铺的红色故事

毛主席继续说:"原来的计划是在这里建立川陕甘革命根据地。现在,我们从报纸上看到了全国的形势,我们的决定改变了,我们要到陕北去。我相信所有的指挥员们、战斗员们,在经过了两万多里的长征的洗礼和战火的考验之后,在困难面前无所畏惧,将会以你们的勇敢无畏和丰富的战斗经验,克服一切艰难险阻,实现我们的目标——完成长征北上,打击日本侵略者。"

毛主席最后的话,令人振奋,红军战士和群众又是一阵热烈的掌声。

在哈达铺,每个战士领到了一块大洋。当时,只要五元钱就可以买一头大肥猪,两元钱买一只肥羊,一元钱买五只鸡,一毛钱买十个鸡蛋,五毛钱买一担蔬菜。每个连队都杀猪宰羊,战士们每顿饭都三荤两素,比过年还吃得好。在战士们看来,这简直就是天堂。自从长征以来,他们从来没有吃过这样好的饭菜。

只要说起长征中的一个个感人的故事,周尚仁老人就停不下来。老人还激动地指着他家东边的老屋告诉我,里面曾经住过四名红军文工团女战士。如今,这栋木质的房子依然还在,只是显得很陈旧了。女兵们吃住在他家,经常帮忙挑水,跟着他的奶奶学做蚕豆凉粉,很喜欢吃。老人说,女兵们经常教他唱红军歌,那些歌曲他至今还清楚记得。说到这里,周尚仁唱了起来:"腊子口一举敌人亡,导师指向陕北去,陕北有我们好兄弟,携起手来先抗日……"

八十多年过去了,当时红军唱过的歌,穿越历史的烽烟,从这位高龄老人口中唱出,依然旋律激昂,铿锵有力,把我带入了当年那段艰苦卓绝的岁月,再次领略历史的回响。采访时,周尚仁老人坐在挂满自己书法作品的老屋里,显得格外自豪。环顾四壁,我发现除了简

单的家具，屋里没有多余的东西，虽然老人过着极其简朴的生活，但却让人由衷地钦佩。

作为一位耄耋老人，几位最亲的人相继过世，人生风雨中的许多往事也都淡忘了，却在生生念念地记挂着红军，一辈子都在讲述着红军的故事。老人认为，今天，虽然时代不同了，条件也变了，但是，我们仍然需要长征精神，长征精神永远是我们的精神财富。现在，建设小康社会是我国的奋斗目标，更需要大家埋头苦干、艰苦奋斗。长征精神没有过时，共产主义理想信念、铁的纪律、艰苦奋斗的作风，永远是我们党的好传统，是我们的真正优势。长征精神是社会主义现代化建设的强大精神动力。

老人说，只要他还活着，长征的故事就永远说不尽，讲不完。在老人看来，一个个感人的红军长征故事，不仅仅是一段难以忘怀的历史，更是一种长征精神的传承，需要我们不断地发扬光大。

哈达铺的红色故事

贺龙理川买马

胡玉成[1]

贺龙

贺龙爱马在红军中是出了名的。

1936年9月的一天，天气晴朗。理川镇的牲口市场上，人来人往、熙熙攘攘，骡马牛群的叫声此起彼伏。人群中有一老一少两个穿灰布军装、头戴红五星八角帽的军人来到了一匹通身枣红色的马前驻足观看，赞不绝口。

牵着马的是一个戴着白色回民帽子的中年汉子，他稍显紧张地和两个军人在交谈着。知道了他们是红军，要买一匹马，现在就看上了他手里牵着的这匹。经过一番简短的讨价还价，交易便完成了。红军让牵马的回民汉子把马牵到他们的驻地指挥部去，到那里给他付钱。回民汉子稍显犹豫后还是缓缓地跟着两位红军离开了牲口市场。

这位回民汉子姓马，是理川下街人。由于常年贩养马匹并在牲口交易中做中间人，当地人都叫他"马伢子"。在以往的牲口交易生涯

---

[1] 作者系宕昌县理川镇上街村原党支部书记。

中，他没少受当地旧军人的欺压，虽然最近人们都说镇上来的红军对老百姓好，可他这会儿心里还是胆怯。担心这些红军会不会也和以前的旧军人一样到了军营就不给钱或少给钱。走着想着，不一会儿他便跟着红军来到了理川城里头的一座临街三庭大宅前，他一看就知道这是"刘商户"的宅院。经过商铺上侧的大门过道，门口有两个扛枪的红军战士在两边站岗。进了大门，只见中庭主房房檐下站着一位身穿灰布军装，头戴红五星军帽，身披一件黄呢子军大衣的中年红军。"马伢子"一看这位红军长官模样的人身材魁梧，嘴里叼着个大烟斗，嘴上留着浓浓的小胡子，平和中透露着一种威严，他不由得心里发怵。

带他进去的红军走上前向那位中年红军敬礼，然后指着他和他牵着的马说了几句。那位中年红军走过来看了看马，点头说："不错，是匹好马，牵到后院去吧，赶紧把钱给这位老乡。"然后微笑着看了看"马伢子"说："老乡来吧，咱们先到堂屋里坐坐。""马伢子"小心翼翼地跟着进了堂屋。那位中年红军指着中间一张八仙桌两侧摆着的太师椅说："老乡坐吧，咱们拉拉家常。"说着便坐了下来。

"马伢子"哪里敢坐，却又不得不坐，便坐在了太师椅前侧的一条小板凳上。中年红军问他今年收成好不好，镇上回民有多少，和汉族老乡关系好不好，有没有受地主恶霸的欺压。还说天下穷人是一家，红军就是穷人的队伍。要在理川建立苏维埃政府，替穷人办事、做主。以后就不用交苛捐杂税，不用怕地主老财了。"马伢子"听了心里热乎乎的，不住地点头。

这时候带他来的那位年轻红军手里拿着钱进来说："老乡，这是你的马钱。""马伢子"赶紧站起来双手接过钱，一看数目和说好的数目一点都不差，心里悬着的石头顿时落了地。连忙转过身对中年红军说："长官，红军是好人，您说的话我都记下了，那我先走了。"

哈达铺的红色故事

年轻红军笑着对他说:"老乡,我们红军不叫长官,都叫同志。他是我们首长。"

"马伢子"赶紧点头,嘴里叫着"首长",说那我先走了。红军首长站起身握了握他的手笑着说:"好吧,有时间就过来咱们拉拉家常。"然后对年轻红军说:"你去送送这位老乡。"

一出大门,"马伢子"悄悄问那位年轻的红军战士:"你们这位首长是谁啊?"

"这是我们的贺龙军长。"年轻战士低声对他说。

"马伢子"心里咯噔一下,早听说贺龙是一员猛将,像只老虎,没想到对咱老百姓这么好,自己还和他说了半天话呢。

好多天过去,他还逢人便说,到处夸赞。

中华人民共和国成立后,"马伢子"被吸收到理川供销社工作。他经常给同事和后辈们讲述这件事。直到古稀之年,他仍还对人们讲述着这段令他终生难忘的经历。

红二方面军总指挥部"张家大院"

听父亲讲他当红军的故事

杨明义[①]

我的父亲杨朝银是一位革命老红军,早在1930年初春,"黄麻起义"的熊熊革命烈火燃烧到他的家乡湖北大悟宣化店镇时,他和当地的热血男儿积极响应当地苏维埃政府的号召参加红军。1931年11月7日,红四方面军在湖北黄安的七里坪成立,由于父亲在原作战部队时机智勇敢,这一天被光荣地选拔为徐向前总指挥身边骑马送信、站岗放哨的警卫通信战士,从此跟随首长和部队南征北战,辗转鄂豫皖,后随部队战略转移至川陕,建立川陕革命根据地。中央红军开始长征后,父亲随部队又强渡嘉陵江,踏上了二万五千里长征,跟随首长和部队翻越大雪山,第三次穿越人迹罕至的茫茫大草地后,红四方面军按照中央的《"岷洮西(固)"战役计划》,占领哈达铺,随之乘着敌兵力相对分散、主力尚未集中的时机,先机夺占岷县、临潭、西固地区,以便继续北上到会宁三军会师。二方面军执行《"成徽两康"战

杨朝银

[①] 作者系老红军杨朝银之子,中石油兰州石化公司退休职工。

哈达铺的红色故事

役计划》。八月初,父亲随红四方面军先遣部队突破天险腊子口后首先到达哈达铺。

父亲说到哈达铺时,正是秋收的季节,当地村民一看红军又来了,高兴地放下手里的活跑过来迎接,好像我们红军战士是他们家的亲人一样,饱含热泪,双手拉住我们久久不肯松手,并拽着我们去家里住,就像久别重逢的亲人一样亲热。这里的老百姓欢迎我们红军的队伍再次到来,是因为一年前中央红军来到这里,建立起了红军与老百姓鱼水情深的关系。起初,老百姓不知道红军队伍是怎么回事,只听国民党喧嚣共产党领导的红军队伍是土匪,共产党"共产共妻"等等,红军到来之前,村民们也就躲了起来。去年毛主席领导的红军队伍来到哈达铺,尽管红军战士个个饿得面黄肌瘦,却从不动老百姓的食物,不但不侵害老百姓的利益,还把老百姓家的院子打扫得干干净净。老百姓感到好奇怪啊!从来没有见过这样的队伍。乡亲们这才陆续回到村里,和红军战士们又说又笑地拉起了家常。乡亲们给红军部队杀猪宰羊,提供生活便利,好一派热闹的景象。红军队伍的纪律严明,秋毫无犯,乡亲们给红军送这送那,但战士们以现钱付价,分毫不受馈赠。当地百姓太喜欢红军了,都说这是一支真正的仁义之师啊!所以,红军队伍第二次到达哈达铺时,村民们热烈欢迎,部队很快和当地百姓亲如一家,帮着村民们一起收割秋粮,组织民众宣传红军救苦救难的革命道理和北上抗日的战略主张。部队开始休整体力,筹集粮饷,开展轰轰烈烈的苏维埃运动,发动群众打土豪、反恶霸势力、扩红建政,建立区、乡、村各级苏维埃政权,号召适龄青年积极参加红军。在很短时间内,哈达铺一带组建了一支两千多人的游击队伍,被补充到红四方面军的红五军和红三十军,他们中有许多人在河

西征战中牺牲了。还有一些队员补充到红二方面军，为红军队伍输送了新鲜血液。

哈达铺的乡亲们憨厚善良，他们望着一个个疲惫不堪的红军战士，都心疼地流下眼泪，没等部队住下，就急忙抬着猪和羊，背着粮食，挑着蔬菜赶来慰问，是想让红军战士们赶快养好了身体，为咱穷苦人去打天下。大家把最好的房子腾出来让给红军战士住，将新做的布鞋和新一点的衣服塞到战士们的手里，还纷纷将战士们往自己家里叫，把最好的被褥拿出来给红军战士们用。

父亲还说，1935年9月，中央红军长征到达哈达铺，由于这里自然环境一下变得好了很多，红军有了丰富的给养，受到长期饥饿的红军战士一下子生活好了起来，有许多人控制不了自己的胃口，吃多后一喝水给撑坏了。这引起了部队首长高度重视，虽说是让大家要吃得好，但伙食必须要限量。红军队伍第二次来到这里，得知此事后，避免了这种情况的发生。部队为了让大家吃得好，养足精神奔赴抗日前线，每个伙食单位都杀猪宰羊、炖鸡炖兔地改善伙食，红军指战员在这里，生活上有了很大的改善，虚弱的身体很快也就恢复了健康。部队还给每个战士分发一块大洋，以便大家购物方便，战士们高兴地说，娘啊！我们来到哈达铺吃的比家里都好，哈达铺的乡亲比娘还亲，哈达铺的粮和哈达铺的水就像母亲的乳汁一样把我们从生死线上拉了回来，养活了我们这些红军战士，我们这辈子永远不忘哈达铺这块革命圣地，将来革命成功了，一定要来到这里看看，到那时再回味从草地过来时奄奄一息的我们，没几天身体恢复得像牛一样健壮。于是，我们拿着发的银元，在哈达铺的集市上转悠，发现集市上什么都有，想到我们还要行军，于是，我就用手中的银元先买了一双布鞋

哈达铺的红色故事

（一块大洋可买三双布鞋）和草鞋，还买了一副绑带，这就行军无忧了。还在集市上看到一块大洋可买一斗（八十斤）小麦，五块大洋可买一头一百多斤重的猪，两块大洋可买一只壮一点的羊。总之，那时哈达铺市场繁荣、市价合理，给我们留下了难忘的记忆。我们又在这里剃了胡须、理了发、洗了澡，大家这样一修饰，个个都精神得不得了。有个战士说，要不是部队北上抗日去打日本鬼子，我们在这里娶个媳妇生活下来那该多好啊！我们在哈达铺的那些日子里，在乡亲们的指点下，还学会了如何做面食。由于我们红军战士大多都是南方人，来到哈达铺，不会用面粉做饭和蒸馒头，乡亲们就手把手地教我们做，经过实际操练，就连这里的"锅盔"馍馍我们也做得有模有样，味道好极了。在哈达铺还学会了把麦子收割后如何架在麦场的架子上，然后又如何用连枷（打麦子的一种工具）拍打铺在麦场上晒干的麦子等等一些北方村民们劳动的技能。

离开哈达铺后，父亲又随红四方面军总部西渡黄河，与军阀马步芳的骑兵部队展开了一场又一场的殊死决战。父亲在征战河西的倪家营子突围战役中身负重伤，后被当地老乡营救得以脱险。在救命恩人家的地窖里养伤半年多时间，伤愈后父亲要去找部队，于是，恩人就为他精心制作了两个小木箱，把他扮装成当地小商贩，挑着货郎担来到岷县二郎山脚下，想找到当年二郎山战役受伤的战友，再一同去寻找革命队伍。他一路忍着饥饿和伤痛，拖着疲乏的身躯走到岷县城郊的刘家堡村时，不料晕倒在路旁，幸好被后来成为我们的姥爷姥姥的一家人发现后背回家中，待苏醒后才知道这人就是当年红军长征到过岷县的红军战士，全家人怜悯地流下了眼泪。当时父亲醒来后恳请好心人一家帮他找到当年在这里受伤的战友，姥爷考虑到他身体太虚

弱，就让他在家里把身体养好后再说。当时岷县鲁大昌部还在到处搜查流落红军的下落，姥爷为了他的安全，就让比这个红军战士还小十七岁的自家姑娘（我们的母亲）陪着到宕昌这个偏僻的小镇来避难。从此父亲和母亲走到了一起，在宕昌生根、开花、结果，父亲把自己的后半生奉献给了宕昌这方热土。父亲没有忘记甘肃老百姓对他恩重如山的救命之恩，他挑起当年张掖救命恩人送他的那副珍贵的货郎担，走乡串户地踏上了对老百姓知恩图报的真诚心路。一年四季无论刮风下雨还是烈日炎炎，无论大雪纷飞还是刺骨寒冷，都阻挡不了父亲为百姓服务的满腔热情。父亲不畏山高路远，不怕千沟万壑地给远离乡镇的百姓家购物送药，老乡家里需要什么，他就在百余里的集市上设法购买，然后急切地送到家中。特别是老乡家里有了病人，他从几十里外请来郎中到老乡家看病，然后拿着郎中开的药方给病人到处寻找抓药，回到病人家中亲自给病人煎熬，直到病人病情有所好转才放心离开。父亲与当地百姓鱼水情深的关系，在宕昌这片土地上传为佳话。当地老百姓这样形容他——天上飞的九头鸟，地上跑的湖北佬。走乡串户为百姓，红军汉子心肠好。

  中华人民共和国成立后，当地政府把父亲安排在工作比较舒适的县供销社工作，他要求到工作比较艰苦的县食品公司小堡子养猪场去喂猪，他说他是革命队伍培养出来的一名红军战士，因为受伤，没有跟随革命队伍参加抗日战争和解放战争，他要为今天的社会主义革命和建设多养猪、养好猪，把对回归部队的渴望和对首长战友们无尽思念的情感化在自己的工作中，这样才能对得起自己的良心。父亲在工作中吃苦耐劳，精心饲养猪群，培育猪的优良品种，提高养猪出栏率。我们亲眼所见，父亲精心喂养的又壮又大的一头头猪，被一车车

哈达铺的红色故事

地送往祖国各地支援社会主义建设。

父亲常年生活、工作的宕昌县,中华人民共和国成立初期这里唯一的交通工具就是马车。这里山大沟深,没有电也就没有广播,连收音机也没有,靠一个星期或半个月从省城运来一批报纸或传闻才能知道外面的消息。就在1956年夏天的一个下午,父亲回家走在大街上听到有人念李先念副总理出国访问的报纸,顿时他停下脚步,仔细听完后,又让那人把报纸上的这则消息念了一遍,心想这难道就是当年红军部队三十军的李政委么?于是,父亲就对那人说:"同志,李先念是我当年的老首长,麻烦请你帮我给李副总理写封问候信,就说我是当年红军部队警卫营战士,叫杨朝银,首长现在国事繁忙,愿他多保重身体,我非常想念我的首长和战友们……"时隔不长,也就是九月份,李先念副总理给宕昌县委写了一封亲笔信,是用蓝色墨水写的,内容是"回忆真有此人,请你们妥善安置或介绍进京。李先念。国务院十二办公室,1956年9月"。县委副书记史正卿与办公室秘书一起拿着这封信找到了我的父亲,就说:"你给李先念总理写的信他收到了,也把批复的亲笔回信转下来了。"父亲一听激动地说:"哎呀!那太好了,快给我念念。"秘书念完信后,紧接着史书记问:"李副总理的意思是,如果我们这里把您安排不了的话,介绍您到北京去,您去不去呢?"父亲说:"唉!我既不识字,大脑又是大炮轰下的,一天昏沉沉的,说话也不亮清,我去了干什么呢?什么都干不成,北京不敢去,不给他老人家为难。再说当地政府给我已安排了工作,我也有了一个家,何况我的战友们大多也都牺牲了,我还活着,就已经知足了。"史书记又问:"那你现在有啥困难吗?"父亲说:"没啥困难,生活过得去就好,要是可能的话,每月给我供应上一斤茶叶就行了。"父亲朴实的

话语感动了在场所有的人。

父亲经常劳累，不注意身体，导致后来一累就吐血，身体每况愈下，病倒后于1978年3月离开人世，享年六十九岁。

2006年9月22日，趁宕昌县委、县政府在哈达铺隆重举行"庆祝红军长征胜利七十周年"活动之际，我们把父亲心爱的两个货郎箱赠送给了哈达铺红军长征纪念馆，以示把父亲的情爱留在了他当年和红军部队战斗、生活过的哈达铺，使我们的情感也有了寄托。

父亲为革命出生入死、血雨腥风地一路走来，从不因为自己曾经为革命事业做出过贡献而自居。反而时时处处在严格要求和检点自己不要丧失红军本色，要时刻牢记首长的教诲、部队的战斗作风和战友们生死与共的深厚情谊。父亲一生崇高的思想境界，无私的奉献精神，诠释了他在革命战争的熔炉里已是淬火成钢，从而对待革命工作不怕苦和累；对待自己不图名、不为利，更加坚定了他对党、对祖国、对人民的无限忠诚。同时，也为我们注入了不断成长的前进动力，我们将继承和发扬父亲光荣革命传统，不忘初心，不断进取，力求对社会多做贡献。

当归情

王 平[1]

甘肃的洮岷高原是出了名的贫困山区，那里土地瘠薄，气候恶劣，十年九灾，长期以来当地群众的生活一直处于贫困状态。清末的一位知县在给他的在江南的妻子写的书信中说，这里"五月柳才绿，六月尚播种，八月既下雪，风大如狼吼，因此上把春夏秋冬一笔勾"，一席话吓坏了他的妻子，从而打消了她来岷县的念头，不久这位过惯富贵生活的江南书生也挂冠辞职回老家了。"一方水土养一方人"，洮岷高原高寒阴湿，却生长着一种神奇的植物——当归，一种多年生的草本植物。俗话说"十药九归"，由此可见当归在传统中医学中占有重要的地位。

五月初的高原，青草儿才伸出蜷曲了一冬的嫩枝芽，颤颤巍巍地探出头儿时，黄土地里的当归不顾冷飕飕的寒风，早已长出引人注目的二回或三回三出式的羽状复叶，羞涩地开着不起眼的复伞形小白花，没有一丝一毫的张扬和炫耀，就像憨厚朴实的庄稼人。洮岷高原是当归的原产地，而岷山山系出产的当归更是蜚声海内外，被誉为"岷归"。岷归栽种千年，却难离故土，外地移栽，虽能成功，却药性

---

[1] 作者系宕昌县工商联原主席。

大减。唐代的《新修本草》一书中说："当归以宕州最佳"，宕州就是今天的宕昌县一带。据史料记载，早在公元505年，宕昌国王梁弥博向南梁国进贡的贡品就是当归。

提起当归，在当地还流传着一个凄美的爱情故事。很久很久以前，洮岷高原生活着一对恩爱的夫妻。妻子后来得了病，当郎中的丈夫用了许多药总不见妻子的病情好转，这天他对妻子说："我一定要走遍千山万水，找到能治好你的病的药。不过，我这一去，有可能回不来，如果我三年过后仍不能回家，说明我或者掉进了悬崖峭壁下，也可能被豺狼虎豹吃了，你就不要再等我了，找个好人改嫁了吧。"郎中义无反顾地走了。一晃三年过去了，苦命的妻子不见丈夫回来，迫于生活，只得改嫁。谁知改嫁后不久，郎中竟采药回来了，妻子后悔不已，觉得有愧于钟情的前夫，一气之下把他带来的药材大量服下，打算一死了之。谁也没想到，企图自杀的妻子没有被毒死，多年血亏缠身的疾病竟然奇迹般地痊愈了。满腹遗憾的郎中就给这种让他失去爱妻的中药材起了个悲痛欲绝的名字：当归。一首凄婉的花儿至今回荡在洮岷山水间。

走哩走哩走远了，
伤心地眼泪落满襟，
当归应归你不归，
把怜儿的眼睛哭哈（瞎）了！
走哩走哩走远了，
伤悲地眼泪淌满地，
当归应归你不还，
把怜儿的心儿哭软了！

哈达铺的红色故事

> 走哩走哩走远了，
> 伤痛的眼泪淌成了河，
> 当归应归你不回，
> 把怜儿的肝花哭碎了！

宕昌盛产当归，县城北部的哈达铺一带出产的当归品质又最好。当归最让人敬仰和尊敬的就是它不畏艰辛、忠贞倔强的品格。它从不肯离开贫瘠的土地，作践地厮守一方，繁衍生息，用自己的浑身为人们解除病痛，却从不自伐其功、骄傲自满。

当归之乡的人民同样具有默默无闻的无私奉献精神。哈达铺是1935年和1936年中国工农红军长征两次经过的地方。当年人们看到这从未见过的"仁义之师"时，纷纷行动起来帮助这些疲惫不堪的红军战士。他们主动腾出自家最好的房子让红军居住，拿出自己不多的粮食让红军吃，捧出窖藏多年的美酒招待红军。多年以后成了共和国的功臣的杨成武在《回忆长征》一书中回忆道："房东老大爷六十五岁那年用糯米自制了一坛米酒，泡上当地产的当归，埋在地下陈酿，准备七十岁时开坛，与远方的儿孙开怀同饮。今天谈得投机，居然提前献出这坛珍贵的酒了。"感慨万分的老将军深情地说："哈达铺成了我们长征途中名副其实的'加油站'！"值得一提的是，在红军长征胜利六十年后，宕昌人民结合过去古老的制酒工艺，兴办起了一座现代化的白酒生产企业，应该说这片浸透着仁人志士鲜血的黄土地的人民能够以此来告慰红军先烈们的英灵了。

红军离开后，国民党地方军阀勾结民团、恶霸以"清乡""办善后"为名，大肆报复为红军办过事、分了地主的财物、有亲人参加红

军的群众，很多人遭到拘押和吊打，有十五名苏维埃干部被杀害。有一位小红军在一家药铺养伤，红军走后，在店掌柜的撮合下，小红军和他唯一的名叫当归的女儿结成了夫妻。这也没能逃过民团的魔掌，在一个月黑风高的夜晚，他们把小红军骗出家门，在村头的水井旁把他活活地勒死，小红军死时还不满十八岁。丈夫死了，漂亮善良的当归被逼疯了，一个好端端的家庭就这样被无情地拆散了。

哈达铺当归

朴实坚贞的哈达铺人民并没有被白色恐怖吓到，他们悄悄地藏起红军遗留下的物品，作为对红军最好的纪念。这就是今天在纪念馆里，我们仍能看到的铜勺、铜壶、瓷碗、瓷缸子、茶盒、文件包、印模、银币、竹饭盒、苏维埃布币等物品。为了不忘记那段难忘的岁月，有的人家给孩子起名为"红军""红军成"。

"红军越岷山，哈达大整编。万里云和月，精兵存六千。导师指陕北，军行道花妍。革命靠路线，红星飞满天。"1976年6月初，一代儒将、《长征组歌》的创作者肖华重访哈达铺，他深情地回忆起那段峥嵘岁月，写下了这首豪情万丈的诗篇。如今英雄已远去，不朽的长征精神早已成为人们奋进的巨大动力，正在鼓舞着人们不断地开拓进取。

在宕昌建立苏维埃政权

王 普[①]

1935年9月间,中国工农红军一方面军攻破腊子口天险到达岷县哈达铺(今属宕昌县)。红军到达哈达铺后,纪律严明、秋毫无犯,以实际行动戳穿了国民党反动派"红军杀人放火、共产共妻"的反革命宣传言论。

红一方面军驻哈达铺仅短短的几天,却给哈达铺人民留下了深刻的印象。当地清末秀才张炯奎在1935年9月写了一首《咏红军》的诗以赞红军:

仓皇无计欲何之,正是闻风落胆时。
只道伤残同列寇,哪知仁义胜王师。
人言掳掠皆虚语,自悔潜逃反失资。
瞥眼雷霆惊震后,听来一路赞扬辞。

张炯奎在诗的自序中感叹地说:"……自古大军虽说严明,比之红军不及万分,一路赞扬,非谀语也。"这段话真是道出了哈达铺人民敬佩的心声。1936年,红二、四方面军来到哈达铺时,自然而然地受到

[①] 作者系宕昌县文史学者。

红军长征哈达铺苏维埃政府旧址

群众的夹道欢迎，送茶送水，送吃送喝，亲如一家。

　　红二方面军司令部驻哈达铺张家大院，有一个师部驻宕昌镇董家堡（今红光村）的"当铺"，石磊街张五成家是红军政治部驻地。有一天下午，政治部一位姓黄的军官召开一个有红军干部、战士和当地青壮年参加的会议。黄同志刚一开始，首先请贺总指挥讲话。贺总就是中华人民共和国成立后被授予元帅军衔的贺龙，贺龙一听让他讲话，便站了起来，满脸笑容，开门见山地讲道："红军是人民的军队，红军热爱老百姓，是为劳苦大众打天下的，要推翻国民党反动统治，建立一个没有剥削、压迫的新中国。广大劳苦大众团结起来，建苏维埃政权，打土豪、斗恶霸，把穷苦大众从水火中救出来。"讲到这里，贺龙同志掏出了大烟斗，抽了几口，又讲道："苏维埃政府是劳动人民的政权，任务就是支援红军，严防奸细破坏，红军永远不会忘记你们！"贺龙刚一讲完，会场上一片鼓掌声。

　　贺龙的讲话，深深地吸引了大家，参加会议的宕昌居民、农民、

哈达铺的红色故事

学生都激动万分、热烈响应，便以口头推举的方法，很快选出了陈启荣、陈志林为宕昌苏维埃政府主席和副主席，王柱富、罗成福、李官昌、张汉成、龚学贵、姜干娃、王孝娃、刘子荣、周长发、彭六十一、王娃善、彭吉娃、谢官林、欧阳桢、陈元为苏维埃政府委员，王柱富兼任秘书。

苏维埃政府成立后积极宣传红军的政策。到处张贴布告，在墙壁上书写大字标语宣传抗日主张，教育百姓要遵守纪律、保守秘密，严防奸细破坏，严防地主、劣绅勾结反动势力暗中破坏苏维埃政府的工作，发动贫苦青年参加红军，打土豪，征集粮秣、经费等等。

经过苏维埃政府工作人员的宣传、动员，宕昌青年马全生福、陈占奎、麻子娃、王进才、杨福元，唐瓦乡（将台乡）李王玉、马具才、马具全等一大批有志青年参加了红军，中华人民共和国成立后有的成为中国人民解放军的将领。

宕昌苏维埃政权只存在了三个多月，但在宣传红军的政策，动员青年参加红军，打土豪、征集粮秣等方面做出了积极的贡献。

一方砚台

柳春才[1]

我爷爷名叫柳英，生于1907年。1936年红二、四方面军来到哈达铺的时候，他在上罗的古董寺教书，办私塾。红军来哈达铺以后，他就毅然参加了红军的游击队，任哈达铺游击队秘书长。当时他和游击队司令员朱进禄一起，带领游击队员打土豪、分田地，为红军筹集了大量的粮草。同时，在哈达铺宣传红军抗日救国的思想和政策。红军撤离哈达铺的时候，他们随红军一起北上，当行到岷县锁龙乡的时候，同国民党鲁大昌部发生了激战，当时一部分红军随主力北上，他们由于激战遇阻被迫返回，继续开展革命活动，最后由于民团告密，他和司令朱进禄一起，在金木的老爷庙落入敌手，随后被鲁大昌杀害，将他们的头颅悬挂在岷县的城头示众七天。

爷爷上私塾时老师鉴于他学习好，有上进心，就给他送了一方砚台。后来爷爷办私塾给学生教书的时候，就用这方砚台。他参加红军，任秘书长以后，在筹集粮草、吸收青年加入红军时，就是用这方砚台来进行记录的。同时用这方砚台书写标语、处理公文。这方砚台在爷爷的革命生涯中发挥了一定的作用。

---

[1] 作者系宕昌县政协副主席。

哈达铺的红色故事

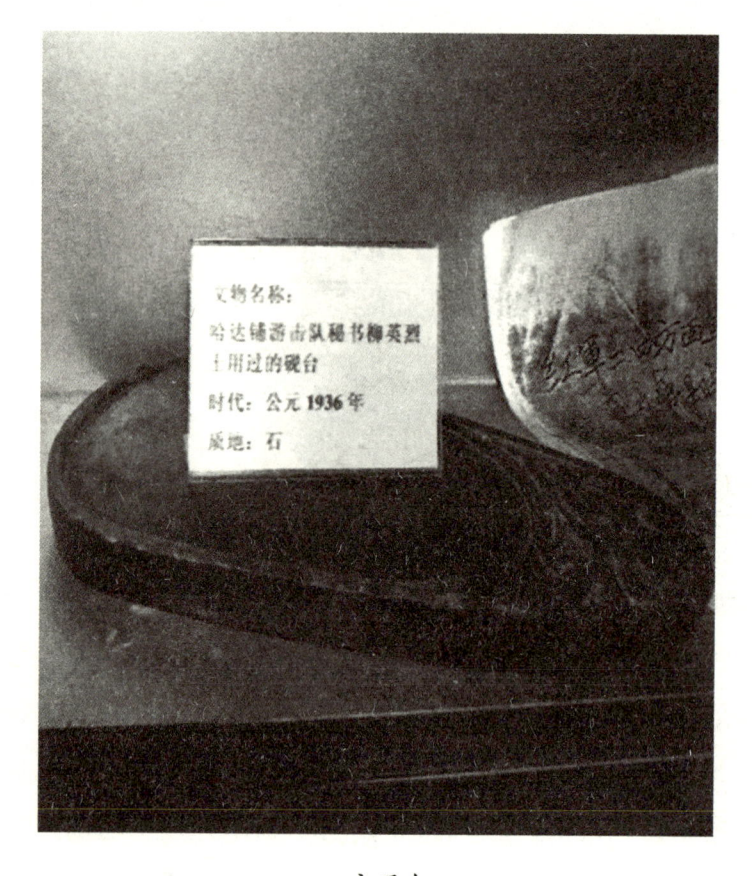

一方砚台

　　我爷爷牺牲以后，我们家对这方砚台保存得非常好，哈达铺纪念馆建立后，我们就捐赠给了纪念馆，作为革命文物长期留存。

一杆火枪

朱居生[1]

我家里有一杆火枪，是我太爷用过的。

每当看到这杆火枪，我的眼前就浮现出太爷高大的身影，一幕一幕的往事就浮上我的心头。

我太爷名叫朱进禄，1892年生，当时任苏维埃宕昌、哈达铺、理川（区）的游击队司令员。当时游击队有二千多人，红军北上时，游击队被编入红军。红军离开哈达铺向陕北进军时，太爷带领的游击队在岷县的锁龙与鲁大昌部发生激战。由于和红军主力失去联系，一部分游击队员北上，另一部分由我太爷带到金木老爷庙。因民团告密，太爷落入敌手，被鲁大昌杀害于岷县。这杆枪就是游击队从恶霸地主那里缴获来的。我太爷背着这杆枪带领游击队分田地、打土豪，为群众办了大量的好事。我太爷牺牲后，我们全家冒着生命危险，把这杆枪保留了下来。

哈达铺长征纪念馆建立时，我们把这杆枪捐献给了纪念馆。

---

[1] 作者系宕昌县疾控中心主任。

哈达铺的红色故事

一块银元

杨金环[1]

记得我们小的时候,我的祖母还在世时,不止一次地给我们讲述过这块银元的故事,那时我们年龄尚小,不明事理,可祖母每次讲起,都是那样的专注,那样的入神。现在回想起来,祖母的音容笑貌还是那样的历历在目,她讲述的故事还是那样的清晰可记。

祖母说,那一年,正值麦收季节,她正好生我大姑坐月子,一天听村里人风言风语,说岷县巴人桥沟里出来了一支队伍,恐怕是土匪,那地方离我们这里也就二三十里路程,因此村里人都纷纷去躲避,尤其是年轻的俊俏媳妇、姑娘都躲得远远的。我的祖母在月子里,无法出去躲藏,只好待在家里听天由命。祖父放心不下,守在家里陪伴祖母。记得临近傍晚,外面有人敲门,祖父心惊胆战地开了门,见有好几个操着外地口音的兵娃子站在门口,个

一块银元

---

[1] 作者系宕昌县退休干部。

个饿得面黄肌瘦，穿得破烂不堪。其中有一个说："老乡，我们路过这里，天黑走不动了，能在你家借宿一晚上吗？"祖父见这帮人不怎么凶狠，态度还很和蔼，就把他们放进了门。这帮人一进我家院子，就东倒西歪地依在檐台躺下了。祖父见状，知道他们一定是又累又饿，支撑不住了。忙从屋里拿来青稞面馍馍，又端来热水，让他们吃，让他们喝。那些兵娃子点着头连连说："谢谢，谢谢。"也许他们真是饿极了，一个个捧着大馍就吃了起来。祖父让他们进屋，他们摇头说："我们不能再打扰你们了，这里已经够好的了。"祖父见他们个个都那样的客气礼貌，忽然之间想起了什么，急忙从楼顶一抱一抱地抱来麦草，在檐台铺了厚厚的一层，让他们睡觉。那天晚上，那些兵娃子就在我家舒舒服服放心地睡了一个好觉。早上起来，个个都蛮精神的，有的打扫院落，有的帮着喂牲口，有的劈柴，有的忙着挑水。祖母从来没见过这样的好兵，心中的疑虑和担心彻底打消了。看他们根本不是谣言传说的那种人。她急忙从炕上下来，挽起袖口做起早饭，擀了一张圆圆大大的面，下了一铁锅热汤饭让他们吃，并对他们说："真没见过你们这么好的兵，你们从哪里来，做啥的？看见你们，不由想起了我的大儿子，他也就你们这么大，十几岁，为了躲避抓壮丁跑了，我天天想着他，盼着他早点回家。今天家里没有什么好的招待你们，但这是刚收碾的新麦面，洋芋也是刚从地里挖来的，你们不要嫌弃，好好吃吧！"那些兵娃子见祖母这么善良热心，就说："大姐，不瞒你说，我们是红军，爬雪山、过草地，一路长征过来的，我们是穷人的队伍，你我都是受苦人，等革命胜利了，我们就会过上好日子的！再次谢谢你们夫妇的好心！"那些红军娃在我家休整了一天，个个像换了人似的精神，眼看快到晌午，他们又要出发赶路了。有个当兵的大概是

哈达铺的红色故事

负责人吧,从自己布兜里慢慢地掏出一块银元,拉着祖母的手说:"大姐,我们在你家吃了饭、住了宿,打扰了你们,实在对不起,现在我们又要走了,没有什么留给你们的,这块银元请你收下吧!"祖母再三拒绝,但他们说:"这是我们红军的纪律,你必须收下。"祖母见他们那样执着,含泪收下了这块银元。送走红军,祖母双手抚摸着这块银元嘴里喃喃地说:"以后家里日子再紧巴,也不能把它派作用场。"也就是那天,祖母把这块银元小心翼翼地装进了自己的梳妆盒,传承几代人,一直保存至今。

祖母已过世多年了,作为祖母的传承人,我把祖母留给我们的这块银元珍重地捐赠给哈达铺红军长征纪念馆,留作永久纪念,了却祖母对红军的那段挚念之情。这块银元不仅见证了红军长征的那段艰苦卓绝的岁月,更见证了祖母那代人的淳朴民情,而且更体现和诠释了红军和人民的鱼水之情。

到陕北去

高诗扬[1]

1935年9月20日下午,毛泽东及中央领导同志抵达哈达铺,晚上在哈达铺"义和昌"召开了政治局常委会议,讨论组织工作和部队整编问题。

会后,勤务员进来了:"报告主席,侦察连送来了您要的'精神食粮'。"说着他把一大捆报纸、书籍、文件还有地图放在了桌子上。

毛泽东一怔,随之恍然大悟,哈哈笑了起来:"好,好,送得及时,及时啊!"

原来梁兴初、曹德连率侦察连化装来到哈达铺前,几个人就做了分工。由梁兴初负责筹集粮食等物资,由曹德连负责收集国民党报纸、杂志和宣传红军的政策,由副连长刘云标负责侦察和警戒。

一进入哈达铺,曹德连就带着几个战士去了邮政代办所,去找毛泽东要的"精神食粮"。邮政代办所在哈达铺上街村,"义和昌"药店斜对面,临街两间铺面,旁边有一个小旅馆。他们在这里找到不少报纸,一个战士又在隔壁旅馆里喊了起来,这里也有新报纸。原来鲁大昌的一个副官,刚从兰州带着几个驮子的书籍、报纸,就住在这个旅

---

[1] 作者系红军长征哈达铺纪念馆干部。

哈达铺的红色故事

馆里。曹德连整理着收集来的一张张报纸，里面有《大公报》《山西日报》《晋阳日报》等许多近期的报纸。在一张报纸上赫然登着徐海东率领红军和陕甘红军汇合的消息，报纸里还夹着一张地图《匪区略图》，仔细一看却是陕甘革命根据地的地图。曹德连如获至宝，拿着报纸一溜烟似的跑出去了。

毛泽东看到报纸，高兴地对张闻天说："洛甫，来，来，来，好消息，真是好消息啊！"毛泽东将登着陕甘红军消息的报纸递给张闻天。"没想到在陕甘地区有这一块好去处，真是东方不亮西方亮，黑了南方有北方啊！"

见到这些报纸，张闻天的眼睛顿时一亮。

两个人正看得入神，聂荣臻又派警卫员杨家华给毛泽东送来了一张《山西日报》，这张报纸上登的也是刘志丹率领红军队伍在陕甘一带活动的消息。随后，叶剑英、耿飚、彭德怀等人都相继得到了报纸上的消息，王稼祥、博古等人也闻讯赶来想要一睹为快。

大家交换着看着报纸，发现重要内容，就相互传阅。看着报纸上一条又一条从不同方面报道陕甘红军的

到陕北去（雕塑）　宕昌县委党史办提供

消息，真是心潮澎湃！他们读着内容，对照着地图，指点着、圈划着，真是太激动人心了。其中《大公报》上刊登的最多，一条条消息让大家目不暇接，房屋内不时传来一阵阵笑声，长征了这么久，大家好久都没有这么开心了。

当晚，毛泽东抽着烟，把自己手头的报纸又做了细致全面的梳理，不知不觉中地上散落的烟蒂烟灰多了起来。那一夜"义和昌"的灯光没有熄灭。

9月22日，在哈达铺关帝庙团以上干部会议上，毛泽东在同志们雷鸣般的掌声中喊出了"到陕北去"的口号。

在哈达铺，几张报纸透露出的消息，竟能对中国历史、党的历史的走向起到决定性的影响。哈达铺成了红军的福地，这是哈达铺的机缘，更是哈达铺的荣耀，因为党中央在这里做出了决定乾坤的历史性决策！

一把铜勺寄深情

赵王林[1]

在哈达铺城门桥南侧的"同善社"里,一组栩栩如生的铜像再现了"一把铜勺"的故事。这儿曾是红一方面军司令部及周恩来的住所。

1935年9月,红一方面军突破天险腊子口后,翻越大拉山,到达哈达铺。经过长途跋涉,精疲力竭的战士们终于得以在城门桥南侧的"同善社"稍作休息,而周恩来在过草地时得的肝病虽经救治,有所好转,但依然病体虚弱。

一把铜勺

有一天,周恩来实在疼得难受,就差身边的小战士去镇上找大夫。不一会儿,小战士带着一位须发花白、背着药箱的老先生回来了。"首长,这是畅通大夫,他的医术在哈达铺远

---

[1] 作者系红军长征哈达铺纪念馆办公室主任。

近闻名。"小战士介绍说。

随后，大夫坐在周恩来身边，拉起他的衣袖，把起了脉。"你这是肝病，加上一路劳顿，再不好好治疗恐怕要凶多吉少了。我给你开几服药，一定要按时服用，平日里也要好好休养，不能再劳累了。"大夫皱着眉嘱咐道。

开好药方后，大夫带着小战士去药铺抓药，过了半天光景，小战士端着熬好的药进来了。周恩来喝了两口以后，突然停下，若有所思地问小战士："抓药钱给了吗？"小战士回答说："我们行军到这里，实在拿不出钱来，身上也没有值钱的东西了，畅大夫说他平时常常给老百姓施药，这个药就送给咱们了。"周恩来长长地叹了一口气，环顾着四周，目光最后落在了仅有的小铜勺上："这把铜勺还能用，你把它拿去给畅通大夫吧，虽然不值什么钱，也算是个纪念。"小战士犹豫了一会儿，拿起了铜勺，揣在怀里，一路小跑来到药铺。他把铜勺从怀里掏出来，双手递给了大夫说："我们首长让我把这把勺子给您，这把勺子跟了他很多年，他说咱们红军绝对不能白拿老百姓的东西，这个给您作个纪念，请一定要收下。"畅通大夫一再推辞，但是在小战士的坚持下，也只好收下了。小战士脸上露出了笑容。就这样，这把铜勺在畅通家安了家。他常常拿着铜勺，跟儿孙们讲这背后的故事。中华人民共和国成立后，有工作人员来寻访红军长征时的足迹，畅通一家才知道，原来小战士口中的"首长"，竟是周恩来总理。

转眼到了20世纪80年代，畅通已经去世，而这把铜勺虽然失去了往日的光泽，却成了畅家的传家宝。有一天，省里和县里文物局的工作人员来到镇上，挨家挨户探访，收集红军长征时遗留的红色文物。

畅通的孙子畅树隆从箱子里取出这把铜勺，不舍地抚摸着，然后

哈达铺的红色故事

找了一块新棉布，小心地把它包裹起来，揣在怀里来到了县文物局。见到工作人员后，他轻轻地打开棉布，双手将铜勺递了过去。那个畅通在家里讲了几十年的故事，畅树隆又讲给了文物局的工作人员听，他说，关于这把铜勺的故事，不应该仅在家族里流传，还应该让更多人知道。

邓部长请客

陈永宏　李　珑[1]

1935年9月18日，党中央率领红一方面军一、三军团和军委直属队主力到达哈达铺。

经过雪山草地的艰难困苦和连续不断的激烈战斗，当中央红军到达哈达铺时，指战员们身体已非常虚弱。"出腊子口，行军中经常见到道旁有同志无故倒地就死了。那时，干部和战士真是骨瘦如柴。"为了尽快恢复指战员们的体力，党中央决定在哈达铺进行休整，全军上下每人发一块大洋改善伙食，总政治部还特别提出了"大家要吃得好"的口号。当时哈达铺人口稠密，繁荣富庶，物产丰富，物价便宜，一头百十斤重的肥猪，五块大洋便能买到，一只肥羊只值两块大洋。同时，鲁大昌残部败逃时，丢下了几百担大米、白面和两千多斤食盐，物资十分充足。各伙食单位杀猪宰羊，买鸡买蛋，大办伙食，并把驻地周围的群众请来一起会餐。指战员们洗澡理发、缝补军装，沉浸在无比欢乐之中。

时任红一军团政治部宣传部长的邓小平在看望宣传队员时，有队员提出想邀请邓部长打牙祭，又不想出钱。但有的队员说不行，这样

---

[1] 作者均系宕昌县委党史办干部。

哈达铺的红色故事

哈达铺苏维埃政府成立雕塑

对首长不尊重。另有队员说，邓部长没有一点官架子，像自家兄弟一样，不要紧的。于是一个小队员对邓部长说："我们大伙会餐，每人出一毛钱，买鸡吃，想请首长参加。"邓小平痛快地说："好，我参加！"说着，顺手掏出刚发的一块银元，交给警卫员，要他买五只鸡来。这一餐吃得真痛快。饭后，几个调皮鬼故意跑到邓小平面前，边敬礼边嘻嘻地笑道："感谢首长请客！"邓小平笑着说："我算上了你们的当喽！"

在哈达铺还流传着邓部长和罗荣桓过烟瘾的故事。一天，邓小平、罗荣桓等人忙碌完工作，正聚在一起下棋。民运干事萧望东兴冲冲地赶来，塞给邓小平和罗荣桓一人一大把烟叶。邓小平和罗荣桓的烟瘾都很重，这旱烟劲大，抽起来比卷烟更过瘾。两人看着这金灿灿、香喷喷、货真价实的烟叶，喜出望外，立即揪下一块搓碎，然后装进烟锅中"嗞、嗞"地吸着，心满意足地品尝起来……

红军指战员在哈达铺经过几天的休整补给，体力得到恢复，个个精神振奋，斗志昂扬，大大提高了部队的战斗力。后来杨成武将军在回忆这一段历史时满怀深情地说："哈达铺是红军长征路上名副其实的'加油站'。"

唱支花儿送红军

赵王林[1]

　　1935年9月20日，中央红军经过两万余里的长征，来到古镇哈达铺。先期到达哈达铺的周恩来同志对红军伤病员的安置问题放心不下，便找来负责后勤保障的同志和群众推举的当地临时代办颜协曾商议。颜协曾当时是哈达铺邮政代办所代办，对哈达铺及周边各村的情况极为熟悉，便向周恩来建议，把伤病员集中安置在距集镇中心五里路的玉岗村，那里交通方便，地理环境隐蔽，民风淳朴。为了不惊扰当地百姓，红军将伤病员安置在金龙大王庙里。

　　突然间来了这么多红军，庙里一时比逢庙会还要热闹，男女老少纷纷来看这些远道而来的客人。交谈中，乡亲们才知道了这支红军队伍不同于国民党鲁大昌的匪兵，是替老百姓打天下的队伍，红军经过这里，是要上战场打日本鬼子的，感到又亲切又敬重。他们纷纷回到家里，有的拿来自家的羊皮褥子让战士铺上，有的抱来柴草交给炊事班烧水做饭，还有一位上了年纪的大妈用衣襟撩来烧好的洋芋让伤员补充体力，一位大爷还拿出自家烧制的准备拿到集市上卖的酒，交给后勤同志，给伤员伤口消毒。村里的年轻人和孩子就更热闹了，围住

---

[1] 作者系红军长征哈达铺纪念馆办公室主任。

哈达铺的红色故事

红军战士，让他讲战斗故事，讲一路过来的新鲜事。腼腆的小红军拗不过大家的一再要求，唱起了家乡山歌。乡亲们从来没有遇到过这样温暖亲切的场面，你一句我一句地给红军战士也唱起了哈达铺本地的花儿。经过三天两夜的休整疗养，红军伤病员的身体有了好转，他们说因为这里的水好，说因为这里的乡亲好，说因为生活营养好，总之，大部分伤病员开始下地行走，体力得到了恢复。到二十三日凌晨离开时，乡亲们都赶来送别，在村口，他们依依不舍，用花儿表达离别的心情：

乡亲唱：

红军兄弟出村口，
又擦眼泪又招手。
一把布伞送兄弟，
上遮热头下遮雨。

红军兄弟慢些走，
山又高来路又陡。
刀割韭菜根还在，
亲人一去几时来？

红军战士唱：

玉岗泉水清又甜，
鱼水亲情让人恋。
句句话儿记心间，
伴我北上杀敌顽。

哈达铺红军长征一条街上的"红军门"

纵然此去多风雨,
钢铁意志永不变。
前方频频捷报传,
革命成功再相见!

哈达铺的红色故事

彭加伦和歌曲《到陕北去》

赵王林[①]

彭加伦

1935年9月22日下午，党中央在哈达铺关帝庙内召开了团以上干部会议。会上，毛泽东作了关于形势和红军整编问题的报告，宣布了中国工农红军陕甘支队的成立，做出了中央红军同陕甘红军会合的历史性决定。毛泽东在讲话中说："感谢国民党的报纸，为我们提供了陕北红军的比较详细的消息，那里不但有刘志丹的红军，还有徐海东的红军，还有根据地！我们要抗日，首先要到陕北去。"毛泽东在批评了张国焘分裂主义，分析了革命形势后，号召说："同志们，胜利前进吧，到陕北只有七八百里了。那里就是我们的目的地，就是我们抗日的前进阵地！"毛泽东的讲话，使全体与会人员受到了极大鼓舞，情不自禁地一致高呼：拥护中央北上抗日的正确路线！到陕北根据地去！

同日，时任中共中央总书记的张闻天通过翻阅缴获的国民党报纸，写出题为《发展着的陕甘苏维埃革命运动》的读报笔记。读报笔

[①] 作者系红军长征哈达铺纪念馆办公室主任。

记将天津《大公报》上披露的红军在陕甘活动和陕北革命根据地的情况做了详细的摘录，对陕甘革命根据地斗争做了深刻的分析，提出了陕甘支队到达甘南之后的方针和任务。中共中央政治局常委博古也写了一篇文章，题目是《陕西苏维埃运动的发展与我们支队的任务》。这两篇文章都刊登在1935年9月28日中央前敌委员会陕甘支队政治部出版的《前进报》第三期上。

团以上干部会议结束后，部队立即进行了传达讨论，开展了遵守群众纪律，坚持党的政策的教育活动。"到陕北去"一时成为全军最激动人心的议题，一年多时间的苦苦追寻，红军终于找到了自己的"家"！一军一师宣传科长、"红色鼓动家"彭加伦听了毛泽东的讲话后，抑制不住自己激动的心情，连夜创作了《到陕北去》的歌曲："陕北的革命运动大发展，创造了十几县广大的红区。陕北的革命运动大发展，成立了十几万赤色的军队。迅速北进，会合红二十五、二十六军，消灭敌人，争取群众，巩固发展陕北红区，建立根据地；高举抗日鲜红旗帜插到全国去。"

党中央、毛泽东在哈达铺决定把陕北作为领导中国革命的大本营，红军长征到陕北建立革命根据地，这是红军在长征路上的又一次伟大转折，这一转折对推动全国民族抗日运动高潮的到来起到了决定性的作用。

哈达铺的红色故事

红军馍

赵新平[1]

在哈达铺上街有一户回族马姓人家,男主人叫马世友,六十九岁,女主人叫马赛和,六十四岁,当年红军来时,经营作坊的是他们的父母和奶奶。他家祖祖辈辈都是小生意人,家中经营着一个手工烤制馍馍的作坊,本地人把他家的馍馍叫"穹锅子",顾名思义就是馍馍在特制的模具里用慢火焖"穹"而成。他家的穹锅子外焦里嫩,口感酥软,香甜可口,与众不同,是用流传了几代人的铜制模具做成的,模具由上下两个直径约18厘米的圆口铜锅组成,高约10厘米,用的时候上下合上就可以了。做穹锅子馍,"一火二碱三匠人",火是第一位,穹馍的木炭要提前烧透,褪了高温正好,这样焖穹出的馍馍才会色泽黄亮,口感酥软。

日常生活中,做好绝佳的面食不容易,但回族妇女像有天生的本领。马世友夫妇俩做的穹锅子面白、油多、分量足、口味佳,香豆粉、姜黄粉都是自家亲手做的,从不用劣质的,自然别具一格。别说吃,光看看就是一件艺术品。

当年红军到达哈达铺时,是马世友的父母和奶奶在经营作坊。说

---

[1] 作者系宕昌县作家协会主席,曾任宕昌县委党史办副主任。

起当年从父辈那里听来的毛泽东、周恩来、张闻天及红军战士们吃穹锅子的故事，马世友和妻子滔滔不绝。

红军尊重回族群众宗教信仰，不伤害回族群众利益，群众很是欢迎。看到战士们骨瘦嶙峋，缺吃少穿，大家纷纷拿出吃的穿的送给红军，有拿鸡蛋、馍馍、新洋芋的，有拿新鞋、袜垫、新衣服的，都把红军当成自家亲人了。马世友的父母正当盛年，勤勉顾家，生活不错。听说清真寺要选几个代表慰问红军，全家人背上做好的穹锅子，拉着奶奶与回族群众来到"义和昌"药铺看望毛主席和红军，大家拿了吃的喝的穿的用的，堆了一炕的慰问品。琳琅满目的东西让红军战士大开眼界，尤其看到金黄的穹锅子，可把红军战士们惊喜坏了，大家都是南方人，从没见过这么漂亮的北方面食，一个个舍不得吃，光顾着拿在手里细细地看了。毛主席知道有回族老人和群众来看望红军，特别高兴，便把大家请进堂屋，大家坐下，嘘寒问暖，像亲人闲话拉家常。毛主席拿着穹锅子对张闻天和周恩来说："来，尝一尝，这

哈达铺红军馍

哈达铺的红色故事

个馍馍特别香,真是好得很啊!"于是都跟着一个个吃开了,啊,真是唇齿留香,余味甘甜,个个赞不绝口。

正吃得欢,高声笑谈的时候,邓小平也来了,右腋下夹着一个鼓鼓囊囊的包裹,显得非常神秘,进门就说:"大家猜猜,我带了啥好东西?"话语刚落,却看见满屋子的好东西当中居然也有穹锅子,大声说:"哎呀!这里怎么也有'穹锅子'?我和警卫员上街时看到的,人都说上街马家的穹锅子最好吃,迟了就买不上了呢!"再一看,马家的老奶奶也在,赶紧询问起穹锅子的来历。邓小平平时就是一个喜欢美食的人,最拿手川菜,辣子鸡做得好,自然对穹锅子十分感兴趣,与老人相谈甚欢。

毛主席拉着回族老奶奶说:"老人家,这个'穹锅子'馍馍很好吃,名字特别,样子也好看,形如莲花,预示着咱们老百姓今后的日子一定会富贵吉祥!实在是跟我们红军有缘啊!走过这段路,想吃这个馍馍再也办不到,这是军民之间的连心馍、红军馍呀!"老奶奶激动地握着毛主席的手,眼里闪烁着晶莹的泪花,一刻也不想松开。

军民一家亲,暖心的话儿说不完。主席当即让炊事员特意准备了清真餐和回族群众一起会餐。餐后,红军收下东西执意要付给群众钱,群众死活不要,大家推过来推过去,像扯大锯一样谦让,钱却塞不到手里,惹得满屋子的人哈哈大笑,暖意融融。红军如天降神兵,群众爱都爱不过来呢,谁还要几个小钱!没办法,战士们纷纷走进群众家中帮忙打扫卫生,修葺房屋、院墙,有啥活抢着干,乐得群众一个个嘴都合不拢了!有的战士还跟着回族妇女们钻进厨房学做馒头、油香、果子(油炸的面食)和尕面片呢。

老奶奶回到家中,动情地对全家人说:"毛主席是我们的大恩人,

我们的穹锅子手艺已经流传三辈人了，是红军吃过的馍馍，你们一定要把这个手艺一直保持着传下去，分量要足，能多赚钱就多赚钱，不能多赚钱就少赚钱，但是千万不能掺假，不然，就对不住毛主席和红军了。毛主席和红军是我们的大恩人，我们啥都舍得，恨不得把身上的肉都割呢！"马赛和说，这些话都是奶奶的原话。

毛主席和红军吃马家穹锅子的事一下子在大街上传开了，人们纷纷上门购买，老马家门庭若市，穹锅子供不应求，门槛都快被踏破了，全家人忙得不亦乐乎。几天后，红军连夜悄悄北上。第二天早晨，大街上没了红军的身影，显得空荡荡的，老奶奶想念红军，由于没有送上一程，老人伤心地哭了一场。1976年9月9日毛主席逝世，噩耗传到哈达铺，老奶奶和寺里的老人们又放声哭了一场。

如今的马家穹锅子也已流传了近五代人，马世友夫妇俩虽已年事渐高，但依然每天早早起身，开始一天的忙碌，像父辈们一样纯手工制作自家的穹锅子。如今，在哈达铺，他家的穹锅子早已是一大特色地域美食，是红色故事中不可或缺的组成部分，不仅卖到了周边县区及省城兰州，还被当地群众及八方游客亲切地称为"红军馍"。

哈达铺的红色故事

景二爷为红军办粮草

赵新平[①]

　　1935年9月，张国焘分裂南下吃了败仗，于次年二月重返草地，7月2日与奉命北上的红二方面军会师甘孜，红二、四方面军在党中央的领导下共同走上了抗日征途。根据《"岷洮西（固）"战役计划》，1936年8月25日，红二方面军六军团先头部队出腊子口到达哈达铺，8月26日之后，六军团及十八师在师长张振坤、政委余秋里的率领下开往宕昌，9月1日至6日，红二方面军总指挥部、二军团和三十二军全部到达哈达铺。总指挥部设在哈达铺下街张兴元家里。总指挥贺龙、政委任弼时、副总指挥萧克、副政委关向应、红军总参谋长刘伯承住在总指挥部里，部队占领了哈达铺、理川及宕昌的广大地区。

　　家住哈达铺上街的景生财，生于1876年阴历七月初二，祖籍陕西蒲城人，年轻的时候随父辈、乡党逃荒来到哈达铺，后在哈达铺学做当归药材生意成家立业，定居下来。景生财头脑聪明，善于学习新鲜事物，因为自己小的时候家里曾经真正受过穷，感受到了贫穷的切肤之痛，所以在不断经商的过程中总结经验，摸索出了一套适宜于当地的商业之道，渐渐地掌握了市场行情，心中便有了底，无论做什么都

[①] 作者系宕昌县作家协会主席，曾任宕昌县委党史办副主任。

非常自信，各种生意做得风生水起。平时生活中为人大气，乐善好施，团结邻里，被群众推崇为开明人士，人称"善人掌柜的"，家里排行老二，又被尊称景二爷。

在红军到来之前，景二爷经营着自己的三个商号，售卖布匹、百货及当地药材，商号里常年货源充足，种类丰富，像宣纸、麻纸、生芪牌蜡烛、毛蓝布、青洋皮，甚至绸缎、锣鼓家什等日用零碎都有，价格优惠，童叟无欺，天天人来人往，络绎不绝，商号雇佣有十余名伙计，吃住在店里，生意十分兴隆。

哈达铺红军长征一条街

1936年8月25日，红二、四方面军抵达哈达铺。那个时候，由于国民党提前搞反宣传，说红军是"土匪""红军共产共妻""红军吃小孩""要杀人放火"等等，一些群众心中害怕，红军一到，有的人吓得不敢出门，个别的还赶着牲口进山躲避。

哈达铺的红色故事

　　为了解除群众顾虑，红军在街上找一些进步群众和开明商户做宣传，有人给红军推荐景二爷，并夸赞说："这个人是街上的商户，心地善良，胆子大，不害怕梁子（国民党被群众私下叫梁子），他的为人好，找他给你们帮办事情最合适。"就这么着，红军找到了景二爷。

　　二爷见一些战士晚上没地方睡觉，怀里抱着枪坐在群众的屋檐下睡，就对红军领导说："我家的房子有前后院，地方宽展，我把上房腾出来你们住下。"见有些战士整天帮助群众收割秋粮，修葺房屋或者打扫卫生，忘记了吃饭，一个个还饿着肚子，便差人拿了银元买了几头猪宰好送给红军炊事班，结果，猪没有送出去，自己却被红军不扰百姓、不损害百姓利益的行为所感动，满口答应帮着筹钱、办粮草。通过与红军几天的相处，景二爷了解了更多的国内形势，心中隐隐约约懂得了许多革命道理。

　　哈达铺是红军到达甘肃的第一个回汉杂居的地方，为了不伤害回族群众的宗教信仰，早在1935年9月，红一方面军在哈达铺休整过程中及时颁布了铁的纪律《回民地区守则》，并到处张贴，绝不允许任何一个红军战士做出伤害群众利益的事情。红一方面军挥师北上后，群众一直盼望着再见到自己的队伍，没想到仅仅一年之隔，群众又见到了红军，红军也像见到自己的亲人一般欢喜。如今，看到街上轰轰烈烈的革命活动，景二爷又激动又感慨。

　　红二、四方面军到达哈达铺后，积极发动群众，群众思想上的顾虑解决了，工作也好开展了，成立了以颜协曾为主席、牛炳山为副主席的哈达铺区苏维埃政府，并在中街戏楼举行了大规模的群众集会，红军政治部负责人和区苏维埃主席颜协曾分别讲了话，镇压了两个敌特密探，为穷人除了害，撑了腰，广大群众无不拍手叫好，军民同欢

同乐，兴高采烈。紧接着，红军休整，需要各种采买，整整一条街上的生意尤其红火，利市翻倍，商家忙碌，百姓欢喜，像过年一样热闹，人人欢欣鼓舞。

成立了哈达铺苏维埃政府，各项工作有序开展。其中，筹办粮秣关系到红军指战员们的生活需要，更是恢复体力，保证作战和休整的前提基础，是一项非常艰巨而重要的工作，一点儿不敢马虎、耽误。认识到问题的重要性后，景二爷顾不上自家商号的生意，与战士、群众一道从早到晚地忙碌，协助政府抽出专人在主要街口设立粮台，昼夜轮流值班收集粮物，接待来往战士与群众。与此同时，在红色政权和红军的领导下，哈达铺苏维埃政府对平时一贯作威作福、欺压群众的大恶霸刘继汉、赵旦旦、徐志仁等土豪劣绅、地主、坏分子进行了斗争和镇压，没收了他们的部分粮食和财物，一部分补充部队，一部分分给了贫苦群众，得到了群众的热烈响应。苏维埃政权的这些行动，有力地打击了当地封建势力的威风，经过十九天的筹办粮草活动，仅哈达铺地区就筹集粮食六万多斤，以及部队所必需的肉、蔬菜、烧柴、饲草等生活物资。这些粮草、物资不仅满足了部队驻扎期间的全部需要，而且为红二、四方面军下一步行军作战准备了足够的物资。区苏维埃政府成立后，红二、四方面军还开展扩红建政，相继在哈达铺辖区较大的三十三个村子成立了村苏维埃政府。整个宕昌地区先后建立了三个区级、八个乡级和三十五个村级苏维埃政权，动员两千多名青壮年参加了红军。

六十岁的花甲老人景二爷，除了每天亲身投入到宣传群众、筹办粮秣的活动中以外，还根据自己的经济实力，拿出做生意用的本钱六百大洋鼎力支持红军，最大限度地给予红军各种帮助。当时的哈达铺物产丰富，价格便宜，二毛大洋能买一只鸡或二十多个鸡蛋，两块大

哈达铺的红色故事

洋能买一只肥羊，五块大洋就可以买一头肥猪，照这样的价钱计算，整整六百大洋，无论是对一个私人商家，还是长征途中急需钱款的军队来说，绝不是一个简单的小数目，它是身处乱世舍生取义顾大家的君子品格，更是危难当头救红军于水火的义举，值得颂扬。

景二爷心里十分明白，在整个哈达铺，比他有钱的商号多得是，比他年轻有力气的人多得是，有的人不是不想帮助红军办事，就是胆小，顾虑多，害怕红军走后，梁子或者民团回来，秋后算账，自己死了不要紧，还要害全家人遭殃，所以才不愿意出面帮助。但他心里不害怕，因为他知道红军一个个都是穷苦人出身，也是有爹娘的孩子，一个军队能时时处处想着百姓，就是老百姓的救命恩人，就是老百姓的亲人。这样的军队自古以来，开天辟地，世上唯一，得民心，顺民意，什么天下打不下来，江山必得！

景二爷帮助红军办粮草的事在整个哈达铺传开了，总指挥贺龙自然也知悉。据景家儿媳包树春老人后来回忆说："当年，红军走的时候，总指挥贺龙向景二爷告别，感谢他全力支援红军，没有什么东西可留作最好的纪念，执意表示，一定要把自己一岁多的女儿贺捷生留给景二爷，并动情地说：'你是个善良之人，我的这个女子小，一出生就开始跟着我打仗，在路上已经丢过一回，我相信你，我把她留给你，就是你的女儿，今后，不管是我死了，还是活着，我永远不找寻她。'"

此时此刻，景二爷十分震撼，总指挥贺龙对自己的信任程度是多么的厚重啊！但无论怎样，不能留下人家的小孩，于是，他激动地对贺龙说："你千万不能把女儿给我留下，我都是六十岁的人了，只要能帮助红军，以后，就是梁子把我杀了，死了，也值了。但娃太小，你不能留下，她跟着我死了，太可惜了，我担待不起啊！"之后，贺龙让

人给景二爷写个借条，或者留个借款手续，但二爷一口回绝，并且表示，自己是心甘情愿的，自己做过的事情绝不后悔，请红军放心。

1936年9月10日至12日，红二方面军分三个纵队离开宕昌境内后，驻扎在岷县的国民党军阀鲁大昌残部卷土重来，知道了街上商户们与群众帮助红军筹粮款一事，哪里肯放过？立即勾结当地土豪劣绅组成民团，挨家挨户地逼问拷打，有好心人偷偷地告诉了景二爷，让他赶快出门躲藏。二爷明知自己帮助红军是事实，怎么着也会被抓被打甚至被杀头，为了不殃及家人，避避风头也是个办法。于是，二爷换上群众送来的粗麻布衣服，化装成猎户，便独自上山了。

景二爷因为常年做药材生意，自家在杨家山上有地也有庄子（山上看庄稼或者狩猎时的临时小房子，有床铺，有锅灶）刚好避住。白天，二爷背着干粮、猎枪躲进深山里，到了夜晚，才悄悄地返回庄子，自己做些简单的吃食。民团到处搜寻不到二爷，便逼问群众，大家只好说，二爷下四川做生意去了。国民党也知道，当地的生意还要靠像二爷这样的大商户，更何况景二爷声誉好，在哈达铺有一定的影响力，杀不得，剐不得，还有很大的利用价值，只好睁一只眼闭一只眼，但却搜刮了商铺里的好些物品，又处罚了八百大洋了事，景二爷全家才得以死里逃生。但自二爷上山之后，景阿婆便一病不起，1949年9月甘肃解放之前过世，享年六十五岁。

中华人民共和国成立后，景二爷与哈达铺群众一道欢天喜地迎接共产党的领导，开心地说："这下好了，我也老了，可以享几天福了。"同时也对子女们说出了一个藏在心底十几年的秘密，那就是，当年他捐献给红军六百个大洋，对外只说是一百个大洋，因为他想让全家老小都能等到过上好日子的那一天！从此，他坦然沉静，内心明

哈达铺的红色故事

澈,仍旧经营着自己的商号,1958年阴历八月二十去世,享年八十二岁。夫妻二人于1906年育有一女,名景照莲,景二爷为女儿招婿,生有一子,取名景星,其所生五男两女,子嗣全部延续了景二爷的姓氏。如今,景家人丁兴旺,品行端良,邻里和睦,大多数还生活在哈达铺长征一条街上。提起当年景二爷帮助红军办粮草的事迹,个个满脸自豪,滔滔不绝,眼神像太阳一样明亮。在子孙们心中,景二爷信仰共产党、帮助红军,不仅是他们的骄傲,更是哈达铺人民的骄傲!

"长征是宣言书、长征是宣传队、长征是播种机……"

长征虽然离我们远去了,但长征永远化作了我们中华民族和中国共产党人的血脉传承!相信在长征精神的感召和指引下,哈达铺人民的日子将会越过越红火。

听爷爷说红军的故事

赵长忠[1]

  1936年秋,爷爷的一家人正在村外的地里挖洋芋。日过正午,从拉寺阳山的牌坊口走来一帮头戴红五角星帽子的军人,走到爷爷的地头打招呼。有的走进地里想吃生洋芋,我的奶奶上前赶忙制止说:"娃娃们,洋芋生吃不得,生吃会胀肚子的。回去了我给你们煮上吃。"接着,爷爷一家人放下手头活收拾农具,跟着他们回到村子里。

  庄村邻里听说村里来了红军,都从地里头赶回来了。当年,拉寺村也就不过百十来户人,爷爷家里空房多。据说,红军这次来了两三个军呢,哈达铺住不下,朱德的部队来理川住下了,准备和国民党的部队打仗呢,听说是鲁大昌的部队在理川呢。理川的红军还是住不下,就来到木耳乡拉寺村。

  爷爷的家里差不多住了一个连的人。夜幕降临了,拉寺村的夜晚万籁俱寂,饱受磨难的红军战士们爬雪山过草地吃了不少苦,那一夜,他们睡得十分香甜。爷爷说:"那天晚上,家里住满了红军,上房炕上,堂屋里,檐台上都是红军战士,大门口还有放哨的。爷爷全家都挤在偏房里,被远处的枪声惊扰得睡不着觉,连续三个晚上都是这

---

[1] 作者系宕昌县木耳乡农民作家。

哈达铺的红色故事

样。听说是朱德的部队和鲁大昌的部队火拼呢。后来，鲁大昌的部队撑不住了，逃跑到宕昌去了。红军打开一座仓库一看，全是粮食、棉花、棉布等等。天冷了，正好给红军作补给用。"

红军的大部队驻扎在哈达铺。在哈达铺期间休整养息，宣传革命思想，建立苏维埃政权，发展扩编红军队伍，组织哈达铺游击队，受到当地群众的热烈欢迎。

爷爷还说，他们家里住的是红军的通讯连。住下的当晚上，墙上的电话线拉得跟蜘蛛网一样，还把他当成通讯员，往理川跑腿。最让人心疼的是，尽管给他们吃喝，有的还是牺牲了。部队开拔的时候，理川的男儿们也走了不少，我们拉寺村的乔桃哇爷也当红军走了。当年走的时候，桃哇奶奶还没有生下桃哇爸爸呢。后来据说在河西堡的高台战役中牺牲了。当年部队开拔后分成了两股，大部队和红一方面军会师去了，一股部队下宕昌参加了"成徽两康"战役，然后转战陕北，结束了二万五千里长征，走上了抗日民族统一战线的道路。

红军长征胜利都八十多年了，爷爷去世也二十多年了。他讲的故事时常在我的脑海里萦

哈达铺红军凉粉

绕，把爷爷所讲的红军当年经过我们理川的故事写出来，谨以此献给革命先烈们。

一件羊皮袄

汤礼春[1]

我的爷爷是个老红军,九十岁那年,他知道要去见那些在长征中牺牲的老战友了,他把我叫到身边,拿出一件羊皮袄说:"小军呀,我恐怕要走了,这是一件非常珍贵的传家宝要交给你,你要好好珍惜呀!"我看那件羊皮袄已经十分旧了,那上面的羊毛都掉得稀稀拉拉的,还有几个小洞,便问:"这称得上是传家宝吗?"爷爷说:"当然,别以为那些金银古董才值得当传家宝,这件羊皮袄不仅会让你懂得如何做人,还会让你懂得人生的意义,会让你终身受用!"

是吗?看着这件破旧的羊皮袄,我有些困惑,爷爷大概看出了我的心思,说:"我跟你讲讲这件羊皮袄的来历吧,你就会知道它当传家宝是当之无愧的!"爷爷的眼神开始凝重起来,他的思绪又飞到了那烽火岁月……爷爷看了看我,讲起了那时的故事:那是我十五岁跟着红军长征的时候,我的班长赵策生身上穿着这件羊皮袄,他把这件羊皮袄当成宝贝一样穿在身上,平时都不让人摸。他说他原来是孤儿,是个穷叫花子。有一年冬天,天特别冷,他在雪天里乞讨,又冻又饿,昏死在雪地里。正好有一队红军路过这里,把他救醒后,送给了他这

---

[1] 作者系武汉经济开发区文学爱好者。

哈达铺的红色故事

件羊皮袄，说是打土豪分的地主财物，是分给他这个穷人的。自此，他明白了，红军是穷人的队伍，红军是帮助穷人打天下的队伍。因此，他铁心地参加了红军，跟着红军打天下。战友们都知道，赵班长珍惜这件羊皮袄，是珍惜红军的恩情，红军的信仰啊！当红军长征开始翻越大雪山时，他见我年龄小，几次要把这件羊皮袄脱下来给我穿，可我知道这是班长的心爱之物，不能要，每次他要脱羊皮袄时，我就跳着跑开了，边跑边说，班长，我不能要你的羊皮袄，要了我就跑不快了！班长见我坚决不要，只有不吭声了。有一天，爬雪山时，由于又冷又饿，我掉队了，这时后面来了一位首长，见我体力不支，便从怀中掏出了个红薯叫我吃下去，那红薯可能在首长怀里捂久了，还有点温热，我正饿极了，就大口大口地吃了。吃完了，我来了劲，又开始奋力爬起雪山来，爬到了山顶，终于看到了我们班的那些战友了，只见他们围成一个圈坐在一起，我走过去，便问班长呢？一个战友指了指圈中一个突起的雪堆说："班长已经牺牲了，你看！"我定睛

红军长征在哈达铺时书写的宣传标语

看去，班长已经深埋在了雪里，但一只手却从雪堆里伸了出来，举着的是那件羊皮袄。一个战友红着眼说："班长临死前，拼尽全力脱下了这件羊皮袄，又专门给我们交代，说这件羊皮袄是送给你的，希望你跟着红军走下去。"我当时号啕大哭起来，拿过班长托举的羊皮袄，穿在身上，向班长敬了个礼，说："班长，你放心，我会永远跟着红军走。"就这样我穿着班长送给我的这件羊皮袄，全身有了力量，跟着红军爬过了雪山，走过了草地，突破了天险腊子口，来到了哈达铺。到哈达铺后，我把这件羊皮袄妥善地保存着，舍不得穿，后来从哈达铺出发，到了会宁，最后到了延安，后来又穿着这件羊皮袄打鬼子，打蒋匪帮，到朝鲜打美国佬。你看这件羊皮袄上有三个洞，它也是我三次负伤的见证啊！如果不是这件羊皮袄，我恐怕不能坚持到革命的胜利，也就不会有你爸爸和你。你想想，它不是宝贝是什么？

听了爷爷的故事，我早已是热泪盈眶了。我郑重地接过爷爷手中的羊皮袄说："爷爷，我懂了，你放心吧，我会永远记住今天的幸福生活是怎么来的，会把你们前辈的革命精神牢记在心，会把这件传家宝传下去，让一代一代永远记住你们的革命精神！"

哈达铺的红色故事

一步妙棋

高诗扬[1]

1936年9月1日,继红六军团之后,红二方面军及红二军团先头部队也抵达了哈达铺。

红二方面军抵达哈达铺之后,把总指挥部设在了张家大院。房东张兴元是当地一户财主,却对红军很友善,将最好的上房和两边的厢房全腾出来,让红军住。

红二方面军接到中共中央来电,按要求迅速向陕甘交界地进军,占领凤县、宝鸡、两当、徽县、成县和康县。下一步该如何行动,一直萦绕在贺龙、任弼时等红二方面军领导的脑海中。

部队在哈达铺休整过后召开了会议,按照中央的要求部署作战行动。

会议上,任弼时、贺龙、关向应、刘伯承对红二方面军的长征进行了总结,根据中央命令,制定了实施《"成徽两康"战役计划》的《第二方面军基本命令》。

会议开完了,作战部署下达之后,首长们有了难得的轻松。"老总,下两盘棋怎么样?"关向应对贺龙说。"好啊,不过你要当心你的胡

---

[1] 作者系红军长征哈达铺纪念馆干部。

贺龙和关向应在哈达铺下棋（塑像）　宕昌县委党史办提供

子。""你的比我的长，你可更要小心啊！"两人一边说笑一边对弈起来。

　　旁边的战士听到他们的谈笑也高兴地围了过来。原来贺龙的胡子又密又黑，他平时总是留着浓浓的胡子，当然关向应的胡子也不少。他俩平常喜欢在一起下棋，谁输了，就把胡子剃掉。所以战士们每当看到他们，尤其是没有了胡子的贺龙，就会开玩笑："总指挥，你的胡子到哪里去了？"这时的贺龙总是开心一笑。

　　这次的对弈依然很激烈，两人为了"保护"自己的胡子，开始了"胡子保卫战"。旁边的士兵也聚精会神地看着这盘棋。棋局到了最关键的时刻，两人都摸着自己的胡子，想着该如何一招制敌。这时，通讯员跑了过来喊道："老总，老总，我们的作战计划通过了，这是中央的回电。"说着，将电报递给贺老总。贺老总左手接过电报，右手突然杀出一招，直接将了关向应的军。旁边的战士们发出了热烈的欢呼，为了战役的成功，也为了棋局的胜利。这时关向应看着微笑着的贺龙说："真是一步妙棋啊！"

哈达铺的红色故事

无颜回江东的红军老战士

汪　志[①]

周大海是一家私营企业的老板，由于父母死得早，从小就养成了善良、乐于帮人的性格，尤其是成家和当了私营老板后，他一看到街头流落的老人，都要伸出援助之手，愿意的他领到家，不愿意的就给钱给物，甚至要认对方为"义父义母"，这不，一个多月前，他就认了一个街头补鞋的王大爷为"爷爷"。

那是半年前，他所在的小区来了一位老补鞋匠，只见那老人满脸皱纹，老得佝偻着身体。由于天天照面，他就和这个老人熟悉了，并知道他姓王。一个多月前的一个傍晚，周大海外出办事回来，路过市郊环型天桥下面时，发现一个桥墩下搭了一间小棚，一个佝偻的老人正抱着柴火往棚里走，周大海心里一惊，这个佝偻的老人太像小区补鞋的那个王大爷了。停下车后他走了过去，果然是王大爷。周大海问王大爷怎么住在这儿，家人呢？王大爷告诉道，他因家贫，一生未娶，也没有亲人。

常言道，"家有一老，如有一宝"。眼下自己的家中就缺个老人，凭着曾经当过记者的见识和锐利眼光，周大海感觉到这个王大爷不一

[①] 作者系中核集团甘肃雪晶生化公司员工。

般，见小棚内一贫如洗，黑洞洞的，王大爷岁数这么大，他当即要王大爷搬到他家住，说他家房子宽大得很，如果愿意，要认他为"爷爷"，并为他养老送终。可想不到王大爷死活不肯，怎奈周大海再三要求和解释，王大爷最后终于答应了，但王大爷坚决不同意住他家，周大海说他们家有个地下室，正空着可以住，王大爷犹豫了一下答应了。

王大爷搬到周大海家一晃一个多月过去了，这天是周末，周大海准备了一桌子丰盛的饭菜，王大爷硬是被周大海叫了上来，吃着聊着。周大海告诉王大爷，说市政府最近出台了一项新政策，七十五岁以上无亲无故的老人可享受低保，看病和坐车都不要钱，你已经九十多岁了，从今以后就不要再上街补鞋了，由政府供养着你。谁知王大爷一听急急地站了起来，对周大海摆手道："我不要政府供养，我身子骨还硬朗，补鞋的钱自己还花不完呢。"周大海觉得王大爷挺奇怪，按说这样的好事，要是别的老人听了一定很高兴，一定会特别感谢政府的好政策，而这个王大爷却不愿意。尤其让周大海不解的是，平时补鞋，人家给五块，他只收三块，遇到当兵的补鞋他一分钱都不要。眼下见王大爷不愿意，他也就不说了。

他俩正聊着，周大海一旁上小学的女儿倩倩打断了他们的对话，她对周大海说："爸爸，红军长征胜利快八十年了，老师要求我们每一个人都写一篇红军长征战斗故事，你给我说一个吧。"

王大爷说："我给你讲一个吧！那是红军长征第五次反'围剿'的最后时刻，我军的一个独立团奉命堵截国民党反动派，由于敌众我寡，打到最后，只剩下团长和十几个红军战士了，正当他们完成堵截任务，准备从事先挖好的地洞撤离时，忽然又接到上级的命令，要他们再继续牵制国民党白狗子两个小时。于是，剩下的十几个红军战士

哈达铺的红色故事

继续与国民党白狗子周旋，虽然最后完成了任务，但因弹尽粮绝，国民党白狗子数倍于我，剩下的十几个红军战士又全部倒下了……"

说着说着，王大爷忽然哽咽了起来，只听一声响动，王大爷晕倒在地上，全身发抖。周大海赶快拨打"120"，附近就有一家大医院，救护车一会儿就赶到了，老人被送进急救室的门时，周大海拉住医生的手说道："请你们一定要救活他，钱不是问题。"

一个多小时后，主治医生从手术室拿着一张片子喊周大海："你是病人家属吧，你看，病人全身除了脑袋上没有弹片外，其他部位都有留下的弹片，一共三十多处，由于情绪激动并受到刺激，病人已经快不行了。怎么，你家老人是不是老八路呀，怎么不早来治呢？"

"什么？他打过仗，身上有三十多处弹片？"周大海睁大眼睛望着医生，"大夫，我也不知道他身上有弹片。"随即周大海将自己和王大爷认识的经过简要说了一遍。这时，一位护士跑了出来，对周大海说道："病人苏醒了，叫你们快进去，有话要说。"

病床上的王大爷一把握住周大海的手，断断续续地说："大海……

宕昌党参

海，你是一个好人，我已经不行了……我死后只有一个遗愿，就是将我的骨灰和那些遗留在我身上的弹片一起带回我的老家……家，虽然生前无脸回家探望，但死后一定要埋在故乡的土地上……"

周大海点着头："爷爷，我早就猜到您的来历不一般，您是参加过战争的老八路，请放心，我一定将您送回故乡。"周大海停顿了一下："爷爷，您的故乡在哪儿，到了您的老家跟谁联系啊？"

这时，倩倩抱住了老人的胳膊，哭泣道："太爷爷，您不会死，您的故事还没讲完呢。"

老人干枯的手拉住了倩倩："对，太爷爷差点忘了，那个红军长征战争故事还没讲完呢，上次讲到剩下的十几个红军战士又全部倒下后……第二天早上，从倒下的全部红军战士中，有一个人艰难地爬了起来，他就是红军独立团团长周奎，国民党白狗子的子弹没有打到他的要害部位，昏迷一天后他竟苏醒了过来，这个人就是我，这个故事已在心里憋了快八十年了，从未对人讲过……"

"啊，原来您是红军老战士，而且还是红军独立团团长，红军战斗英雄。"周大海和倩倩都叫了起来。

这时，王大爷摸着身上的衣服，从口袋里掏出一张发黄的纸条，递给周大海："长征胜利后这个纸条我一直留在身上，我本叫周奎，参加红军后为了不连累家人，先后改了两次姓名……"

八十年前，周奎从那一场惨烈战役死里逃生后，他又一次隐姓埋名改姓王，由于在当地人生地不熟，一开始他以乞讨为生，最后靠给别人打苦工，再后来年龄大了他干起了补鞋的营生，想不到被战争锤炼的身体十分硬朗，直到被周大海认识并收留……

望着病床上已经奄奄一息的周奎，周大海抹着泪说道："爷爷，我

哈达铺的红色故事

想不通,虽然独立团的红军战士都英勇地牺牲了,但仅存下来的您为什么靠乞讨、补鞋为生,而不回家乡,不找人民政府呢?您是红军英雄啊!"

"我不是英雄,我无颜回江东。"周奎咽了一口气说:"当年,红军苏维埃政府给了我一个独立团,给了我周奎那么多人跟着我去打国民党白狗子……最后却让我打到只剩下我一个人活着,我怎么再有脸面回家乡,去找政府啊……"

后　　记

　　在认真贯彻落实习近平新时代中国特色社会主义思想、视察甘肃重要讲话和指示精神，全党深入开展党史学习教育，隆重庆祝中国共产党成立100周年之际，《哈达铺的红色故事》一书，经过多方不懈努力，终于和读者见面了，这是宕昌党史工作的又一可喜成果。

　　《哈达铺的红色故事》分上、下两篇。上篇主要选录了参加长征的红军将士回忆录和有关专著篇章节选，除个别加注外，保持原貌，基本未作改动。为使内容更贴近哈达铺，在节选时重新拟定了题目。下篇是在《甘肃党史》刊发了征文启事后，由党史工作者、文学爱好者、老红军后代、纪念馆职员等人员在深入挖掘红色史料的基础上编写，文章表述平实质朴，图文并茂，某些精彩画面、鲜活细节、典型场景填补了宕昌党史资料研究的空白。

　　《哈达铺的红色故事》的出版，得到了省、市党史部门的大力支持，甘肃省委党史研究室主任刘正平、副主任韦思军、二级巡视员孙瑛和信息处处长、《甘肃党史》副主编李晓军，陇南市委党史研究室原主任罗卫东、主任张军平等先后听取汇报，给予了指导和帮助。宕昌县委原书记李平生、县政府原县长李建功给予了指导和支持。甘肃省

哈达铺的红色故事

作家协会会员张国元先生对下篇的部分故事稿进行了修改。宕昌县文联、哈达铺红军长征纪念馆等单位领导也给予了关心和帮助。党史爱好者赏永明、宫金林、刘恩华同志帮助搜集、补照了部分图片。在此，一并表示衷心感谢。

由于时间紧，编者水平所限，难免有疏漏和不足之处，请读者提出批评意见。

编　者

2021年7月